Sven Petter Næss

SCHULD

AF214835

atb aufbau taschenbuch

Sven Petter Næss, 1973 geboren, wuchs in Oslo auf. Er arbeitet mit Informations- und Kommunikationstechnologien im universitären Sektor. Seit 2019 schreibt er zudem erfolgreich Kriminalromane. Sein Roman »Furcht« erhielt 2020 die Auszeichnung für den besten Krimi Norwegens.

Im Aufbau Taschenbuch liegen seine Kriminalromane »Glut« und »Furcht« vor.

Andreas Brunstermann übersetzt Romane und Sachbücher aus dem Norwegischen und Englischen. Er hat unter anderem Trude Teige, Roy Jacobsen, Jan-Erik Fjell und Jørn Lier Horst ins Deutsche übertragen. Er lebt in Berlin.

Eigentlich hat Harinder Singh kein Interesse daran, in einem abgeschlossenen, achtzehn Jahre alten Fall herumzugraben. Die Strafverteidigerin Christina Sandberg ist jedoch überzeugt, dass die Ermittlungen damals fehlerhaft waren. Sie hat für Helene Waaler, die für den Mord an ihrer Mutter und ihrem Stiefvater verurteilt wurde, die vorzeitige Entlassung aus der Haft erwirkt. Doch dann entdeckt Harinder mehr und mehr Ungereimtheiten. Helene versucht unterdessen, sich in Elvestad ein Leben abseits der Gefängnismauern aufzubauen. Als jedoch ihr leiblicher Vater ermordet aufgefunden wird, gerät sie sofort unter Verdacht. Allein Harinder und Christina zweifeln an ihrer Schuld und stellen weitere Nachforschungen an. Dass damit jemand aufgescheucht wird, der lieber im Hintergrund bleibt, merken sie erst, als es schon zu spät ist …

SVEN PETTER NÆSS

SCHULD

KRIMINALROMAN

*Aus dem Norwegischen
von Andreas Brunstermann*

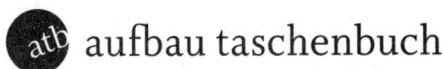 aufbau taschenbuch

Die Originalausgabe unter dem Titel
Skyldig
erschien 2021 bei H. Aschehoug & Co. (W. Nygaard) AS, Oslo.

This translation has been published
with the financial support of NORLA.

MIX
Papier | Fördert
gute Waldnutzung
FSC® C083411

ISBN 978-3-7466-4037-2

Aufbau Taschenbuch ist eine Marke der
Aufbau Verlage GmbH & Co. KG

1. Auflage 2025
© Aufbau Verlage GmbH & Co. KG, Berlin 2025
www.aufbau-verlage.de
10969 Berlin, Prinzenstraße 85
© Sven Petter Næss, 2021
Umschlaggestaltung und Motiv www.buerosued.de, München
Satz LVD GmbH;Berlin
Druck und Binden CPI books GmbH, Leck, Germany

Printed in Germany

Mit dem Wärmebild-Zielfernrohr kann er durch die abendliche Dunkelheit sehen.

Er hat einen ungehinderten Blick auf das weiße Holzhaus an der Spitze des waldbedeckten Hügels. Es liegt allein am Ende der Straße. Ein altes Haus, das schon bessere Tage gesehen hat. Irgendjemand hat mit einer Renovierung begonnen, die Arbeit aber nicht zu Ende gebracht.

Er hält ein Heckler & Koch MSG 90 Scharfschützengewehr in den Händen, die bevorzugte Waffe sowohl des Spezialkommandos als auch der Marinejäger. Aus gutem Grund. Es funktioniert immer und richtet maximalen Schaden an.

Er liegt auf dem Bauch und wartet, versucht ruhig zu atmen. Verändert die Liegeposition, der Körper muss ganz entspannt sein.

Der einzige Muskel, den er anspannen wird, sitzt in dem Finger, der den Abzug betätigt.

KAPITEL 1

Der Himmel über der Justizvollzugs- und Sicherungsver-wahranstalt Bredtveit war genauso grau wie die Mauern, hinter denen sie in den letzten achtzehn Jahren gelebt hatte.

Helene Waaler trat auf das Tor zu. Sie hörte das Verkehrs-rauschen vom Trondheimsvei, der draußen am Gefängnis vorbeiführte. Für sie war es das Geräusch der Freiheit, der Lärm des Lebens, an dem sie endlich wieder teilnehmen würde.

Nachdem sie hierhergeschickt worden war, hatte man ihr nur ein paar wenige Freigänge gewährt. In der Zwischenzeit war sie zu einer vierzigjährigen Frau geworden, deren langes schwarzes Haar die ersten grauen Strähnen aufwies. Sie trug einen Rucksack von Fjällräven auf dem Rücken und eine Kiwi-Plastiktüte in der Hand, in denen sich ihr ganzes Hab und Gut befand.

Ein blauer Audi e-tron stand auf dem Parkplatz. Helene winkte der Frau mit dem kurzen schwarzen Haar zu, die daneben wartete. Christina Sandberg war seit anderthalb Jahren ihre Rechtsanwältin. Sie war energischer als die bei-den Vorgänger. Hatte sich für die vorzeitige Entlassung ein-gesetzt und schien fest an eine Wiederaufnahme des Falls zu glauben.

In den Augen der Gesellschaft war Helene noch immer eine gewissenlose Mörderin, die Person, die von den Boulevardblättern als »Norwegens gefährlichste Frau« bezeichnet worden war. Vermutlich primär deswegen, weil sie sich geweigert hatte, den Spielregeln zu folgen. Sie hatte keine Tränen vergossen, um Sympathiepunkte zu sammeln. Hatte niemals irgendetwas zugegeben.

Die Anwältin begrüßte sie freundlich und legte Helenes Gepäck auf die Rückbank. Dann nahmen sie Kurs auf Helenes alte Heimat Østerdalen.

»Es ist wichtig, dass du dich strikt an die Auflagen für die vorzeitige Entlassung hältst«, sagte Christina. »Die Staatsanwaltschaft hat sich gegen die Freilassung ausgesprochen, du musst daher damit rechnen, dass jedweder Verstoß gegen die Auflagen hart geahndet wird. Vor allem musst du der Meldepflicht nachkommen. Sie können Stichproben machen, um nachzuprüfen, ob du im nüchternen Zustand erscheinst. Ich vermute, dass sie das tun werden.«

»Ich habe keine Probleme mehr mit Drogen«, wandte Helene ein.

»Ich will es nur erwähnt haben. Die Rückfallquote für Insassen, die lange Strafen abgesessen haben, ist hoch. Viele meiner Mandanten kiffen, weil sie sich langweilen und dann die Routine vernachlässigen. Das ist unnötig.«

»Das wird mir nicht passieren.«

»Es beunruhigt mich, dass du zurück an einen Ort ziehst, wo du zwar bekannt bist, aber kein Netzwerk hast.«

Helene kam nicht umhin zu grinsen. Sie hatte außerhalb der Mauern ohnehin kein Netzwerk, egal, wo sie sich befand. Die alten Freunde hatten ihr vor langer Zeit den Rücken gekehrt, und das Netz, das man im Gefängnis knüpfte, hielt in der Regel nicht länger als bis zum Tag der Entlassung.

Im Heimatort allerdings wartete jemand, der bereit war, ihr einen Job zu geben. Ihre Tante betrieb gemeinsam mit ihrem Mann das Elvestad Motor Hotel. Wenn sie von dem versoffenen Schwein absah, das ihr biologischer Vater war, hatte sie keine weitere Familie.

»Du wirst auf Leute treffen, die dir nichts Gutes wollen«, warnte Christina.

»Ganz bestimmt. Ich habe nicht vor, mich zu verstecken. Apropos, konntest du eine Verabredung mit der Journalistin von *Aftenposten* vereinbaren?«

»Sie wird sich direkt mit dir in Verbindung setzen.«

»Gut.«

Die Journalistin hatte sie bereits im Vorfeld der Probeentlassung interviewt. Hatte ihr mit denselben alten Fragen zugesetzt: Was war eigentlich in jener Nacht auf Hof Strømnes passiert? Wenn *sie* ihre Mutter und ihren Stiefvater nicht umgebracht hatte, wer war es dann? Jetzt wollte sie ein Feature für die Wochenendbeilage produzieren. Auch von einem möglichen Buch über den kompletten Fall Strømnes war die Rede.

Helene hatte ein Interview während der Haftzeit abgelehnt. Die wenigen Male, die sie sich hatte verleiten lassen, etwas über den Fall zu sagen, hatten stets dazu geführt, dass sie in einem schlechten Licht dargestellt wurde. Die Journalisten drehten ihr die Worte im Mund herum oder rissen sie aus dem Zusammenhang.

Christina allerdings war der Ansicht, dass die Medien einen wichtigen Teil der Strategie ausmachten, die Aufmerksamkeit auf die Wiederaufnahme des Falls zu lenken.

Sofern sie sich der Medien geschickt bedienten, konnten diese sich zu einem Sprachrohr für sie entwickeln. Helene war sogar gecoacht worden, wie sie am besten auf Fragen reagieren könnte.

Die grüne Stahlbrücke über die Glomma zeigte, dass sie wieder in Elvestad war. Oder Staden, wie die Einwohner ihre kleine Stadt gern nannten. Hinter den Baumwipfeln, die die Stadt umringten, stieg der Qualm der Papierfabrik auf. Trotz wirtschaftlicher Probleme und Skandale im Zusammenhang mit der Eigentümerfamilie stand der wichtigste Stützpfeiler der Stadt noch immer – wenn auch auf unsicheren Beinen. Der neue Vorstand hatte versucht, eine Distanz zur Vergangenheit herzustellen, indem der Papierfabrik der Name SAMDA verpasst worden war. Eine Neuausrichtung des Markenkerns, wie sie es nannten.

Helene bezeichnete es als denselben Dreck in neuer Verpackung.

Sie bemerkte das Fehlen des hohen Kirchturms im Stadtbild. Die alte Kirche war abgebrannt. Zu den leerstehenden Ladenlokalen an der Storgate waren weitere hinzugekommen. Im Gleichtakt mit neuen Kürzungen der Fabrikgehälter zeigten die Immobilienpreise konstant nach unten.

Doch nicht alles war negativ. Am Ende der Kirkegate stand eine neue und moderne Kirche, und endlich war auch der ganze Unrat weggeräumt worden, der sich im Laufe der Jahre unter der Elvestadbrücke angesammelt hatte. Was zuvor an eine Müllhalde erinnert hatte, war zu einer einladenden grünen Flusspromenade geworden.

Zukunftsglaube, Verzweiflung oder bloß die sture Weigerung aufzugeben?

Wie Helene die Stadt kannte, vermutete sie Letzteres.

Die Fahrt endete in der Ramms gate, einer L-förmigen Sackgasse nahe der Schule, wo drei graue, vierstöckige Wohnblocks errichtet worden waren. Helene hatte eine Sozialwohnung im mittleren Block mieten können.

Es war eine spärlich möblierte Zweizimmerwohnung von 45 Quadratmetern. Eine Wohnung, die nur jemand wertschätzen konnte, der lange Jahre in einer Zelle gelebt hatte.

»Das ist nur vorübergehend«, sagte Christina. »Wir können was Besseres finden, sobald sich der Wirbel erst einmal gelegt hat. Ein Schritt nach dem anderen, oder?«

Helene nickte. »Ein Schritt nach dem anderen«, wiederholte sie.

»Brauchst du sonst irgendwas?«

Helene überlegte.

»Da war so eine Schachtel mit Sachen, die meiner Mutter gehört haben«, sagte sie. »Du weißt schon, Schmuck, Uhren, Briefe und so weiter. Die hätte ich gern.«

»Ich werde mal sehen, was ich finden kann. Wenn dir sonst noch was einfällt, melde dich einfach«, sagte Christina und überließ ihre Mandantin sich selbst.

Helene Waaler setzte sich auf einen Küchenstuhl. Blickte aus dem Fenster, wo sie Bäume sehen und trotz des grauen Himmels Vögel singen hören konnte.

Ein Schritt nach dem anderen, wiederholte sie für sich und versuchte das beklemmende Gefühl abzuschütteln, noch immer in einer Zelle zu sitzen.

KAPITEL 2

Vorsichtig stieg Harinder Singh aus der Straßenbahn, die vor dem marmorverkleideten Gerichtsgebäude am C. J. Hambros plass angehalten hatte. Nachdem ihm endlich eine Kniegelenksprothese in das rechte Bein eingesetzt worden war, versuchte er sich daran zu gewöhnen, ohne Krücken auszukommen. Es war eine komplizierte Operation gewesen, die von Schmerzen, allgemeinem Unbehagen und langwierigen Reha-Maßnahmen begleitet war. Und sich langfristig gelohnt hatte.

In der Kaffeebar um die Ecke war es nicht allzu voll. Er kaufte einen doppelten Espresso und ein Stück Karottenkuchen und suchte sich einen Tisch weit entfernt vom Fenster. Als ob er am liebsten nicht gesehen werden wollte.

Einige Minuten nach ihm kam sie zur Tür hereingeeilt. Blaugrauer Blazer, Rock und über der Schulter eine große Umhängetasche mit Dokumenten. Direkt aus dem Gericht, wie ihm klar wurde. Die Zeit reichte offenbar gerade für eine kurze Kaffeepause, ehe es weiterging.

»Tut mir leid, dass ich zu spät bin. Ich bin froh, dass du so kurzfristig kommen konntest«, sagte Christina Sandberg.

»In meinem Terminkalender stand nicht so viel«, sagte Harinder.

»Wie geht's denn deinem Knie?«

»Immer besser, behaupten sie.«

»Bist du noch krankgeschrieben?«

»Bis Ende nächster Woche.«

Danach wurde er in der taktischen Ermittlungsabteilung bei der Kripo zurückerwartet. Etwas, auf das er sich freute und vor dem ihm gleichzeitig grauste. Er sehnte sich zurück zu seiner Arbeit, war aber nicht sicher, ob er und sein Arbeitgeber nach den vergangenen Ereignissen wieder bei null anfangen konnten. Es hatte Reibereien zwischen ihm und der Leitung gegeben. Seine Nichte wurde von Interpol wegen Mordes gesucht. Seit zwei Jahren hatte sie niemand mehr gesehen, und ihm war die Schuld für ihr Entkommen zugeschoben worden. Wahrscheinlich nicht zu Unrecht.

»Ich wollte mit dir gern über eine Mandantin reden, die sich zufälligerweise in deiner Heimatstadt befindet«, sagte Christina.

»Helene Waaler?«

»Kennst du sie?«

»Ich weiß, dass sie vor zwei Tagen rausgelassen wurde.«

»Warst du in irgendeiner Weise in die damalige Ermittlung involviert?«

Harinder musste lachen. »Für wie alt hältst du mich? 2003 war ich ein blutjunger Streifenpolizist. Das war mein erstes Jahr in der Behörde.«

»Gut. Dann bist du jedenfalls nicht mehr voreingenommen als andere auch«, sagte Christina.

Harinder schnitt den Kuchen durch und bot ihr ein Stück an. Sie schüttelte den Kopf.

»Und wieso ist das gut?«, wollte er wissen.

»Weil ich dich um einen Gefallen bitten möchte.«

»Nein«, sagte Harinder.

»Wie bitte?«

»Du hast mich verstanden.«

»Aber ich habe doch noch nicht mal erwähnt, worum es geht.«

»Das brauchst du auch nicht. Ihr arbeitet daran, ihren Prozess neu aufzurollen. Und um das zu schaffen, braucht ihr neue Beweise. Die ihr nicht habt, weil eure Aussagen in der Presse sonst mehr als nur Rhetorik enthalten würden. Also muss jemand zu graben anfangen, damit das Urteil aufgehoben wird und ihr die Millionen für die Wiedergutmachung einstreichen könnt. Klingelt da was?«

Die Spur eines Lächelns huschte über ihr Gesicht.

»Du bist der beste Mordermittler des Landes, Harinder, aber momentan sitzt du auf der Zuschauerbank. Das ist die totale Verschwendung«, sagte sie. »Du kommst doch auch aus Elvestad. Du kennst die Verhältnisse dort besser als die meisten.«

»Du brauchst gar nicht so dick aufzutragen. Ich werde meine Hände jedenfalls nicht in dieses Wespennest stecken.«

Die Heimkehr der wegen Doppelmord verurteilten Frau hatte starke Reaktionen ausgelöst. Harinder hatte einen wütenden Leserbrief vom Bruder des einen Mordopfers gelesen. Er hatte daran erinnert, dass die ehemalige Black-Metal-Vokalistin nach einem Rockkonzert zum heimatlichen Hof zurückgekehrt war und Mutter und Stiefvater mit einer Pumpgun erschossen hatte. Vermutlich im Streit über Drogen. Er kritisierte, dass Helene Waaler jedwede Verantwortung für die Untaten von sich wies.

»Sie reißt Wunden auf, die nie ordentlich heilen konnten«, schrieb der Onkel.

Und das war vermutlich noch äußerst diplomatisch formuliert.

»Hast du vielleicht bessere Pläne?«, fragte Christina. »Rachel sagt, du langweilst dich zu Tode. Dass du ein Hobby brauchst.«

»Sollte ich Schwierigkeiten mit meiner freien Zeit bekommen, werde ich mich mit Sicherheit auch ohne euren Rat durchschlagen.«

Rachel war Harinders gute Freundin und Kollegin. Und außerdem die Ex-Partnerin von Christina.

»Hast du was gegen meine Mandantin oder gegen mich?«, fragte sie.

»Das ist nichts Persönliches, Christina. Aber als Polizist wird man bei manchen Dingen eben argwöhnisch.«

Für einen Verteidiger zu arbeiten, war, unabhängig von den Umständen, in etwa das Gleiche, wie auf die Dunkle Seite zu wechseln. Bei der Polizei gab es kaum eine andere Berufsgruppe, die gleichermaßen niedrig im Kurs stand. Und einige aus dieser Gruppe wandten mitunter die schmutzigsten Tricks an, um ihre Mandanten unabhängig von ihrer tatsächlichen Schuld in Schutz zu nehmen, und zogen schonungslos die Kompetenz und Integrität der mit dem jeweiligen Fall befassten Ermittler in Zweifel.

»Bedeutet die Wahrheit denn nichts, oder geht es hier nur um die Loyalität zum Rudel?«, fragte sie. »Genauso entstehen Justizirrtümer, Harinder. Niemand möchte einen Kollegen hintergehen oder zulassen, dass die Behörde das Gesicht verliert. Vergiss nicht, dass ich diese Kultur kenne. Es war gewiss nicht das Geld, das mich in den privaten Sek-

tor gelockt hat, sondern die verfluchte Politik. All die un-
geschriebenen Regeln. Aber das muss ich dir ja wohl nicht
erklären.«

»Und was ist die Wahrheit?«

»Dass Helene Waaler das Recht hat, angehört zu werden.
Sie hat fast ihr halbes Leben im Gefängnis verbracht. Und
dennoch sagen manche, dass man sie niemals hätte freilas-
sen dürfen. Mit diesem Urteil im Hintergrund wird es ihr
fast unmöglich gemacht, ein normales Leben zu führen.
Glaubst du vielleicht, dass es einfach ist, an einen Ort wie
Elvestad zurückzukommen? Die Einzige, die ihr eine Arbeit
geben wollte, ist ihre Tante. Helene hat einen Bachelor in
Soziologie und muss jetzt als Zimmermädchen in einem
Motel arbeiten.«

»Wer hat behauptet, dass es einfach wäre?«, entgegnete
Harinder. »Noch ist sie eine Frau im besten Alter. Du sagst,
sie habe ihr halbes Leben im Knast verbracht, aber immerhin hat sie ein Leben. Ihre beiden Opfer hatten da nicht so
viel Glück. Und übrigens kannte ich eines von ihnen, falls
du dich fragen solltest, mit wem ich hier sympathisiere.«

»Und wenn sie unschuldig ist?«

»Das halte ich für wenig wahrscheinlich. Auf Basis dessen, was ich weiß.«

»Genau. Auf Basis dessen, *was du weißt*.« Christine lächelte, als hätte sie einen Volltreffer gelandet. »Ich weiß
jedenfalls, dass das Verfahren gegen Helene mindestens drei
große Löcher aufweist, die jedes für sich schon Anlass für
berechtigten Zweifel bietet. Als ich noch Polizeijuristin war,
habe ich dafür gesorgt, dass die Fälle, die dann schließlich
zur Anklage kamen, wasserdicht waren. Und das ist dieser
nicht.«

Harinder blickte sie skeptisch an. Er wusste ja, dass Christina eine verflucht gute Polizeijuristin gewesen war. Eine der besten, mit denen er je gearbeitet hatte.

»Welche Löcher?«, ließ er sich hinreißen zu fragen.

»Lies dir die Falldokumente durch«, sagte sie. »Ein Mann wie du sollte sie schnell finden.«

»Selbst wenn ich dazu bereit wäre, könnte ich nicht ohne Rechtsgrundlage anfangen, in alten Ermittlungsunterlagen zu graben.«

»Du hast zwar keine Rechtsgrundlage, aber dafür hast du die Pflicht, nach Fehlern zu suchen. Wenn die Wiederaufnahme eines Falles bewilligt wird, ist der Fall nicht mehr alt. Die Frage ist nur, was du zu verlieren fürchtest«, sagte Christina.

»Meinen Ruf? Meine Karriere?« Harinder aß den halben Karottenkuchen auf und schob ihr die andere Hälfte zu. »Tut mir leid, aber ich kann dir nicht helfen.«

KAPITEL 3

Rachel Hauge wartete auf das Ende des Arbeitstages, damit sie joggen gehen und danach ein großes Glas Rotwein trinken konnte. Schon den dritten Tag in Folge saß sie in einem zivilen Polizeiwagen vor einem Klempnerbetrieb und hoffte darauf, dass der Inhaber auftauchte. Worauf ihrer Ansicht nach kaum eine Chance bestand. Sie mussten davon ausgehen, dass der Menschenhändler vor der Kripo gewarnt worden war.

Nachdem man Harinder Singh krankgeschrieben hatte, war Rachel dem Team eines anderen Kommissars zugeteilt worden – einem Veteranen, der den Ausdruck »die alte Schule« verwendete, als handele es sich dabei um einen Ehrentitel. Anstatt befördert zu werden, wie es der Abteilungsleiter erwähnt hatte, wurde sie jetzt wie eine Anfängerin behandelt, die sich mit allen möglichen Drecksarbeiten zufriedengeben musste.

Es gab Grenzen dafür, wie lange sie bereit war, sich damit abzufinden. Der Kommissar könnte vielleicht in einem Jahr in Pension gehen. So lange hatte sie nicht vor zu warten. Wenn nicht bald etwas passierte, müsste sie mit dem Chef ein ernstes Wort über ihre Zukunft reden.

Gerade als ihr der Gedanke durch den Kopf schoss, erschien der Name des krankgeschriebenen Kollegen auf dem Handydisplay.

»Störe ich?«, fragte Harinder.

»Nur meine Phantasien über rituellen Selbstmord. Was gibt's?«

»Ich war heute früh Kaffee trinken mit deiner Ex.«

»Falls du ein Mittel gegen Läuse benötigst, können sie dir in der Apotheke bestimmt etwas empfehlen.«

»*Aua*. Ich dachte, ihr hättet euch geeinigt, wieder auf zivilisierte Weise miteinander umzugehen.«

»Das haben wir. Es ist nur ...«

Sie führte den Satz nicht zu Ende. Er wusste, was sie meinte. Ex-Partner waren kompliziert. Von Hals über Kopf verliebt sein bis zu dem Punkt, an dem man sich fragte, ob man die Person überhaupt leiden konnte. Als sie sich kennengelernt hatten, war Christina eine sieben Jahre ältere Polizeijuristin, während Rachel noch als unbeschriebenes Blatt in Uniform herumstolzierte. Christina stammte aus einer feinen Familie aus Bygdøy und war mit einem Promi-Anwalt verheiratet, mit dem sie einen fünf Jahre alten Sohn hatte. Nicht der ideale Ausgangspunkt für eine neue Beziehung, doch Rachel hatte sich mitreißen lassen. Alle im Polizeipräsidium hatten plötzlich etwas, worüber sie tratschen konnten.

»Was wollte sie?«, fragte sie.

Sie bekam die Kurzversion geschildert. Christina wollte einen Ermittler anwerben. Rachel konnte sie verstehen. Einen hochverdienten Kripomann wie Harinder an Bord zu holen, wäre wirklich ein gelungener Coup.

»Jetzt erzähl mir bitte nicht, dass du zugesagt hast.«

»Ich habe Nein gesagt.«

»Gut. Weiter so. Christina glaubt sowieso nicht, dass du irgendwas beweisen könntest, das ist der Punkt. Du hast einen bekannten Namen. Allein die Tatsache, dass du das Fallmaterial durchsähest, würde ihre Pläne legitimieren, und das will sie natürlich ausnutzen.«

»Das ist mir alles schon klar. Ich wollte dich nur auf dem Laufenden halten«, sagte Harinder. »Hast du ihr erzählt, dass ich mich zu Tode langweile und ein Projekt brauche, um mir die Zeit zu vertreiben?«

»Hat sie das gesagt? Ich habe sie nämlich seit Längerem nicht gesehen.«

»Sie meint, das Urteil sei fehlerhaft, und sie schien sich ihrer Sache sehr sicher zu sein«, entgegnete Harinder.

»Das ist sie in der Regel. Aber den Köder solltest du nicht schlucken«, sagte Rachel. »Ich war damals noch ein Teenager, erinnere mich aber an das Stück, das die Band von Helene Waaler damals herausgegeben hatte. Eines dieser schlechten Lieder, die nur bekannt werden, weil sie als berüchtigt gelten. Erinnerst du dich daran?«

»Metal war jetzt nicht so mein Ding.«

»Es hieß ›Patricide‹.«

Helene Waaler und die Band Death of Utopia hatten es auf einer Bühne in Oslo aufgeführt, nur Stunden bevor sie nach Hause gefahren war und ihre Eltern hingerichtet hatte.

One night I'll knock on your door
and kill you all

KAPITEL 4

Freitag, 1. Oktober

Er rannte über ein Kornfeld, fort von den Schreien und Gewehrschüssen.

Es war stockdunkel, das Feld war von Nebel eingehüllt. Er konnte kaum sehen, wo er langlief, und stolperte immer wieder über die Unebenheiten am Boden. Die Geräusche waren das Einzige, woran er sich orientieren konnte. Diese herzzerreißenden Geräusche. Er rannte, bis er außer Atem war und Blutgeschmack im Mund hatte. Doch egal, wie sehr er sich vorwärtsmühte, erschien es ihm, als käme er kaum vom Fleck.

Er sah über die Schulter und registrierte einen Schatten, der näher kam. Dann stolperte er abermals, und dieses Mal fiel er hin. Er drehte sich auf dem kalten Boden herum und hob den Kopf, um dem Jäger in die Augen zu blicken.

Harinder erwachte in seinem Bett. Er blieb liegen und wartete darauf, dass sein Puls sich wieder beruhigte. Noch immer saß ihm der Traum in den Knochen. Nach einer Weile setzte er sich im Bett auf. Das steife rechte Bein machte sich bemerkbar, aber nicht mehr so sehr wie früher.

Es war gerade mal zehn vor fünf, doch er wusste, dass er nicht wieder einschlafen würde. Einen Moment lang blieb er auf der Bettkante sitzen und kämpfte gegen den Drang, sich eine Zigarette anzuzünden. Er hatte Savi versprochen, mit dem Rauchen aufzuhören. Da seine Tochter jetzt bei ihm wohnte, war es schwierig, das Versprechen zu brechen. Sie konnte mit der Präzision eines Drogenspürhunds die kleinste Spur von Zigarettenrauch erschnüffeln.

Harinder zog ein T-Shirt über und betrat die Küche, um sich ein Glas Wasser zu holen. Die Straße draußen war noch nicht wieder zum Leben erwacht. Wobei in dieser Straße ohnehin nicht von viel Leben gesprochen werden konnte. Harinders Wohnung im Maridalsvei lag dicht am Vøyensving, einer Straße, die bewies, dass man auch mitten in der Stadt friedlich wohnen konnte. Es wäre geradezu idyllisch gewesen, wenn nicht dieser braune Blechkasten von Wohnblock auf der anderen Straßenseite den Blick auf Iladalen verstellt hätte.

Er nahm die Zeitung von der Türmatte und setzte sich an den Küchentisch, auf dem alte Zeitungen aus der Vorwoche gestapelt lagen. In den vergangenen Monaten war Harinder zu einem fleißigen Leser geworden. Zeitungen, Bücher, Zeitschriften. Auf diese Weise füllte er seine langen, monotonen Tage aus. Die Abende beschloss er gern mit einem Film. Am liebsten einem alten mit Humphrey Bogart, Clint Eastwood oder dem Bollywood-Star Amitabh Bachchan.

Er breitete die druckfrische Zeitung auf dem Küchentisch aus und zog die Wochenendbeilage heraus. Die Titelseite zeigte das Gesicht einer Frau mit blassem Gesicht, nussbraunen Augen und langem schwarzen Haar.

»EINE UNSCHULDIGE FRAU?«, lautete die dazugehörende Schlagzeile.

Die Jahre hatten die schärfsten Kanten ihres Gesichts abgeschliffen. Vor langer Zeit hatten sie beide dieselben Schulen in Elvestad besucht, von der Grundschule bis zur Oberstufe, allerdings war sie zwei Klassenstufen unter ihm gewesen.

Helene Waaler.

Harinder brauchte seinen Alptraum gar nicht zu analysieren. Die Botschaft hätte auch nicht deutlicher sein können, wenn sie ihm von einer *Looney-Tunes*-Figur mit einem Vorschlaghammer in den Kopf gehämmert worden wäre.

Die Strømnes-Morde.

Die Freilassung der Täterin hatte den Fall aus dem Schlaf des Vergessens gerissen. In der Wochenendbeilage gab es mehrere Seiten mit einem umfangreichen Interview von Helene Waaler, während andere Zeitungen Faktenboxen abdruckten und True-Crime-Experten ausführlich zu Wort kommen ließen. Sogar dieser dicke Professor aus Schweden hatte etwas zu sagen. *VG* hatte den Drummer aus ihrer alten Band aufgespürt, der von dem letzten Abend mit der Truppe erzählte. Ein Auftritt in einem Osloer Rock-Club, nur wenige Stunden vor der Tragödie in dem Haus in Elvestad.

Harinder erinnerte sich sehr viel klarer an die Details, als er gegenüber Christina Sandberg eingeräumt hatte. Als ihn die Neuigkeiten aus der alten Heimat erreichten, hatte er es kaum glauben können. Elvestad war doch ein Ort, in dem niemals etwas passierte, und plötzlich gab es einen Doppelmord.

Eines der Opfer war Britt Strømnes. Sie war seine Klassenlehrerin in der Unterstufe gewesen, die Favoritin der Teenagerjungs, die beim Anblick ihres hübschen Gesichts mit dem warmen Lächeln, den tiefblauen Augen und dem rotblonden Haar jedes Mal in totale Verwirrung gerieten. Die Badeausflüge mit viel nackter Haut und steifen Brustwarzen waren Anlass für eine Menge schlafloser Nächte auf der Klassenfahrt in der Neunten gewesen.

Vor allem hatte er jedoch in Erinnerung, dass sie nett gewesen war. Sie kümmerte sich um ihre Schüler und hatte immer ein offenes Ohr. Stets hatte sie einen aufmunternden Kommentar, und immer, wenn sie auf der Straße an ihm vorbeifuhr, winkte und lächelte sie.

Er erinnerte sich an den Schock, als er hörte, dass sie ermordet worden war. Wie er seine Gesichtszüge unter Kontrolle halten musste, als die Kollegen bei der Polizei über den Fall diskutierten. Seine Trauer konnte er erst zeigen, als er wieder allein war.

Die Familientragödie erreichte ihren Höhepunkt, als ihre Tochter Helene verhaftet und des Mords beschuldigt wurde. Eine überraschende Wendung, die doch nicht unmittelbar schockierte. Helene hatte von der warmen Ausstrahlung ihrer Mutter nur wenig geerbt. Sie hatte nur wenige Freunde und fing vor allen anderen ihres Alters zu rauchen und zu trinken an. Ganz zu schweigen von ihrem explosiven Temperament.

Harinder musste an eine Episode aus der Unterstufe denken. Eine Schulstunde, die durch laute Stimmen auf dem Gang gestört wurde. Der Lehrer öffnete die Tür, um nachzusehen, was los war, und Harinder war einer derjenigen, die neugierig durch den Türspalt spähten. Was er sah, war eine fuchsteufelswilde Helene mit knallrotem Gesicht, die dem Schulinspektor ein paar Bücher hinterherwarf und brüllte, er sei ein Pädoschwein. Als ein anderer Lehrer sie festzuhalten und zu beruhigen versuchte, biss sie ihm in die Hand.

Sie wurde für eine Woche suspendiert.

Ein Problemkind.

Harinder wusste seinerzeit nicht, dass ihr Leben eine Hölle gewesen war, bis sie und ihre Mutter schließlich ihrem biologischen Vater entkommen konnten. In dem aktuellen Interview nahm die Zeitung bei der Erwähnung ihres Vaters kein Blatt vor den Mund. Sowohl er als auch ehemalige Liebhaber, die Helene ausgenutzt und misshandelt hatten, bekamen ihr Fett weg. Ein heftiger Bericht über ein Mädchen, das sich selbst verletzt, unter Essstörungen gelitten und schon im Alter von vierzehn Jahren Haschisch geraucht hatte. Ein Mädchen, dem die erforderliche Hilfe nicht zuteilgeworden war.

Doch eine unschuldige Frau?

Daran zweifelte Harinder. Norwegen verfügte – mit wenigen Ausnahmen – über ein funktionierendes Rechtssystem. Als Polizist war er jedoch oft frustriert über Anklagevertreter, die eine offensichtlich schuldige Person entkommen ließen, weil die Beweislage angeblich zu schwach war. Die Liste solcher Fälle war lang, gerade weil das Risiko eines Justizirrtums minimiert werden sollte.

Die Beweise gegen Helene Waaler mussten stark gewesen sein.

KAPITEL 5

»Du wirst auf Leute treffen, die dir nichts Gutes wollen.«

Die Rechtsanwältin hatte sie gewarnt, und Helene glaubte darauf vorbereitet zu sein, dass es sich bei Elvestad um feindliches Territorium handelte.

Am Freitagnachmittag stand sie bei der Rückkehr von der Arbeit vor dem Briefkasten. Es war keine gewöhnliche Post gekommen, nur ein zusammengefaltetes A4-Blatt, das jemand durch den Schlitz geschoben hatte. Sie faltete es auseinander und starrte auf die großen roten Buchstaben.

Sie holte tief Luft. Fasste nach dem ovalen Goldmedaillon mit dem Blumenmuster, das sie um den Hals trug. Sie hatte es in der Schachtel mit den Sachen ihrer Mutter gefunden, die Christina ihr nach Hause geschickt hatte. Sie konnte sich nicht erinnern, dass ihre Mutter es je getragen hatte, doch es war ein hübsches Schmuckstück.

Im Laufe der letzten Tage hatte sie – von Menschen, die nicht einmal versuchten, diskret zu sein – neugierige und ängstliche Blicke sowie anklagende Bemerkungen geerntet. Doch dieser Zettel war etwas anderes. Er überschritt eine Grenze.

Anonymer Absender, jeder x-Beliebige konnte also dahinterstecken. Oder etwa nicht?

Sie dachte an die Tage, die seit ihrer Entlassung vergangen waren, an die Menschen, denen sie begegnet war.

Jeden Tag fuhr sie mit dem Bus zur Arbeit. Die Haltestelle lag an der Südseite des Stadtzentrums, gleich hinter dem stillgelegten Bahnhof. Von dort konnte sie direkt in die Werkstatt des Mannes blicken, von dem sie zwar ihren Namen hatte, der ansonsten aber nur für blaue Flecken und Kindheitstraumata verantwortlich war. Sie konnte nicht begreifen, dass jemand Stig Waaler aufsuchte, um sich von ihm seinen Wagen reparieren zu lassen. Nichts scheute dieser Mann mehr als harte Arbeit.

Sie hatte ihn auf dem Platz vor der Werkstatt stehen und rauchen sehen. Und er hatte sie gesehen.

Die Therapeutin im Gefängnis hatte sie darauf vorbereitet, dass sie früher oder später auf ihren Vater stoßen würde. Das Gleiche galt für »Onkel« Morten, den Bruder ihres Stiefvaters. Der einen gegen sie gerichteten bösen Leserbrief in der Lokalzeitung verfasst hatte. Weit weniger vorbereitet war sie hingegen auf den Busfahrer gewesen, der sie hässlich angestarrt hatte, als sie am Donnerstag zur Arbeit gefahren war.

Ein großer Mann mit glatt rasiertem Schädel und grauem Kinnbart. Sie hatte nicht zurückgestarrt, im Gefängnis lernte man, unfreundlichen Blicken auszuweichen. Erst nach einer Weile war ihr klargeworden, dass es Niels sein musste, der da am Steuer saß. Dass sie überhaupt darüber nachgrübelte, zeigte, wie sehr die Jahre ihm mitgespielt hatten. Helene war schockiert angesichts des Verfalls.

Wo er doch früher so schneidig gewesen war. Ein verlogener Drecksack, das ja, aber dennoch anziehend.

Seit dem Prozess hatte sie ihn nicht mehr gesehen. Davor

waren sie beide die Triebkräfte hinter Death of Utopia gewesen. Gemeinsam hatten sie alle Stücke geschrieben, sie die Texte und er die Musik. Niels hatte darüber phantasiert, wie die Metal-Szene ihnen zu Füßen liegen würde. Und Niels hatte sie mit Speed bekannt gemacht.

Dann gab es noch die Leute, mit denen sie im Elvestad Motor Hotel zusammenarbeitete.

Tante Wencke war in Ordnung. Sie war die kettenrauchende kleine Schwester von Stig. Sie ähnelten einander, von der krummen Nase bis zu den buschigen Augenbrauen, doch ihre Gemüter unterschieden sich. Die Tante war jovial, redselig und tief gläubig. Vergebung war eine große Sache.

Onkel Roy mochte Helene nicht und wollte sie nicht im Hotel haben, aber er hatte nicht viel zu sagen. Der ehemalige Boxer war im Ring ein Profi gewesen, wirkte zu Hause allerdings eher wie ein Hasenfuß.

Helene bezweifelte, dass der Zettel von ihm oder einem der anderen Hotelangestellten stammte. Jedenfalls war Roy mehr der direkte Typ.

Sie las die Nachricht noch einmal. Ihr Gefühl sagte ihr, dass dies nur der Anfang war.

DU HÄTTEST DICH FERNHALTEN
SOLLEN, DRECKSHURE!

KAPITEL 6

Die Morgenzeitung hatte Gesellschaft bekommen, als Harinder die Tür öffnete. Eine Papiertüte vom Lieferdienst mit Brötchen, Croissants, Brotbelag und Orangensaft. Und außerdem zwei zusammengebundene dicke Polsterumschläge mit seinem Namen auf dem oberen. Keine Absenderangabe, doch Harinder hatte einen Verdacht.

Der bestätigte sich, als er die Umschläge öffnete. Es waren Kopien der Fallunterlagen über die Strømnes-Morde 2003. Informationen über die Opfer und die Beschuldigte, technische Untersuchungsberichte, Illustrationen, Vernehmungsprotokolle, Zeugenaussagen und andere Dokumente, die sich im Laufe der Entwicklung des Falls angehäuft hatten.

Am interessantesten war der zusammenfassende Bericht, der eine umfangreiche Übersicht aller der Anklage zugrunde liegenden Beweise enthielt. Falls man sich in den Fall einarbeiten wollte, wäre es am besten, mit diesem Bericht zu beginnen.

Falls.

Die verschiedenen Unterlagen waren digitalisiert und über die Datenbank der Polizei abrufbar. Harinder hätte sich das Material demnach auch selbst beschaffen können, sofern er gewollt hätte. Doch Papierkopien waren besser. Nicht nur, weil sie leichter zu lesen waren, sondern auch weil das Register bei so alten Fällen wie diesem schnell Fehler beinhalten konnte. Außerdem wurde jeder Tastendruck protokolliert, es würde also nicht unbemerkt bleiben, wenn er in den Dateiordnern herumschnüffelte.

Christina wusste dies alles natürlich.

Das i-Tüpfelchen war das Foto, das sie an den Bericht geheftet hatte.

Ein Klassenfoto aus der Mittelstufe der Elvestad-Schule im Jahr 1994.

Ziemlich weit links in der zweiten Reihe stand ein molliger Junge mit etwas dunklerer Haut als der Rest seiner Klasse, struppigem Haar und linkischem Lächeln. Ganz am Rand stand die Norwegischlehrerin in einem roten Kleid mit gelben Blumen und mit dem strahlenden, natürlichen Lächeln, an das er sich noch heute erinnerte.

Christina war wirklich gut, das musste man ihr lassen.

Sein Fokus würde immer auf den Opfern liegen, auf denen, die nicht mehr für sich selbst sprechen konnten. Und Christina erwartete nichts anderes.

Den Köder solltest du nicht schlucken.

Er blätterte durch den ersten Teil der Mappe. Sah das Foto, das dem Bericht über die Verhaftung beigefügt war. Es war nicht sehr schmeichelhaft. Mit erweiterten Pupillen starrte Helene Waaler in die Kamera, ein intensiver Blick, der zu dem FUCK THE WORLD-Shirt unter der offenen Lederjacke passte. Ungepflegtes Haar und verlaufenes Make-up.

Das Foto war nur Stunden nach den Morden entstanden, kurz bevor man sie formell beschuldigt hatte. Allerdings war sie zunächst gar nicht deswegen festgenommen worden. Sie galt als Zeugin, und ein Streifenwagen hatte sie an der Bushaltestelle Lillevann aufgegriffen, einen Kilometer vom heimatlichen Hof entfernt. Sobald sie den Wagen entdeckt hatte, versuchte sie zu fliehen. Als die beiden Polizisten sie später in die Polizeistation zerrten, hatte der eine Kratzspuren im Gesicht, während der andere nach einem Tritt in den Unterleib noch immer hinkte.

Harinder dachte, wie tief sie sich von Anfang an doch in den Dreck geritten hatte.

Ungeachtet dessen behauptete also diese gewiefte Anwältin namens Christina Sandberg, dass der Fall Schwachstellen aufwies. In Ordnung. Wenn sie unbedingt seine Expertenmeinung dazu hören wollte, dann sollte sie diese bekommen. Allerdings war nicht sicher, ob die ihr gefallen würde.

»Was ist denn das?«

Savi war aufgestanden. Sie gähnte und streckte sich, ihr langes dunkles Haar war verwuschelt, und sie trug dieses abgewetzte Unterhemd, in dem sie so gerne schlief. Harinder hatte sich noch nicht richtig an die Tatsache gewöhnt, dass er jetzt eine erwachsene Tochter im Haus hatte. Sie war achtzehn Jahre alt und im letzten Jahr der Oberstufe.

»Frühstück«, sagte er.

»Super.«

Sie wühlte in der Tüte mit den Lebensmitteln und Getränken, ohne weitere Fragen zu stellen. Harinder nahm die Aktenmappen mit ins Wohnzimmer und setzte sich in die Sofaecke.

Es war Montagmorgen und die letzte Woche seiner Krankschreibung.

KAPITEL 7

Der Nachbar hatte die Schüsse auf Hof Strømnes als Erster gemeldet. Es war zwanzig vor zwei in der Nacht auf Samstag, den 13. September. Aufgrund mangelnder Kapazitäten in der Elvestad-Polizeistation dauerte es über eine halbe Stunde, bis der erste Streifenwagen vor Ort war.

Bei den Opfern handelte es sich um den dreiundvierzigjährigen Jonas Strømnes und seine zwei Jahre jüngere Frau Britt.

Jonas war Bauer in vierter Generation und Eigentümer des Hofs. Ein Foto in den Fallunterlagen zeigte einen breitschultrigen Mann mit blondem lockigen Haar und Bartstoppeln. Er hatte eine Narbe auf der Oberlippe, die von einer ehemaligen Lippenspalte zeugte. Ein Schönheitsfleck in einem groben Gesicht.

Im Gegensatz zu Britt war er nie zuvor verheiratet gewesen und hatte keine Kinder. Auch in den sechzehn Jahren ihres Zusammenlebens auf Strømnes hatten sie keine gemeinsamen Kinder bekommen, es gab keinen Erben, der den Hof hätte übernehmen können. Es gab nur Helene, die Britt im Alter von zwanzig Jahren auf die Welt gebracht hatte.

Im Jahr 2003 war der Polizeidistrikt Hedmark entstanden, der achtzehn Jahre später im Zusammenhang mit vier schiedenen Neuordnungen wieder aufgelöst werden sollte. Der Bezirk hatte die offizielle Verantwortung für die Ermittlungen im Fall Strømnes übernommen, mit technischer und taktischer Unterstützung durch die Kripo. Harinder registrierte den Namen des Kollegen, der den taktischen Beistand geleistet hatte.

Hauptkommissar Eystein Musæus.

Oder »die Maus«, wie der Zweimetermann im Kripogebäude genannt wurde. Inzwischen Abteilungsleiter und Harinders gegenwärtiger Vorgesetzter.

Harinder schüttelte den Kopf und kam nicht umhin, Christina in Gedanken zu tadeln. Er kam mit seinem Chef relativ gut aus, doch sie beide waren stur und temperamentvoll, was mitunter zu gewissen Reibungen geführt hatte. In einem seiner alten Fälle herumzuwühlen, würde ihr Verhältnis wohl kaum verbessern.

Gleichwohl war Musæus ein Paradebeispiel dafür, dass nicht nur untaugliche Ermittler im System nach oben gelobt wurden. Er war ein Fachmann bis in die Fingerspitzen und duldete keine Schlampereien und Abkürzungen.

Was in Harinder eine gewisse Skepsis in Bezug auf Christinas Behauptungen hervorrief.

Der Tatort ließ sich mithilfe des umfangreichen Bildmaterials untersuchen. Harinder sortierte es und versuchte, die Umgebung zu visualisieren und sein Bewusstsein auf den 13. September 2003 zu fokussieren.

Der Hofplatz lag am Ende einer langen Auffahrt. Ein gelbes Wohnhaus aus den fünfziger Jahren, eine heruntergekommene Scheune mit abgeplatzter roter Farbe und eine ältere Gesindestube, die zeitweilig vermietet wurde. Doch zu dieser Zeit hatte sie leer gestanden.

Er herrschte Nebel am frühen Morgen, genauso wie er es in der Nacht zuvor geträumt hatte. Zuckende Blaulichter und schnell aufgebaute Scheinwerfer, die die Dunkelheit zu durchdringen versuchten. Zwischen den einzelnen Lichtmasten gab es viel Platz.

Auf dem Boden gleich neben dem Kiesweg glänzte ein metallischer Gegenstand. Beweis Nummer eins, eine Pumpgun von Remington. Die Mordwaffe, die die Täterperson nach der Benutzung achtlos weggeworfen hatte.

Harinder versetzte sich selbst in das Innere des Hauses.

Jonas Strømnes lag am Fuß der nach oben führenden Treppe auf dem Rücken. Umgeben von Blut, das aus einer großen Schusswunde in der Brust ausgetreten war. Seine leeren Augen waren weit aufgerissen. Sein kariertes Flanellhemd stand offen, der Ledergürtel saß locker um die Hüfte.

Allein der Anblick des getöteten Bauern erklärte einen Teil des Tathergangs. Er musste jemanden im Haus herumschleichen gehört haben und war aufgestanden, um nachzusehen. Er hatte sich in aller Eile angezogen und war gerade die Treppe hinuntergekommen, als er auf die Person mit dem Gewehr stieß.

Aus kurzer Distanz war er erschossen worden.

Ein Foto zeigte eine leere Patronenhülse auf dem Boden neben ihm. Kaliber zwölf.

In Gedanken ging Harinder die Treppe hinauf. Von den Blutspritzern an der Wand am oberen Ende der Treppe gab es ein extra Foto.

Britt Strømnes lag im Flur vor dem Schlafzimmer, das sie sich mit ihrem Mann geteilt hatte. Mit dem Nacken lehnte sie schräg an der Wand. Ihr langes weißes Nachthemd war blutverschmiert. Teile ihres Schädels waren verschwunden und hatten sich mit der verspritzten Hirnmasse vermischt, die an der Wand klebte.

Harinder rümpfte die Nase. Die hübsche Lehrerin, an die er sich erinnerte, war nicht wiederzuerkennen.

Und wieder wirkte der Ablauf ganz klar. Sie musste auf den Lärm unten reagiert haben und war ihrem Mann gefolgt. Die Täterperson hatte aus der Entfernung auf sie geschossen und dabei ihren Arm getroffen.

Verletzt und sehr wahrscheinlich in einem Anfall von Panik musste Britt versucht haben, in die entgegengesetzte Richtung zu fliehen. War aber dann von der Person mit der Flinte eingeholt worden. Beim zweiten Versuch hatte der Schütze sie in den Kopf getroffen.

Eine gnadenlose Hinrichtung.

Diese Handlung hatte dazu geführt, dass Helene Waaler mit der Höchststrafe von einundzwanzig Jahren bedacht worden war. Die Ermordung von Jonas konnte, im äußersten Fall, mit einer Affekthandlung erklärt werden. Doch Britts Tod war die Folge einer wohlüberlegten Handlung. Sie hatte nicht nur einmal geschossen und ihren Arm verletzt, sondern sie musste das Gewehr durchgeladen haben, ehe sie die Treppe hinaufgestürzt war und den Job beendet hatte.

Sie hatte ihrer Mutter nicht einen Hauch von Gnade gewährt.

KAPITEL 8

Auf den ersten Blick war alles wie erwartet. Harinder fand, dass die Ermittlung vielleicht ein wenig eingleisig verlaufen war, was zweifellos einen von Christinas Kritikpunkten ausmachte. Doch die technischen Beweise, die Helene Waaler zu Fall gebracht hatten, waren überzeugend.

Erstens: Sie konnte zum Zeitpunkt des Mordes mit dem Tatort in Verbindung gebracht werden.

Nach dem Konzert in Oslo war sie mit der Band zurückgefahren und hatte geplant, bei ihrem Liebhaber Niels Lund in Elverum zu übernachten. Ein hitziger Streit im Wagen zwischen Helene und ihm führte jedoch dazu, dass sie darauf bestand, nach Hause gefahren zu werden.

Nur der Drummer verließ in Elverum das Auto, während die anderen weiter zum Hof Strømnes fuhren. Lasse Opheim, der Bassist, fuhr den Wagen und war als Einziger von ihnen nüchtern. Er und Niels Lund behaupteten später, dass sie kurz nach ein Uhr in der Nacht in Strømnes angekommen seien und Helene an der Einfahrt abgesetzt hätten. Einige Zeit vor den Morden.

Helene erzählte eine völlig andere Geschichte. Sie sagte, der Streit mit Niels sei nach dem Zwischenstopp in Elverum weitergegangen, und dass Lasse am Ende so gereizt gewesen sei, dass er angehalten und sie aus dem Wagen geworfen habe. Er habe ihr den Gitarrenkasten hinterhergeworfen und sie nur mit einer dünnen Jacke bekleidet am Straßenrand stehenlassen. Auf hohen Absätzen musste sie fünf Kilometer gehen, um nach Hause zu kommen.

Als sie gefragt wurde, warum die anderen die Unwahrheit sagten, meinte sie, sie täten es, um davon abzulenken, dass sie ohne Helene weiter nach Strømnes gefahren waren, um einen Beutel Speed »abzuholen«, den sie und Niels auf dem Hof versteckt hatten.

Die sich widersprechenden Erklärungen konnten in der Zeitleiste einen Unterschied von fast einer Stunde ausmachen und waren demnach am ehesten dazu geeignet, Helene ein Alibi zu verschaffen. Doch es stand Aussage gegen Aussage.

Zweitens: Unter ihren Schuhen hatte sie Blut, das von Jonas Strømnes stammte. Es konnte nachgewiesen werden, dass sie sowohl oben als auch unten im Haus herumgegangen war und zusammen mit den Schuhabdrücken mikroskopische Blutspuren hinterlassen hatte.

Helene hatte dies nicht bestritten. Sie gab an, in Panik geraten zu sein, als sie erst ihren Stiefvater und dann ihre Mutter tot aufgefunden habe. Sie sei in ihr Zimmer gegangen und habe in aller Eile ein paar Sachen in einen Rucksack gestopft, ehe sie weggerannt war.

Harinder nahm zur Kenntnis, dass die Techniker in beiden Stockwerken verschiedene Fußabdrücke gefunden hatten, von denen sich einige nicht identifizieren ließen. Diese Abdrücke konnten jedoch zeitlich nicht zugeordnet werden und waren nicht mit den Blutspuren verknüpft. Sie konnten von Besuchern stammen, wie etwa Freunden oder Handwerkern.

Drittens: Ihre Fingerabdrücke waren auf der Mordwaffe. Die Waffe stammte aus dem Waffenschrank in Jonas' Arbeitszimmer. Helene erklärte, dass sie in der Vergangenheit mehrmals mit dem Gewehr auf Jagd gegangen sei. Die Fingerabdrücke mussten also von früher stammen.

Harinder rümpfte voller Skepsis die Nase, registrierte aber, dass weder an ihren Händen noch an ihrer Kleidung Rückstände vom Mündungsfeuer gefunden worden waren. Keine Schmauchspuren also. Doch diese hätten auch leicht abgewaschen werden können.

Viertens: Es war ein T-Shirt mit Blut gefunden worden, das Helene versucht hatte loszuwerden, indem sie es in eine Mülltonne abseits des Hofs warf. Es handelte sich um Blut von beiden Opfern. Es waren keine Blutspritzer zu sehen, sondern es schien, als habe der oder die Betreffende das Blut mit den Händen über das Kleidungsstück verteilt.

Helene behauptete, dass ihr das T-Shirt untergeschoben worden sein musste. Sie gab zu, dass das schwarze Motörhead-Shirt ihr gehörte, doch sie stritt ab, es an jenem Abend getragen zu haben. Und in die Mülltonne habe sie auch nichts geworfen.

Harinder stöhnte laut auf. Fast jedem Ermittler wurde früher oder später einmal vorgeworfen, einem Verdächtigen ein Stoffstück, eine Waffe oder andere Beweise untergejubelt zu haben. Doch so etwas kam nicht vor. Die Behauptung wurde ausschließlich von Menschen vorgebracht, die mit heruntergelassener Hose ertappt worden waren, und alle im Rechtssystem wussten das.

Schon an diesem Punkt war Harinder kurz davor, die

Mappen wegzulegen, Christina eine SMS zu schicken und ihr viel Glück beim nächsten Versuch zu wünschen.

Mindestens drei große Löcher?

Er hatte schon erlebt, dass Urteile aufgrund einer dünneren Beweislage als dieser ergangen waren.

Außerdem war er der Ansicht, dass es den Ermittlern durchaus gelungen war, das Motiv hinter den Morden herauszuarbeiten. Helenes Konflikt mit den Eltern, insbesondere mit dem Stiefvater, war nachweislich dokumentiert. Was sie in jener Nacht getriggert hatte, schienen die Pillen gewesen zu sein, die Helene selbst erwähnt hatte. Sie und ihr Freund hatten unter einem Dielenbrett in der Gesindestube ein kleines Lager mit Speed eingerichtet. Für den Wiederverkauf und zum eigenen Gebrauch. Zwei Tage vor den Morden hatte Jonas Strømnes das Lager gefunden und beschlagnahmt.

Britt Strømnes hatte das Ereignis in ihrem Tagebuch erwähnt, in das sie jeden Abend schrieb. Ihren Mann hatte sie überredet, nicht die Polizei zu verständigen, worauf er sich trotz großer Bedenken eingelassen hatte. Allerdings hatte er die Pillen in seinem Büro im ersten Stock in den Safe geschlossen.

Britt hatte in dem Tagebucheintrag ihren Sorgen und ihren Ängsten in Bezug auf die Tochter Ausdruck verliehen.

Als Helene festgenommen wurde, hatte man einen Beutel mit Pillen in ihrer Jackentasche gefunden. Sie musste ihn aus dem Safe ihres Stiefvaters genommen haben.

Dies war ein wesentlicher Punkt. Denn er bedeutete, dass sie – selbst wenn sie ansonsten die Wahrheit sagte – nach Hause gekommen war und ihre Familie tot aufgefunden hatte, ohne die Polizei zu verständigen. Stattessen hatte

sie die Pillen an sich genommen, ein paar Sachen zum An-
ziehen eingesteckt und war abgehauen.

Helene behauptete, in Panik gehandelt zu haben. Dass
der Schock und der nachlassende Rausch dazu geführt hätten, dass sie nicht klar denken konnte. Sie hätte Angst gehabt und wollte nur fortkommen.

Allerdings hatte dies am Ausgang des Verfahrens nichts
geändert.

Spiel, Satz und Sieg für die Anklage.

Die Maus schien gründliche Arbeit geleistet zu haben.
Harinder fand zwar die sogenannten Löcher, hielt sie aber
dennoch eher für Schönheitsflecken. Fragen, auf die vielleicht keine völlig zufriedenstellende Antwort erfolgt war.
Doch kein Fall war perfekt, wenn man ihn im Nachhinein
betrachtete.

Nachdem Harinder das Material mehrere Stunden lang
angestarrt hatte, war er hungrig und erschöpft und legte die
Unterlagen weg.

Das eigenartige Gefühl überkam ihn erst, als er die beiden Brötchen bestrich, die Savi in der Frühstückstüte zurückgelassen hatte. Ein Surren im Hinterkopf. Ein Warn-
signal, dass es dort eine Verbindung gab, die er übersehen
hatte. Ein wesentliches Detail.

Er versuchte nachzudenken.

Dann wurde es ihm klar.

Er trat in den Flur und blickte auf den großen Stapel mit
alten Zeitungen, der auf dem Fußboden lag.

Die Zeitung, die ihn interessierte, war die *VG*-Ausgabe
vom letzten Samstag. Er zog sie aus dem Stapel und nahm
sie mit zum Wohnzimmertisch, wo er zu dem Artikel vor-
blätterte, an den er gedacht hatte.

Über zwei Seiten hinweg berichtete der ehemalige Drummer Even Bakken vom letzten Konzert der Band Death of Utopia auf einer Rock-Bühne in der Mariboes gate in Oslo. Ein Auftritt, der sowohl im Hinblick auf die Vorführung selbst als auch auf die Größe des Publikums nicht ganz den Erwartungen entsprochen hatte. Er erzählte von schlechter Stimmung und Streitereien im Wagen auf dem Weg nach Hause, insbesondere zwischen dem Liebespaar Helene und Niels.

Einige Stunden später war die Familie Strømnes tot.

Das alles war interessant, doch Harinder lag in erster Linie etwas an den Fotos. Zwei von ihnen waren mit dem Vermerk »Privatfoto« versehen und waren von Bakkens Bruder geschossen worden, der sich an jenem Abend im Publikum befunden hatte. Die Journalisten hoben hervor, dass die Aufnahmen nie zuvor an die Öffentlichkeit gelangt waren.

Vier Personen auf einer Bühne, eine davon halbwegs verborgen hinter dem Schlagzeug. Helene Waaler in der Mitte, mit einem zur Grimasse verzogenen Gesicht, während sie in das Mikrophon brüllte.

»Verdammter Mist ...«, entfuhr es Harinder.

Das hier war kein Loch.

Das hier war ein Krater.

Durch das Zielfernrohr sieht er die Vorderseite des alten Hauses. Die Eingangstür und die Fenster in beiden Stockwerken. Unten brennt Licht, oben nicht.

Der burgunderrote Wagen steht nicht an seinem üblichen Platz vor der Garage. Aber sicherheitshalber hat er den Polizeifunk abgehört und weiß somit, dass das Ziel nicht zu Hause ist.

Die Polizei hat einen stressigen Abend.

Die Oktoberluft ist kühl, doch nicht unangenehm. Er hat schon bei kälteren Temperaturen als diesen mehrere Nächte hintereinander irgendwo gelegen und Wache gehalten.

Während er wartet, denkt er an die Umstände, die ihn hierhergebracht haben.

Wäre es irgendwie zu vermeiden gewesen, oder war es schon seit dem Augenblick unumgänglich, in dem dieses Frauenzimmer freigekommen war? Und interessiert ihn das eigentlich? Er kann die Situation ohnehin nicht ändern. Er kann sich ihr nur anpassen.

Das ist das, was er am besten kann.

So und nicht anders ist er.

KAPITEL 9

Montag, 4. Oktober

Harinder überquerte bei Lørenskog die Stadtgrenze. Er schickte Savi eine SMS und teilte ihr mit, dass er möglicherweise erst spät nach Hause käme. Wohin er wollte, schrieb er nicht. Das Kreuzverhör durch seine Tochter konnte warten, bis er wieder daheim war.

Er brauchte nur der Autobahn zu folgen, was ihm erlaubte, die Gedanken zu ordnen und sich auf die Befragung vorzubereiten. Eineinviertel Stunden später fuhr er durch Åkersvika und bog in Richtung Hamar ab.

Vor achtzehn Jahren war Even Bakken ein langhaariger Drummer mit löchrigen Klamotten und geschminktem Gesicht gewesen. Viel Rock 'n' Roll hatte der Mann nicht mehr an sich, als Harinder ihn in dem modernen Anbau des Storhamar-Oberstufenzentrums begrüßte. Ein paar dünne dunkle Strähnen schmückten seinen beinahe kahlen Schädel. Unter der grauen Anzugjacke trug er ein Hemd und einen blauen Pullover. In der Hand hielt er eine alte braune Ledertasche.

»Ich bin in letzter Zeit von ein paar Journalisten kontaktiert worden, aber Sie sind der erste Polizist«, sagte Even Bakken.

»Das Ganze ist völlig informell«, sagte Harinder. »Danke, dass Sie sich die Zeit nehmen.«

Bis zum Beginn der letzten Stunde des Schultages hatte Even zwanzig Minuten Zeit. Er unterrichte Mathematik und Physik, wie er Harinder erzählte. Sie gingen hinein und setzten sich im Foyer an einen hohen Tisch, der an einer Säule angebracht war.

»Es geht um das Interview, das Sie VG am letzten Samstag gegeben haben«, sagte Harinder und nahm die entsprechende Ausgabe hervor.

»Ach das, ja«, seufzte Even. »Ich hatte eigentlich gar keine Lust, mich zu äußern, aber nach Helenes Entlassung aus dem Gefängnis haben die mich total bedrängt. Ich dachte, dass die mich vielleicht in Ruhe lassen, wenn ich mit einem von denen rede.«

Harinder blätterte zu dem zweiseitigen Interview vor. »Mich interessieren die Fotos von Ihrem Bühnenauftritt. Das sind Ihre Privatfotos, nicht wahr?«

»Ja. Ich hatte meinen Bruder gebeten, die zu machen«, sagte Even. »Wir hatten uns sehr auf das Konzert gefreut. Auf so einer Bühne in der Hauptstadt aufzutreten, war irgendwie ein Zeichen, dass wir kurz vor unserem richtigen Durchbruch standen. Wir hatten die letzten Kronen zusammengekratzt, um den Auftritt zu finanzieren. Aber es wurde nicht so, wie wir erhofft hatten. Wir bekamen Probleme mit der Technik, die Tonqualität war schlecht, und ein Teil des Publikums hat uns ausgebuht. Wir haben ein ziemliches Minus gemacht.«

»Haben Sie die Fotos damals irgendeinem Ermittler gezeigt?«

»Nein.«

»Und wieso nicht?«

Even zuckte mit den Schultern. »Niemand hat danach

gefragt. Die galten vermutlich als nicht relevant. Es war ja allgemein bekannt, wo wir uns an dem Abend aufgehalten haben. Ich bin ja außerdem schnell als Verdächtiger ausgeschieden. Die anderen hatten mich kurz nach Mitternacht in Elverum abgesetzt, und erst danach herrschte dann Uneinigkeit über die weiteren Geschehnisse. Ich hatte jedenfalls nichts mit der Sache zu tun.«

Harinder nickte. Nichts anderes hatte er erwartet. Er zeigte auf das Foto, das Helene in der Mitte der Bühne zeigte.

»Sehen Sie das T-Shirt, in dem sie auftritt? Hat sie sich nach Ende des Konzerts nicht umgezogen?«

»Das hat niemand von uns getan«, sagte Even. »In dem Club gab es keine Garderobe, nur so ein stinkendes Klo. Wir haben unsere Jacken übergezogen und sind gegangen. Duschen und umziehen konnten wir uns auch zu Hause.«

»Hatten Sie was zum Wechseln dabei?«

Even schüttelte den Kopf. »Nein, ich glaube nicht. Wir wollten da ja nicht übernachten.«

Death of Utopia war die Geschichte von drei alten Kumpeln aus Elverum und einer jungen Frau aus Elvestad. Die Gründer der Band, Niels Lund und Lasse Opheim, hatten den Namen ausgewählt und die altnordische Symbolik hinzugefügt, die einen Teil ihres Profils ausmachte.

Even Bakken war der dritte Mann in der Band. Niels war ursprünglich Gitarrist und Sänger, gab das Mikrophon aber ab, nachdem sie Helene Waaler entdeckt hatten.

»Helene war ein Naturtalent. Obwohl sie nicht ausgebildet war, konnte sie singen und spielen. Und sie schrieb dunkle und ganz phantastische Texte«, erzählte Even. »Es war ein echter Glücksstreffer – Lasse hatte sie bei irgendeiner Familienfeier kennengelernt.«

»Sind sie verwandt?«

»Tja, wohl nicht direkt – ich glaube, Lasses Tante hatte in die Strømnes-Familie eingeheiratet oder so ähnlich. Sobald Helene ein Teil der Band war, gab es viel mehr Entwicklung. Aber auch mehr Krach. Beispielsweise wollte sie Lasse loswerden. Sie behauptete, er habe kein Talent und trage nichts Kreatives bei. Sie hatte nicht unrecht, aber Niels weigerte sich, seinen besten Kumpel abzuservieren. Es war *seine* Band, daran erinnerte er uns regelmäßig, und daher hatten wir auch seiner Vision genau zu folgen.«

»Was haben Sie gedacht, als Sie von den Morden erfahren haben?«, fragte Harinder.

»Es kam mir völlig unwirklich vor. Wie das alptraumartige Ende eines bereits beschissenen Tages.«

Er berichtete von der Rückfahrt aus Oslo.

»Helene saß hinten und schmollte vor sich hin, mit diesem fernen Blick, den sie oft dann aufsetzte, wenn sie an ihrer Umgebung völlig desinteressiert war. Niels hat gekifft. Und Lasse hat sich auf die Straße konzentriert. Plötzlich gab es heftigen Streit. Kann sein, dass Helene Niels gegenüber eine blöde Bemerkung gemacht hat und das so anfing, ich weiß nicht mehr genau. Ich war froh, als wir schließlich in Elverum waren und ich nach Hause gehen konnte.«

»Worüber haben sie gestritten?«

»Über alles. Über die Band, die Zukunft, ihre Beziehung. Geld und Drogen.« Even schüttelte den Kopf. »Helene war abhängig, und Niels wahrscheinlich auch. Aber nicht Lasse. Er hat weder getrunken noch Drogen angerührt. Er hat den anderen nur alles besorgt.«

»Hat er mit Drogen gehandelt?«

Even nickte.

»Was halten Sie von Helenes Erklärung über das, was passiert ist, nachdem Sie ausgestiegen waren?«

Sie behauptete, dass Niels sie auf dem Rücksitz geschlagen und gewürgt hatte und dass Lasse deswegen an den Straßenrand gefahren war. Doch anstatt ihr zu helfen, hatte er sie aus dem Auto geworfen.

»Das klang für mich nicht unwahrscheinlich, ihre Streitereien konnten echt heftig werden. Außerdem hat sie ihn für den Reinfall mit dem Konzert verantwortlich gemacht. Selbst einen Teil der Verantwortung zu übernehmen, war nicht ihr Ding.«

»Sie glauben also, dass sie die Wahrheit gesagt hat?«

»Ich glaube, Niels und sie sind da unterschiedlicher Meinung im Hinblick auf die Geschehnisse.«

Harinder lächelte ob der glatten Antwort.

»Spielen Sie immer noch?«, fragte er.

»Ja, aber meist nur so zum Vergnügen. Ab und zu werde ich mal engagiert. Roots, Country und so was.« Even lachte. »Ich weiß, das ist schon zahmer als in den alten Tagen.«

KAPITEL 10

Harinder hatte keine Lust, direkt nach Oslo zurückzufahren. Da er nun schon einmal in der Gegend war, wollte er die Gelegenheit nutzen, einen kleinen Ausflug in die alte Heimat in Østerdalen zu machen.

Hof Strømnes lag neben mehreren anderen kleinen Bauernhöfen ganz im Süden der Gemeinde Elvestad, etwa fünfzehn Kilometer entfernt von der Stadt mit demselben Namen. Harinders Mutter war auf einem dieser Höfe zur Welt gekommen, doch die Familie war schon vor langer Zeit fortgezogen. Das landwirtschaftlich geprägte Gebiet grenzte direkt an die Wälder, die den Lillevann genannten See umgaben, einen im Sommer sehr beliebten Badeort.

Es reichte nicht mehr, nur zu lesen und zu visualisieren. Harinder wollte alles mit eigenen Augen sehen. Wollte den Spuren derjenigen folgen, die sich vor achtzehn Jahren in der Umgebung des Bauernhofs bewegt hatten. Fotos konnten nicht alles zeigen.

Unterwegs gab er Rachels Nummer ins Handy ein. Es war an der Zeit, seine Sünden zu beichten.

Er konnte hören, dass sie draußen unterwegs war. Sie atmete kontrolliert und im Rhythmus mit den schnellen Schritten, die über knirschenden Kies führten.

»Läufst du schon wieder um den Sognsvann?«, fragte er.

»Ich komme mir plötzlich so berechenbar vor«, sagte Rachel. Sie konnte gleichzeitig laufen und reden, ohne dass sich ihre Atemfrequenz merkbar veränderte.

»Du weißt noch, was du mir geraten hast, nicht zu tun?«, fragte er.

»Sag's bitte nicht.«

»Tut mir leid.«

»Aber warum?«, seufzte Rachel.

»Ich habe etwas gefunden.«

Damit sie den Zusammenhang erkennen könnte, musste er ihr ein paar Hintergrundinformationen geben. Über das letzte Konzert mit Death of Utopia sowie das blutbefleckte Motörhead-T-Shirt, das als einer der Schlüsselbeweise gegen Helene Waaler verwendet worden war.

»Helene behauptet, das T-Shirt sei ihr untergeschoben worden, damit die Ermittler es finden würden«, sagte er.

»Ja, richtig.« Rachel schnaubte.

»Genau das, was ich gedacht habe«, sagte Harinder. »Das Problem ist, dass Helene während des Konzerts dasselbe T-Shirt wie bei ihrer Verhaftung ein paar Stunden später getragen hat.«

»Und das bedeutet was?«

»Denk einfach nach.«

Was Rachel tat. Er hörte, wie ihre Schritte stoppten und ihr Atem langsamer wurde.

»Das passt nicht zusammen«, sagte sie schließlich. »Soll sie das T-Shirt gewechselt, das neue mit Blut beschmiert und das alte durchgeschwitzte behalten haben?«

»Eben.«

Die Fotos vom Konzert und von der Festnahme waren

deutlich. Helene trug ein T-Shirt, auf das die goldfarbenen Buchstaben FTW gedruckt waren. Das bedeutete, dass sie nach Hause gefahren sein und sich umgezogen haben musste, bevor sie ihre Eltern ermordete, um sich danach wieder das alte T-Shirt anzuziehen, das sie zuvor getragen hatte. Möglicherweise hatte sie auch das neue T-Shirt über das gezogen, welches sie bereits anhatte, aber das ergab auch nicht mehr Sinn.

»Außerdem hatte sie kein Wechselshirt dabei, als sie aus Oslo zurückkam«, sagte Harinder. »Und sie kann nicht vor den Morden oben in ihrem Zimmer gewesen sein und sich umgezogen haben, weil Jonas Strømnes im Erdgeschoss war, als er erschossen wurde. Somit muss auch sie unten gewesen sein, als das Ganze losging, und muss bereits das andere T-Shirt getragen haben, damit sein Blut darauf landen konnte.«

»Und das ist niemandem vorher aufgefallen?«, fragte Rachel.

»Anscheinend nicht«, erwiderte Harinder. »Helene Waaler besteht darauf, dass sie dieses T-Shirt, das in der Mülltonne gefunden wurde, nie getragen hat, doch ihr wurde nicht geglaubt. Niemand hat Fotos von dem Konzert gesehen, ehe *VG* am letzten Wochenende zwei davon abgedruckt hat. Und niemand hat *gefragt*. Das Konzert war offenbar nicht wichtig genug. Das Ermittlerteam hat mit Zeugen gesprochen und eine Zeitleiste aufgestellt, aber das ist alles. Sie waren primär daran interessiert, was danach passiert ist.«

»Und was beweist das?«, fragte Rachel.

»Ich weiß es nicht«, musste Harinder einräumen. »Es ist ein lästiges Detail, und es stört den Tathergang. Woher kam das T-Shirt, wenn sie es nicht getragen hat?«

»Du willst die ganze Geschichte also nicht liegen lassen?«

»Ich sollte es vermutlich tun. Hab ich eigentlich schon erwähnt, dass die Maus damals die Ermittlung geleitet hat?«

Am anderen Ende der Leitung blieb es einen Augenblick still. »Nee, den Teil hast du ausgelassen. Harinder, wenn er rauskriegt, dass du das hinter seinem Rücken ... muss ich den Satz jetzt noch zu Ende bringen?«

Harinder grinste. »Natürlich nicht. Also, was soll ich tun? In seinem Büro aufschlagen und sagen: Hören Sie mal, erinnern Sie sich an diesen Doppelmord vor achtzehn Jahren? Einer eurer Schlüsselbeweise hakt gewaltig, und jetzt wüsste ich gern, was sonst noch nicht stimmt. Macht's Ihnen was aus, wenn ich mir das mal näher ansehe?«

»Wenn du sein Büro durch das Fenster wieder verlassen möchtest, dann ja«, erwiderte Rachel. »Das einzig Vernünftige ist, die Sache fallen zu lassen. Das ist nicht deine Angelegenheit, Harinder. Nicht dein Problem.«

»Ich mag keine Schlamperei, Rachel. Und du kannst darauf wetten, dass die Maus so etwas bei uns auch nicht tolerieren würde.«

»Klingt, als ob Christina dich schon in den Klauen hat«, bemerkte Rachel.

»Ihr seid vielleicht nicht die besten Freundinnen, aber du musst zugeben, dass sie genau weiß, was sie tut.«

»Das Problem ist, dass du sie magst, das hast du immer schon getan. Gib's zu!«

Er fuhr weiter. Passierte die Gemeindegrenze Elvestad und hielt auf den Lillevann-Distrikt zu. Als er sich der Stelle näherte, wo Hof Strømnes liegen sollte, sah er zwei massive

Gebäude aus Glas und Stahl. Der Wald war gerodet, so dass nur noch ein Weg zwischen dem Häuserkomplex und dem See übrig war. Auf dem Schild an der Einfahrt stand: »Lille-vann-Technologiezentrum«.

Es war lange her, dass Harinder sich für die Entwicklungen in seiner alten Heimat interessiert hatte, doch der Bau des Zentrums war ihm nicht entgangen. Es war vor einigen Jahren mit Blasmusik und dem Durchschneiden einer Kordel vom Bürgermeister eröffnet worden und galt als Beispiel für Maßnahmen, die in der Gemeinde für neue Arbeitsplätze sorgten.

Harinder wusste zudem, dass der Komplex teilweise auch auf dem Areal des Strømnes-Hofs errichtet worden war. Er hatte nur nicht erwartet, dass davon nichts mehr übrig war.

Es gab keine Spur mehr von Hof Strømnes oder von den beiden benachbarten Höfen.

KAPITEL 11

Nächster Halt war das Elvestad Motor Hotel. Es lag fünfzehn Kilometer außerhalb der Stadt auf einem Grundstück, wo sich früher eine Holzhandlung befunden hatte. Eines der ehemaligen Betriebsgebäude war in ein Gasthaus verwandelt worden, das schräg gegenüber dem länglichen Bau aus massivem Holz lag, in dem sich die zwölf Gästezimmer befanden.

Der Inhaber saß hinter dem Empfang auf einem Stuhl und las in einer Zeitschrift für amerikanische Muscle-Cars. Er nickte, als er Harinder erblickte, setzte ein Lächeln auf und erhob sich. Seine Bewegungen waren träge und mühsam, doch seine Pranken waren immer noch furchteinflößend groß.

»Jesus, bist du das wirklich?«, fragte Roy Vestad.

»Wie geht's denn so, Roy?«

»Ich kann nur klagen«, erwiderte er, ehe sein Lächeln plötzlich erstarb. »Jetzt sag nicht, dass du hier bist wegen …«

Harinder hob abwehrend die Hand. »Ich bin nicht im Dienst«, sagte er. »Ich habe aber gehört, dass du eine neue Angestellte hast. Das ist sehr nett von dir. Vermutlich nicht leicht, an einen Job zu kommen, wenn man vorbestraft ist.«

»Ja, wir sind hier die guten Samariter.« Um sich zu vergewissern, dass niemand in Hörweite war, warf Roy einen Blick über die Schulter. »Aber um ehrlich zu sein, läuft's mir bei der Dame kalt den Rücken herunter. Doch was soll ich machen? Wencke hat darauf bestanden. Sie hat keine Verwandten außer der Nichte und ihrem nutzlosen Bruder.«

»Ist Helene hier?«

Roy zuckte mit den Schultern. »Keine Ahnung. Sie ist für heute fertig mit der Arbeit, aber ich habe sie nicht wegfahren sehen. Ab und zu isst sie hier. Ich wünschte, sie würde es nicht tun. Sie zieht Aufmerksamkeit auf sich.«

Sie hatten sich knapp drei Minuten unterhalten, und als Harinder wieder herauskam, hatte die Abenddämmerung bereits eingesetzt. Er sah die Zigarettenglut einer Frau, die vor seinem Wagen stand. Sie trug eine offene Jacke und langes Haar, das ihr locker über die Schulter fiel.

»Bist du hier, um mich zu treffen?«, fragte Helene Waaler.

»Ich war in der Gegend«, erwiderte Harinder.

Sie lächelte, als hätte sie ihn durchschaut. »Ich glaube nicht, dass du ohne guten Grund in diese Gegend kommst, Harinder, und das verstehe ich gut. Mein Bus fährt in einer Viertelstunde. Oder willst du mich vielleicht nach Hause fahren? Dann könnten wir unterwegs reden.«

Er machte eine Kopfbewegung in Richtung ihrer Zigarette. »Kann ich eine von dir schnorren?«

Sie reichte ihm eine graue Prince-Schachtel. Nicht seine übliche Marke, aber er wollte nicht wählerisch sein. Die ersten Züge waren der pure Genuss.

Sie setzten sich in den Wagen und fuhren gen Staden.

»War es deine Idee, dass ich mir deinen Fall ansehen sollte?«, fragte er.

»Nein, Christinas, aber ich hatte nichts einzuwenden«, sagte Helene. »Weißt du noch, damals in der Schule? Einmal hast du diese Jungs verprügelt, die versucht haben, mir auf dem Schulhof die Unterhose runterzuziehen, während alle anderen nur blöd zugeguckt haben. Wir waren ja nicht eben Freunde, aber dass andere gequält werden, wolltest du nicht zulassen. Vielleicht bist du ja anders als andere Polizisten?«

»Inwiefern?«

»Diese Leute, die mich befragt haben, drehen einem das Wort im Munde um. Sie tun so, als hörten sie zu, aber sie hören nur das, was sie hören wollen. Alle Antworten werden falsch interpretiert. Und wenn du nichts sagst, ist das auch nicht richtig. Du hast keine Chance zu gewinnen, so oder so nicht.«

»Hast du das so erlebt?«

»Meine Familie wurde ermordet, und sie verhaften die erstbeste Person, die sie finden können. Nichts von dem, was ich oder was andere für mich ausgesagt haben, wurde ernst genommen. Die Bullen waren vom ersten Moment an voreingenommen.«

»Ich habe das Interview mit dir gelesen«, sagte Harinder. »Du hast viel über die Konflikte mit deinem Vater, mit deinem Freund, mit der Band und mit den anderen gesprochen, aber nur wenig über deine Mutter und deinen Stiefvater. Da gab es aber auch Konflikte, oder nicht?«

»Ich will gar nicht so tun, als ob da alles rosarot gewesen wäre. Das Verhältnis zwischen meiner Mutter und mir war zeitweilig angespannt. Wir haben anscheinend immer nur das Schlimmste voneinander gehalten. Und Jonas war mitunter streng und launisch. Allerdings kannst du ihn mit Stig nicht vergleichen. Jonas hat getan, was er tun konnte, er war nicht der Übelste.«

»Ihr habt Speed verkauft, und Jonas hat deine Pillen konfisziert. Hat gedroht, die Polizei zu verständigen.«

»Wie gesagt, es war nicht alles rosig. Ich war ja auch nicht immer die einfachste.«

»Nein, das glaube ich gern.«

»Ich habe versucht, meine Depressionen mit Drogen und Alkohol zu bekämpfen. Von meinem dreizehnten Lebensjahr an bis zu meinem Einzug ins Gefängnis war ich nicht ein einziges Wochenende nüchtern, soweit ich mich erinnere. Es ist überhaupt ein Wunder, dass ich die Schule zu Ende gebracht habe. Ich habe eine Musiklehrerausbildung angefangen und hab mir in Elverum ein möbliertes Zimmer genommen, aber ich bin da nicht zurechtgekommen. Ich wollte mich nur auf die Musik konzentrieren. Nachdem ich das Studium abgebrochen hatte, bin ich vorübergehend zurück auf den Hof gezogen. Im Nachhinein ist mir natürlich klar, dass das ein Fehler war. Jonas und Mama haben alles kritisiert, was ich getan habe. Sie mochten weder meinen Lover noch meine Freunde oder unsere Band.«

»Mit Lover meinst du Niels Lund?«

Sie nickte. »Er war Lover, Dealer, Bandleader und Manager. Er wollte alles kontrollieren.«

»Klingt nicht nach einem gesunden Verhältnis.«

»Ich weiß nicht, was ein gesundes Verhältnis ist. Ich durfte das nie ausprobieren«, sagte Helene mit einem schiefen Lächeln.

Sie fuhren durch die Storgate, wo alles geschlossen hatte

und kaum ein Mensch zu sehen war, obwohl die Uhr nicht einmal halb sechs zeigte.

»Hattest du später noch Kontakt mit einem von der Band?«

Sie schüttelte den Kopf. »Nein, die haben sich so schnell wie möglich von mir abgewandt. Besonders Niels und Lasse, die noch dazu totalen Mist über die Geschehnisse erzählt haben. Niels hat versucht, Death of Utopia mit einer neuen Sängerin am Leben zu halten, aber das ist nicht gut gelaufen. Er ist jetzt Busfahrer, fährt sogar den Hamar-Bus hier. Er ist fett geworden und hat 'ne Glatze.«

»Du hast ausgesagt, sie wären in der Mordnacht ohne dich weiter nach Strømnes gefahren. Warum glaubst du das?«, fragte Harinder.

»Weil sie in die gleiche Richtung weitergefahren sind. Sie haben nicht gewendet, und ich habe sie auch nicht wieder gesehen, als ich da an der Straße langlief. Sie müssen also in Strømnes vorbeigekommen sein. Aber wieso in aller Welt sind sie da langgefahren, wenn sie in Elverum wohnten? Das ist die entgegengesetzte Richtung.«

»Aber der Grund, dass sie dort hingefahren sind, war nach deiner Aussage, dass sie sich die Pillen zurückholen wollten. Und der Beutel war ja noch da, als du angekommen bist. Also haben sie den Diebstahl nicht ausgeführt. Wie erklärst du dir das?«

»Damals dachte ich, dass was passiert sein musste. Vielleicht hatten sie kalte Füße bekommen.«

»Glaubst du, dass sie die Morde begangen haben?«

Helene zögerte.

»Vor Gericht geht es darum, deutliche Gegensätze zu schaffen«, erklärte sie. »Ja oder nein, sie oder wir. Niels und

Lasse haben Lügen über mich verbreitet, während sie gleichzeitig die Unwahrheit über ihre eigenen Aufenthaltsorte gesagt haben. Ich weiß, wo sie langgefahren sind. Ich *weiß*, dass sie in der Nähe von Strømnes gewesen sein müssen. Was ist, wenn sie etwas gesehen haben? Was ist, wenn sie mehr wussten, als sie gesagt haben? Das Gericht hat ihnen Glauben geschenkt, aber das war ein Fehler. Sie haben gelogen, Harinder!«

Er hörte die Wut in ihrer Stimme. Entweder glaubte sie wirklich an das, was sie sagte, oder sie war eine gute Schauspielerin.

Sie kamen zu den Wohnblocks in der Ramms gate.

»Mama hätte an jenem Abend gar nicht da sein sollen«, sagte sie nach etwas längerem Schweigen. »Sie hat mit anderen zusammen die Handballmannschaft der Mädchen trainiert, und an dem Wochenende gab es eine Veranstaltung in Moss. Aber bevor sie dort ankam, hatte sie umkehren müssen, weil ihr schlecht war und sie sich übergeben musste.«

Harinder hatte die betreffenden Zeugenaussagen in den Fallunterlagen gelesen. Es spielte keine Rolle, jedenfalls nicht, solange die Morde nicht im Voraus geplant gewesen waren, was laut Musæus und dem Ermittlerteam nicht der Fall war. Doch es bedeutete, dass eines der Opfer noch leben würde, wenn es nicht krank geworden und nach Hause gefahren wäre.

»Eine letzte Sache noch: Was ist mit dem Hof passiert?«, fragte Harinder.

»Onkel Morten hat das Ganze geerbt, und er hat den Hof an eine Firma verkauft, die das Areal weiterentwickeln wollte. Er hat alles so schnell wie möglich abgestoßen und ein Vermögen damit gemacht. Denk darüber, was du willst.«

»Und an wen hat er den Hof verkauft?«

»An die Einzigen hier in der Gegend, die genügend Geld für den Kauf von drei Höfen hatten und ein großes Bauprojekt auf die Beine stellen konnten. Die Familie Davidsen.«

KAPITEL 12

Der Mann in Blazer, Chinos und mit Airpods in den Ohren blickte sich um, ehe er die Tür zu dem Café aufstieß. Niemals betrat er einen Ort, ohne sich einen Plan darüber gemacht zu haben, wie er im Falle eines unvorhersehbaren Ereignisses schnell wieder herauskommen konnte. Während seiner Zeit bei den Spezialkräften hatte man ihm den Spitznamen Houdini verpasst, weil er immer einen Ausweg fand, wenn der benötigt wurde.

Das Café Ernst lag nahe der Freistadt Christiania. Ein schlichtes Ecklokal in einem älteren Wohnhaus, eine Treppe hoch und hinter einer schweren Tür.

Die Gäste hatten sich locker über die Räumlichkeiten verteilt. Eine Mischung aus Gewohnheitstrinkern und jungen Menschen, die nach Studenten aussahen. Der unrasierte Barkeeper grüßte mit einem knappen Nicken.

»Irgendwelche Post?«

»Nur ein Brief«, erwiderte der Barkeeper und beugte sich hinter der Theke nach unten, um einen braunen Umschlag hervorzuholen. MADSEN stand mit Kugelschreiber darauf geschrieben.

Der Mann nahm die Post sowie ein Glas Mineralwasser mit Eiswürfeln mit zu seinem festen Tisch am Fenster in der

Ecke. Von dort aus konnte er verfolgen, was auf der Straße passierte.

Der Umschlag enthielt Nachrichten und Anfragen zu Aufträgen. Einige Auftragsjobs nahm er selbst an, andere gab er weiter. Derzeit kam er sich vor wie auf dem Arbeitsamt.

Auf einem der Zettel in dem Umschlag standen nur eine Telefonnummer und zwei Initialen. Er starrte auf das Papier. Er wusste, dass der Absender sich nicht gemeldet hätte, wenn es nicht um etwas Wichtiges ginge. Am liebsten wäre ihm allerdings gewesen, wenn der Betreffende die Kontaktaufnahme unterlassen hätte.

Er verließ das Lokal und betrat die Freistadt. Lange schmale Straßen, mit Graffiti vollgesprühte Häuser und umgestürzte Zäune. Wo ein alternativer Lebensstil gepflegt wurde und gleichzeitig Touristen umherstreiften und Fotos schossen.

Er zog sein Handy hervor und setzte eine neue SIM-Karte ein. Wählte die Nummer.

»Ich bin's«, sagte er nur.

»Ich würde dir gern was schicken«, sagte die Person am anderen Ende der Leitung. »Geht das über MMS?«

»Ja, in Ordnung.«

Sie unterbrachen die Verbindung. Nach kurzer Zeit gab sein Telefon einen Signalton von sich. Die Mitteilung enthielt zwei Fotos. Sie waren bei schlechter Beleuchtung mit einer Handykamera gemacht worden, die Auflösung war entsprechend. Doch er sah einen Mann und eine Frau, die mit je einer Zigarette in der Hand auf einem Parkplatz standen. Er erkannte die Frau, den Mann jedoch nicht.

Auf dem nächsten Bild setzten sie sich in einen burgunderroten Nissan Qashqai.

Er wartete, bis das Handy erneut klingelte.

»Wer ist der Schwarze?«, fragte er.

»Harinder Singh, Kripo. Wenn du wissen willst, wozu der alles in der Lage ist, brauchst du ihn nur zu googeln«, sagte der andere. »Die Fotos sind von gestern. Wieso ist er mit ihr zusammen? Warum jetzt?«

»Das macht dir Sorgen?«, sagte Madsen, der das eigenartig fand. »Ist doch nichts Neues, dass diese Verrückte gern das Maul aufreißt. Ist bloß Krach. Nichts, was einem den Schlaf rauben sollte.«

»Ich schlafe sehr gut, danke, aber das bedeutet nicht, dass mir diese Entwicklung gefällt. Singh ist womöglich der Grund dafür, dass sie jetzt so aktiv werden. Was ist, wenn sie einen wohlgesinnten Bullen hinter sich stehen haben?«

»Vielleicht.«

»In dem Fall will ich alles darüber wissen. Ich will absolut *alles* wissen.«

»In Ordnung. Mehr Informationen können nicht schaden. Ich werde jemanden finden, der …«

»Nein, ich will, dass du dich persönlich darum kümmerst. Ich traue niemand anderem. Nicht bei dieser Sache.«

Madsen zögerte. »Der Zeitpunkt ist etwas ungünstig.«

»Tu einfach so, als hätte ich freundlich gefragt. Zwing mich nicht, dir in Erinnerung zu rufen, was du mir schuldest oder dass du Leute bei dir hast, die von mir abhängig sind. Verstehst du das?«

»Ich höre, was du sagst«, entgegnete Madsen.

»Ich habe nicht gefragt, ob du es gehört, sondern ob du es verstanden hast.«

»Ich verstehe. Entspann dich, ich bin schon unterwegs.«

Mikael Madsen nahm die SIM-Karte heraus und brach sie entzwei. Er trat auf den Kanal zu und warf die Plastikstücke ins Wasser.

KAPITEL 13

Mittwoch, 6. Oktober

Wie auf einem Rummelplatz in den achtziger Jahren leuchtete Helene das Neonschild entgegen. Das Flamenco war eine Institution in der Strandgate. Ein abgeranztes Pub, das seit seiner Eröffnung bestimmt drei- oder viermal den Besitzer gewechselt hatte, ohne dass es dadurch zu einer größeren Änderung gekommen war. Die Fernsehbildschirme, auf denen Sport gezeigt wurde, waren größer und flacher geworden, und auch die Speisekarte war nicht mehr die gleiche wie früher. Die dunkle Einrichtung mit ihren schäbigen Sitzecken und Barhockern sah jedoch aus wie eh und je.

Helene war zu lange fort gewesen, um sagen zu können, ob sie die biertrinkende oder hamburgerverzehrende Kundschaft wiedererkannte, geschweige denn diejenigen, die bloß dort saßen, um ihren Lottoschein auszufüllen. Helene allerdings wurde wiedererkannt. Sie spürte die Blicke, während sie auf einen freien Tisch in der Nähe der Theke zutrat. Als sie zurückstarrte, wandten die Gäste den Blick so schnell wieder ab, als hätten sie in den Schlund der Hölle geschaut.

Sie bestellte ein Glas Rotwein und ein Pastagericht. Wein trinken zu können, wann immer sie wollte, war eines der Privilegien, die sie vermisst hatte. Dieses ganze verschrobene System, das sich Strafvollzug nannte, basierte auf einer ungleichmäßigen Verabreichung von Zuckerbrot und Peitsche. Als Hochsicherheitsgefangene hatte sie weitaus mehr von Letzterem gesehen. Nicht eine einzige Stunde am Tag, die sie nicht unter der Kontrolle anderer Menschen gestanden hatte.

Doch mit dieser Zeit wollte sie sich nicht länger beschäftigen. Nun ging es um andere Dinge. Ihren Fall, für dessen Wiederaufnahme sie kämpften. Das Buch, das sie schreiben wollte und mit dem sie gutes Geld verdienen könnte. Die Pasta war völlig unspektakulär. Sie blickte den Fernsehbildschirm an, spähte bisweilen zu den anderen Gästen hinüber, versuchte ein paar Gesichter einzuordnen.

Plötzlich entdeckte sie ihn.

Die massive Gestalt von Stig Waaler hockte allein in einer Ecke des Lokals. Er hatte dieselben aufgedunsenen Augen und dasselbe gerötete Gesicht, an die sie sich aus alten Zeiten erinnern konnte. Und als Einziger von allen um sie herum erwiderte er ihren Blick.

Helene hatte nur wenig Lust, noch länger zu bleiben. Sie konnte damit umgehen, in derselben Kleinstadt wie er zu leben, doch sich mit ihm in einem Raum aufzuhalten, war etwas ganz anderes.

Noch ehe sie den Rotwein austrinken und ihre Sachen zusammenpacken konnte, ließ er sich ihr gegenüber auf den Stuhl sinken und knallte sein Bierglas auf den Tisch. Glotzte sie mit selbstzufriedenem Grinsen an, als genösse er das Unbehagen, das seine Anwesenheit bei ihr auslöste.

Als sie aufstehen wollte, packte er ihre Hand.

»Setz dich, Kleine. Mach bloß kein Theater.«

»Ich will nicht mit dir reden«, entgegnete sie.

»Dann rede halt nicht, aber hör dir an, was ich zu sagen habe«, fuhr er fort. »Du wirst sehen, dass es sich vielleicht sogar lohnen kann. Du musst nämlich wissen, dass ich, trotz der Scheiße, die du über mich erzählt hast, vielleicht der Einzige in diesem Raum bin, der geneigt ist, dir deine Geschichte zu glauben.«

Helene starrte ihn ungläubig an. Ein ziemlich unerwartetes Geständnis. Allein schon deswegen konnte sie ihm nicht vertrauen. Stig Waaler sagte oder tat nämlich nie etwas, ohne daran zu denken, was dabei für ihn herausspringen könnte.

»Du hast Jonas doch gekannt. Er konnte so stur und eigenwillig sein wie nur wenige und hat viele gegen sich aufgebracht«, sagte Stig. »Er hat sich mit Nachbarn gestritten und sich allem widersetzt, was Veränderung bedeutete. Sogar sein Bruder konnte seine Fresse nicht ertragen. Also warst du vielleicht nur zur falschen Zeit am falschen Ort?«

Er nahm einen Schluck Bier. Tätschelte der Kellnerin den Hintern, als sie am Tisch vorbeikam, und wedelte mit dem fast leeren Glas.

»Was willst du?«, fragte Helene.

»Ich habe wichtige Informationen für dich.«

»Ja, genau. Und nachdem ich dich für die Information bezahlt habe, willst du mir bestimmt noch ein Auto verkaufen. Ich kenne dich und deine Lügengeschichten.«

»Keine Lügengeschichten, nur die Wahrheit«, sagte er. »Wird langsam Zeit, dass jemand sie dir erzählt.«

»Mir was erzählt, hm?«

»Dass ich nicht dein Vater bin. Nicht wirklich.«

Helene starrte ihn an, unsicher, wie sie darauf reagieren sollte. Es würde ihm ähnlich sehen, so einen Stuss zu erzählen, doch sie wusste auch, wie er sich anhörte, wenn er log. Das hier war anders.

»Du bist natürlich skeptisch, aber ich meine es ernst«, fuhr er fort. »Deine Mutter war erst neunzehn, als sie schwanger wurde. Ich weiß noch, wie verzweifelt sie war. Unverheiratet und die Tochter des Kirchenorganisten. Also haben wir geheiratet, wie die Leute es damals machten, wenn ein Unglück eintrat. Erst viel später, als wir uns einmal stritten, da hat sie mir ins Gesicht gesagt, dass ich nicht der Vater sei. Was ich allerdings auch schon vermutet hatte.«

»Vielen Dank, ich kann mich an eure ›Streitereien‹ noch gut erinnern«, sagte Helene. »Für gewöhnlich hast du dann deine Fäuste sprechen lassen.«

Stig zuckte bloß kaum merklich mit den Schultern.

»Ich kann die Vergangenheit nicht rückgängig machen«, sagte er. »Gefällt es dir, dort in dem Motel die Böden zu scheuern und die Betten zu machen? Und wenn ich dir erzählen würde, dass du nichts von dem Scheiß zu tun brauchst? Dass dein richtiger Vater reich ist und du Anspruch auf deinen Anteil hast?«

»Ich würde sagen, dass es mir schwerfiele, das zu glauben.«

Stig setzte ein zufriedenes Grinsen auf. »Ich habe Beweise, Helene. Alles, worum ich dich bitte, ist eine angemessene Beteiligung.«

KAPITEL 14

Wer waren die Leute hinter dem Lillevann-Technologiezentrum?

Harinder saß mit dem Laptop im Schoß auf dem Sofa. Es
war bereits spät am Abend. Im Hintergrund lief der Fernseher ohne Ton. Das Einzige, was die Stille durchbrach, war
ein Wagen, der mit laufendem Motor vor dem Gebäude
stand.

Das Zentrum war 2015 fertiggestellt worden, zwölf Jahre
nach den Morden auf Hof Strømnes. Es musste schon lange
im Vorfeld geplant worden sein, womöglich sogar schon vor
der Bluttat. Bauprojekte dieser Größe nahmen immer viel
Zeit in Anspruch. Bürokratie und Genehmigungen waren
oft ein Hindernis. Man konnte nicht einfach nur ein Grundstück kaufen, sondern die Stadtverwaltung musste einen
neuen Flächennutzungsplan erstellen, damit etwas Neues
gebaut werden konnte. All das erforderte Zeit, Geld und
Geduld.

»Ein neues und modernes Hochtechnologiezentrum für
große und kleine Betriebe, mit Kantine, Konferenzraum
und vielfältiger Infrastruktur«, las Harinder auf der Website. Mithilfe von Photoshop zeigten sich die Gebäude auf
den ehemals landwirtschaftlichen Anwesen von ihrer bes-

ten Seite. Die Fotos berücksichtigten auch die Natur um den kleinen See, der dem Zentrum seinen Namen gegeben hatte.

Helene Waaler hatte die Familie Davidsen erwähnt. Was Harinder nicht weiter überrascht hatte. Georg Davidsen war der größte Grundbesitzer im Distrikt. Neben dem Betrieb der Papierfabrik hatte die Familie sich auf die Entwicklung von Immobilien fokussiert. Und sie scheute keine Mühen.

Harinders Vater hatte einst in der Papierfabrik gearbeitet. Lange Tage voll schwerer Arbeit für einen bescheidenen Lohn, was an seiner Gesundheit gezehrt und seinen Rücken ruiniert hatte. Als die Modernisierung und Automatisierung in den neunziger Jahren zu Kürzungen geführt hatten, war Harinders Vater einer der Ersten gewesen, die gefeuert wurden.

Nachdem sein älterer Bruder und seine Schwägerin ermordet worden waren, hatte Morten Strømnes den Hof geerbt. Er verkaufte den Besitz an ein Konsortium, das sich Lillevann-Gruppe nannte. Hauptsächlich geleitet von Georg Davidsen.

In einem alten Zeitungsinterview bedauerte Morten, dass er den Hof aufgeben musste, betonte aber zugleich, dass er Mechaniker sei und kein Bauer. Er verwies auf die immer schwieriger werdende Situation für kleine landwirtschaftliche Betriebe und schilderte, wie sein älterer Bruder sich abgemüht hatte, um alle Rechnungen bezahlen zu können.

»Besser an zukünftige Arbeitsplätze denken als an einem alten Hof festhalten, dessen Zeit vielleicht ohnehin vorbei ist«, hatte Strømnes in dem Interview geäußert und damit seine Unterstützung für die Pläne der Lillevann-Gruppe ausgedrückt.

Harinder konnte gut verstehen, dass er den Hof verkauft hatte. Gleichzeitig kam er nicht umhin festzustellen, dass Strømnes durch den Verkauf und durch die Investitionen, die er später in den Ausbau des Gebäudes gesteckt hatte, reich geworden war. Morten Strømnes war vielleicht die Person, die infolge der Morde am meisten verdient hatte.

Jedenfalls ging Harinder dieser Gedanke durch den Kopf, als er dabei war, nach einer alternativen Täterperson Ausschau zu halten.

Und Georg Davidsen? War er skrupellos genug, ohne Weiteres zwei Menschen aus dem Weg zu räumen, weil er Zugriff auf ein Grundstück haben wollte? Selbst für jemanden wie ihn schien das ein wenig zu drastisch, doch andererseits auch nicht ausgeschlossen. Falls die Ausbaupläne schon vor den Morden existiert hatten, konnte das Bauprojekt ein ausschlaggebendes Motiv gewesen sein.

Das Lillevann-Projekt hatte viele Interessenten angezogen. Es waren mehrere Millionen Kronen im Spiel gewesen, und Geld war bekanntermaßen eines der ältesten Mordmotive.

Weshalb also hatte das ehemalige Ermittlungsteam diese Aspekte unberücksichtigt gelassen?

War es vielleicht so simpel, dass das Urteil über Helene rechtskräftig gewesen sein musste, ehe Morten Strømnes das Erbe kassieren und den Hof verkaufen konnte?

KAPITEL 15

Wenn es einen Menschen gab, dem Helene aus dem Weg gehen sollte, dann war das der Mann, den sie in ihrer Jugend »Onkel« Morten genannt hatte. Er hatte ihr schon genügend Schwierigkeiten bereitet, indem er die Bemühungen um die Wiederaufnahme ihres Verfahrens torpedierte. Ein Mann also, den Helene nicht unbedingt provozieren sollte.

Dieser Gedanke beschäftigte sie, als sie sich dem Einfamilienhaus im Saturnvei näherte, in dem er wohnte. Die Straßen des Viertels waren im Zusammenhang mit dem ehemaligen Observatorium, das sie weit hinten im Wald erahnen konnte, nach Himmelskörpern benannt.

Morten war der Bruder ihres Stiefvaters, und somit bestand keinerlei Verwandtschaftsverhältnis zwischen ihm und Helene. Sie war noch ein kleines Mädchen gewesen, als ihre Mutter zu Jonas auf Hof Strømnes gezogen war, und Morten war ein Teil der erweiterten Familie gewesen. Manchmal war es vorgekommen, dass er und seine Frau, und später auch deren Kinder, auf dem Hof Weihnachten mit ihnen gefeiert hatten.

Morten konnte großzügig und zu Scherzen aufgelegt sein. Als sie anfing, sich für Musik zu interessieren, hatte er ihr zu Weihnachten eine Gitarre geschenkt. Und ihr Fahrstunden gegeben, als sie alt genug dafür war.

Als er jedoch vor Gericht gegen sie aussagte, hatte er all ihre schlimmsten Eigenschaften und Taten auf eine Weise geschildert, die deutlich zeigte, wie viel Verachtung er ihr stets entgegengebracht hatte. Seinen Bruder hatte er zu einem Helden stilisiert, der vergeblich versucht hatte, seiner unbelehrbaren Stieftochter zu helfen. Helene hatte es als Vernichtung ihres Leumunds erlebt. Und es gab keinen Zweifel an dem Schaden, den seine Aussage angerichtet hatte. Dass vieles von seinen Worten gestimmt hatte, mochte durchaus sein. Es war die Art, wie er sich ausgedrückt hatte.

Jeanette Strømnes öffnete die Tür. Ihr Gesicht war derart mit Schminke übertüncht, dass es schwer war, sich vorzustellen, wie sie nach all diesen Jahren eigentlich aussah. Sie starrte Helene mit erschrecktem Ausdruck an und knallte die Tür wieder zu, ohne ein Wort zu sagen. Doch Helene konnte ihre lauten, theatralisch anmutenden Rufe durch das solide Holz hören.

Als Nächster tauchte Morten in der Türöffnung auf. Seinem älteren Bruder ähnelte er kaum, ihm fehlten die breiten Schultern und die markante Kieferpartie.

»Was um alles in der Welt willst du denn hier?«

»Ich hatte auf eine halbstündige Waffenruhe gehofft«, sagte Helene. »Es gibt etwas, das ich dich fragen muss. Und nein, es geht nicht um *den Fall*.«

Morten reagierte sowohl mit Skepsis als auch mit Neugier. Er schob den Kopf leicht vor und blickte umher. Vermutlich um zu überprüfen, ob irgendwelche Nachbarn etwas mitbekamen.

Er hatte in eine feine Familie aus Elverum eingeheiratet. Dass er im Laufe der Jahre mit einigen Problemen zu kämpfen hatte, war kein Geheimnis. Jeanette war neurotisch und eine Hypochonderin. Immer wieder war es vorgekommen, dass er, wenn es zu Zusammenkünften auf dem Hof kam, ihre Abwesenheit erklären musste.

»Dann solltest du dich beeilen.«

Er ließ Helene ins Haus und führte sie in sein Arbeitszimmer.

»Das hier hat neulich im Briefkasten gelegen«, sagte Helene und zeigte ihm den Drohbrief, den sie bekommen hatte.

Morten schielte zu ihr hinüber. »Und du glaubst, dass ich was damit zu tun habe?«

»Vielleicht nicht direkt, aber du bist der Ablehnung mir gegenüber auch nicht gerade entgegengetreten. Das macht es nicht leichter, hier Fuß zu fassen.«

»Hast du nicht gesagt, es ginge nicht um deinen Fall?«

»Tut es auch nicht, ich wollte es bloß erwähnt haben. Falls du dir vorstellen kannst, mir zuzuhören. Ich will über Stig reden.«

Helene war nicht sicher, ob er dieses Thema dem anderen vorzog. Morten rümpfte die Nase. Sie berichtete von der Begegnung am Abend zuvor im Flamenco und von dem, was Stig behauptet hatte.

»Das Schlimmste ist, dass ich ihm glaube, aber ohne Geld zu bekommen, will er nicht mehr sagen. Doch das kann er vergessen, ich bin arm wie eine Kirchenmaus.«

Morten schüttelte den Kopf. »Nein, dem Mann geht es einfach nicht gut, solange er anderen keinen Ärger machen kann.«

»Wie dir, zum Beispiel?«

Morten sagte nichts, doch Helene wusste, dass sie recht hatte. Die beiden Männer hatten sich schon vor ihrer Geburt gekannt. Und Stig Waaler hatte allen, die er kannte, Probleme bereitet.

»Was willst du eigentlich?«, fragte Morten.

»Ich will wissen, wer mein richtiger Vater ist. Und wenn das außer Stig jemand wissen könnte, dann bist du das. Du hast ihn und meine Mutter gekannt.«

Morten wandte den Blick ab.

»Ich dachte, dass Britt mit dir darüber geredet hat«, sagte er nach einer Weile.

»Vielleicht hatte sie es vor, aber dazu ist es nie gekommen«, entgegnete Helene.

»Und wessen Fehler ist das?« Sein Blick verhärtete sich. In seiner Stimme lag Wut. »Du hättest nicht herkommen sollen. Nach allem, was passiert ist, habe ich keine Lust, mit dir über irgendwelche Familienangelegenheiten zu reden.«

»Ich habe das Recht, es zu wissen!«

»Mag sein, aber ich kann dir nicht helfen«, sagte Morten. »Alle glaubten, es sei Stig. Britt und er waren schon seit ihrer Jugend zusammen, es erschien also ganz natürlich – wenn auch etwas unglücklich. Er war nicht gut für sie, aber das weißt du ja alles. Deine Mutter war eine tolle Frau, viel zu gut für einen Typen wie ihn. Aber als es dann hart auf hart ging, hat er immerhin die Verantwortung für die Umstände übernommen.«

Helene stutzte ob der Wortwahl. »Umstände?«

»Ich habe es viele Jahre später von Jonas erfahren.« Morten wich ihrem Blick aus, ehe er zu den Worten ansetzte, bei denen sich ihr der Magen umdrehte. »Britt war jung, und jemand hat sie ausgenutzt. Richtig böse ausgenutzt.«

KAPITEL 16

Die Mattscheibe erhellte das dunkle Wohnzimmer. Mit einer Pistole in der Hand und auf der Flucht vor Verfolgern hastete Matt Damon gleich einem Langstreckenläufer durch die Straße und wirkte dabei, als könnte er niemals wieder zur Ruhe kommen.

Stig Waaler folgte dem Geschehen vom Sofa aus, wo er mit einem Aschenbecher auf dem Bauch in Trainingshose und Unterhemd lag und an einer Dose Tuborg nippte.

Der Fernsehton wurde über die neue Anlage in den Raum geblasen. Die Alte im Nachbarhaus beschwerte sich ständig über die Lautstärke am späten Abend. Manchmal machte er es nur, um sie zu ärgern. Dauernd mischte sie sich ein. Quengelte herum, dass er dieses oder jenes im Haus oder im Garten in Ordnung bringen sollte. Als lebten sie in einem verdammten Mietshaus.

Draußen hatte es zu regnen begonnen, und er konnte den Wind vor den Fenstern hören, was ihn wieder einmal daran erinnerte, dass er viel zu pleite war, um etwas gegen die schlechte Isolierung zu unternehmen. Seine Werkstatt ließ ihn bluten, und die Nebeneinkünfte waren im letzten Jahr magerer geworden.

Es hatte mit dieser Anzeige der jungen Fabrikerbin begonnen, deren »verlorenes« Handy Stig in den Schoß gefallen war. Darauf hatte es ein paar anzügliche Fotos von ihr gegeben, für deren Wiederbeschaffung – gegen einen kleinen Finderlohn – sie doch sicher dankbar sein würde. Doch stattdessen war sie zu den Bullen gegangen. Eine beunruhigende Entwicklung. In alten Tagen hatte er stets damit rechnen können, dass diese Clique für Diskretion bezahlte.

Darüber hinaus war noch ein weiterer alter Sponsor abgesprungen. Auf lange Sicht war das unerträglich. Stig hatte Ausgaben, die gedeckt werden mussten.

Eigentlich hatte er gar keine Lust, Helene in so etwas hineinzuziehen, doch er spürte, dass sie ihm keine Wahl ließen. Dort könnte etwas zu holen sein.

Der Film durchlief eine ruhigere Phase. Stig war kurz davor einzuschlummern, als jemand an die Tür klopfte. Nicht an die Haustür, sondern an die Glastür an der Rückseite der Küche, von wo aus man auf die Terrasse hinter dem Haus gelangte. Ein nachdrückliches Klopfen an die Scheibe, das die Geräusche vom Fernseher übertönte.

»Dieses verdammte Weib«, murmelte Stig in sich hinein, ehe ihm einfiel, dass sich die Nachbarin an einem feuchten kalten Abend wie diesem kaum in die Dunkelheit wagen würde. Wenn die Beschwerde nicht bis zum nächsten Tag warten konnte, griff sie für gewöhnlich zum Telefon.

Stig stand auf und konnte gerade noch den Aschenbecher vor einem Sturz auf den Fußboden retten. Er stapfte hinüber zur Terrassentür, wo ihm bestätigt wurde, dass es nicht die Witwe Paulsen war, die draußen stand und auf ihn wartete.

»Was zum Teufel machst du hier?«, fragte er.

KAPITEL 17

Samstag, 9. Oktober

04:47.

Das waren die Zahlen auf dem Handybildschirm, sofern sie ihren Augen trauen konnte. Rachel war sich dessen nicht ganz sicher, denn wer sollte sie so früh an einem Samstagmorgen anrufen?

»Was?«, grunzte sie.

»Hier ist Mattis aus der Zentrale«, sagte der Mann am anderen Ende der Leitung und klang dabei wacher, als irgendwer es eigentlich um diese Tageszeit sein durfte. »Wir haben hier von der Polizei in Elvestad eine Anfrage nach örtlicher Unterstützung bekommen. Und du, Kriminalbeamtin Hauge, bist die glückliche Gewinnerin.«

»Mord?«

»Was sonst?«

Im Bruchteil einer Sekunde war Rachel hellwach. Sie setzte sich auf dem Sofa auf, das ihr als Schlafstätte gedient hatte.

»Techniker?«, fragte sie.

»Schon unterwegs. Moreno und sein Team.«

»Gut. Was wissen wir?«

»Nicht viel. Opfer ist der sechzigjährige Stig Waaler, Mechaniker und Besitzer einer Autowerkstatt. Laut Bericht wurde er erstochen. Du bekommst unterwegs weitere Details. Dein Chef meint, du kennst den Ort und hast dort schon mal Unterstützung geleistet. Kann vermutlich nützlich sein.«

»Ja …«, sagte Rachel.

Waaler, dachte sie.

Sie stand auf und ging ins Bad, um sich frisch zu machen. Ans Packen brauchte sie zum Glück nicht zu denken, im Flurschrank lag eine Tasche mit Sachen zum Wechseln. Aus Schaden klug geworden. Nicht zum ersten Mal wurde sie mitten in der Nacht aus dem Bett gezerrt.

Vorsichtig schob sie die Tür zum Schlafzimmer auf, wo Savi nach einer Party mit Klassenkameraden von der Elvebakken-Schule ihren Rausch ausschlief. Sie hatte nicht volltrunken bei ihrem Vater auftauchen wollen, deshalb hatte Rachel sie mit dem Wagen abgeholt. Harinder war nur informiert worden, dass seine Tochter bei einer Freundin übernachtete. Ein unschuldiger Schwindel. Hauptsache, das Mädchen war sicher.

Rachel beschloss, sie schlafen zu lassen. Sie konnte sie ja später anrufen.

Die Fahrt dauerte anderthalb Stunden. Als Rachel die Elvestadbrücke überquerte, hörte sie unter sich die Glomma rauschen. Die Scheibenwischer fegten den Regen von der Frontscheibe.

Die Kastanjegate war eine Straße mit kleinen Einfamilienhäusern westlich des großen Parks. Das graue Haus mit der Nummer 8 lag leicht erhöht hinter einem rostigen Zaun. Die Blumenbeete waren leer, doch das Unkraut im Garten gedieh prächtig. An einem Fahnenmast hing ein schmutziger Wimpel. Der Mustang vor dem Garagentor schien hingegen in guter Verfassung zu sein.

Das Grundstück war mit Absperrband umgeben. Presseleute drängten sich dicht davor zusammen. Im Laufe der Morgenstunden würden vermutlich noch weitere hinzukommen, einschließlich der Schaulustigen, die niemals fehlen durften.

Noch war es früh. Vorläufig waren nicht viele Details über den Fall bekannt. Auf dem Weg zum Tatort hatte Rachel bestätigt bekommen, dass es sich bei dem Toten um den Vater der wegen Mordes verurteilten Helene Waaler handelte. Vermutlich einer der Gründe, weshalb die Polizei in Elvestad unverzüglich um taktische Unterstützung durch die Kripo gebeten hatte.

Rachel stellte ihren Honda hinter dem weißen Kleintransporter ab, der den Kriminaltechnikern der Kripo gehörte. Schnell richtete sie ihren roten Haarschopf und überprüfte, ob ihr Hemd richtig zugeknöpft war. Dann stieg sie aus dem Wagen, um ihre Kontaktperson von der Polizei Elvestad zu treffen.

Kommissar Arvid Arntsen war um die fünfzig und ähnelte nur wenig dem flotten jungen Mann mit dem vollen blonden Haar und dem selbstsicheren Lächeln auf dem Foto seiner ID-Karte. Unter seinem beigen Anzug trug er ein gestreiftes Hemd, dessen Nähte unter dem Druck seiner Leibesfülle zu platzen drohten.

»Wer hat ihn gefunden?«, fragte Rachel.

»Zwei Beamte von der Abendstreife«, sagte Arntsen, derweil er eine Halspastille lutschte, die schon aus der Entfernung stark nach Menthol roch. Er berichtete, dass eine Nachbarin, Klara Paulsen, sich gegen halb zwölf bei der

Polizei über Lärm bei Waaler beschwert habe. »Der Diensthabende hat eine Streife rausgeschickt, um das zu überprüfen. Allerdings dauerte es eine Weile, bis sie etwas unternehmen konnten, weil in der Innenstadt ohnehin schon genug zu tun war.«

»Wie lange denn?«

»Etwa eine Stunde. Es war schon fast halb eins, als sie den Leichenfund gemeldet haben.«

Beamte von der Polizei Elvestad waren gerade dabei, in der Nachbarschaft an die Türen zu klopfen und nachzufragen, ob irgendjemand etwas beobachtet oder mitbekommen hatte. Es gab keinerlei Überwachungskameras in der Gegend, weswegen Zeugenbeobachtungen besonders relevant waren.

Das weiße Haus auf der anderen Seite des Zauns schien einem Paralleluniversum anzugehören. Es hatte die gleiche Größe und Form wie Waalers, doch alles war wohl organisiert und ordentlich. Der Rasen war gemäht, das Unkraut gezupft. Sogar die Mülltonnen standen in Reih und Glied.

»Das Haus von Frau Paulsen, vermute ich?«, sagte Rachel.

»Genau«, erwiderte Arntsen.

»Als Erstes werden wir sie eingehend befragen. Noch näher kommen wir einer Schlüsselzeugin im Augenblick wohl nicht.«

Rachel ging zurück zum Wagen, um ihren Schutzoverall herauszunehmen.

KAPITEL 18

Ausgehend vom Flur konnte sie den Spuren des Todeskampfes folgen, der an der Terrassentür begonnen und im Wohnzimmer geendet hatte. Rachel sah große Mengen Blut auf dem Fußboden und entdeckte Spritzspuren oben an der Wand.

Ivan Moreno und sein Team aus weiß gekleideten Kriminaltechnikern arbeiteten sich systematisch durch das Haus. Drei Zimmer, Bad und Küche. Moreno war an seinem kahlen Schädel leicht wiederzuerkennen. Er brauchte auch keine Plastikhaube, weil sich auf seinem Kopf kein einziges Haar befand, nicht einmal Augenbrauen.

Er konnte berichten, dass es kein Zeichen eines Einbruchs gab. Die Terrassentür ließ sich nur von innen verschließen. Viel deutete darauf hin, dass das Opfer die Täterperson freiwillig hereingelassen hatte, was die Polizei die in Mordfällen üblichste Schlussfolgerung ziehen ließ: Es handelte sich um zwei Personen, die einander kannten.

Schon an der Tür hatte der oder die Betreffende Stig Waaler den ersten einer Reihe von Messerstichen beigebracht. Der Kampf, sofern es sich überhaupt darum gehandelt hatte, war damit bereits entschieden.

Waaler war gegen den Esstisch gestoßen, hatte einen

Stuhl umgeworfen und die Tischdecke heruntergerissen, wodurch ein schmutziger Teller und ein Glas auf den Boden gefallen und zerbrochen waren. Nach einem oder auch zwei weiteren Stichen war er selbst zu Boden gegangen. Es gab deutliche Spuren, er musste sich in Richtung Wohnzimmer geschleppt haben, vermutlich in der Absicht, der Täterperson zu entkommen. Sein Versuch hatte zwischen Fernseher und Couchtisch geendet, wo er nun auf dem Bauch lag.

Moreno zählte insgesamt sechs Stiche in Brust- und Bauchregion sowie einen im rechten Unterarm.

»Wahrscheinlich hat er den Arm gehoben, um sich gegen die Stiche zu verteidigen, aber das hat nicht viel geholfen«, sagte er.

Sie mussten nicht lange nach der Mordwaffe suchen. Die lag neben dem Toten auf dem Fußboden. Ein großes Messer mit gezahnter Klinge, das von Blut bedeckt war.

»Diesen Typ Messer kann man in jedem Jagd- oder Campingladen kaufen«, sagte Moreno. »Keinerlei Fingerabdrücke, der Betreffende hat Handschuhe getragen.«

»Er hat es hiergelassen, weil es viel gefährlicher war, es bei sich zu haben und damit gefasst zu werden«, sagte Rachel. »Nicht dumm. Und Mord im Affekt können wir ja wohl auch ausschließen. Du klopfst nicht mit so einem Messer in der Hand bei jemandem an die Hintertür, es sei denn, du hast vor, es auch zu benutzen.«

»Allerdings gibt es auch gute Nachrichten«, fuhr Moreno fort. »Letzte Nacht ist es nass gewesen, also ideale Bedingungen, um Schuhabdrücke zu sichern. Wir haben jede Menge gefunden, drinnen und draußen.«

Er zeigte auf den gekennzeichneten Bereich, der vom Wohnzimmer bis zur Terrasse führte. Eine Reihe weißer

Plastikmarkierungen mit Folie auf dem Boden, auf der die Abdrücke verewigt werden sollten. Im Außenbereich kam Gips zur Anwendung.

Dass die Täterperson die rückwärtige Tür gewählt hatte, erzählte ein wenig über die Vorbereitungen, die für den Mord getroffen worden waren. Indem die Vordertür vermieden wurde, verringerte sich das Risiko, von der Straße oder aus einem der Nachbarhäuser gesehen zu werden.

Mit Morenos Erlaubnis lief Rachel quer durch das Haus, anstatt zur Eingangstür zurückzugehen und den Umweg um das Gebäude herum zu nehmen. Einer der Techniker war damit beschäftigt, Fingerabdrücke an der Glasscheibe zu sichern.

Hinter dem Garten konnte Rachel einen Wanderpfad erkennen, der auf der Westseite der Kastanjegate in den Wald führte. Der Weg war teilweise mit Laub bedeckt, das von den umstehenden Bäumen herabgefallen war. Rachel winkte Kommissar Arntsen zu sich und fragte ihn, ob er eine Karte dabeihätte, die zeige, wohin der Pfad führte.

»Ja, im Auto.«

Sie gingen wieder um das Haus herum und zu dem glänzenden Streifenwagen, den Arntsen benutzte. Der Kommissar holte eine Karte des örtlichen Wandervereins hervor und breitete sie auf der Motorhaube aus.

Der Weg führte unter anderem zu dem stillgelegten Observatorium, das zwei Kilometer tiefer im Wald lag. Wichtiger: Es gab Querverbindungen zu mehreren Straßen in der Nähe.

Die Täterperson hatte sich einen perfekten Weg zum Haus von Stig Waaler ausgesucht. Noch dazu im Dunkeln und an einem regnerischen Abend. Im Hinblick auf mögliche Zeugenbeobachtungen schraubte Rachel ihre Erwartungen herunter.

»Hat schon jemand mit seiner Tochter gesprochen?«, fragte sie.

»Noch nicht. Wir wollten warten, bis Sie hier sind. Ich glaube nicht, dass wir ihr etwas erzählen können, was sie nicht schon weiß, wenn Sie verstehen, was ich meine?«

»Vielleicht etwas, wenn Sie weniger subtil wären«, sagte Rachel. »Sie sind doch sicherlich schon etwas länger dabei und wissen bestimmt, dass wir nicht sofort anfangen, über Verdächtige zu spekulieren.«

Arvid Arntsen grunzte und schien, wenn auch nur widerwillig, den Wink verstanden zu haben.

Die Morde auf Hof Strømnes waren wieder auf der Tagesordnung. Man fragte sich, ob es richtig war, die Verurteilte vorzeitig aus der Haft zu entlassen. Die Auffassung des Obersten Gerichtshofs, dass keine Wiederholungsgefahr bestand, würde zu einem Skandal führen, falls sich herausstellte, dass sie abermals gemordet hatte.

Nicht, dass es vorläufig Anhaltspunkte gab, die in diese Richtung deuteten. Allerdings würde Helene Waaler für die Ermittlungen ohnehin eine Person von Interesse sein. Sowohl aufgrund ihrer Beziehung zu dem Mordopfer als auch wegen ihrer Geschichte.

»Ich möchte umgehend mit ihr reden«, sagte Rachel. »In erster Linie, um sie über den Todesfall zu informieren, immerhin ist sie die engste Verwandte. Aber auch, weil es vermutlich eine der seltenen Gelegenheiten ist, sie ohne Anwesenheit ihrer Anwältin zu befragen.«

»Wollen Sie, dass ich mitkomme?«

»Nein, es wäre mir lieber, wenn Sie Klara Paulsens Aussage aufnehmen, ehe sie anfängt, mit der halben Nachbarschaft zu reden, oder schlimmer noch, mit der Presse.«

»In Ordnung, ich schaue mal, ob bei Miss Marple Tee und Gebäck zu bekommen sind. »

KAPITEL 19

Zwei müde Augen musterten Rachel durch den Türspalt. Es war kaum acht, die Wohnung lag noch im Dunkeln. Langsam richtete die Frau den Blick auf Rachels Dienstausweis.

»Darf ich hereinkommen?«

Helene Waaler trat einen Schritt zurück, so dass Rachel eintreten konnte. Ganz offensichtlich hatte sie Helene geweckt. Ihre Haare waren ungekämmt und fielen ihr ins Gesicht. Sie trug einen knielangen geblümten Morgenrock, den sie sich schnell übergeworfen haben musste.

»Worum geht es denn?«, fragte sie.

»Können wir uns unterhalten?«

Helene deutete auf die Küche. Sie trat an die Arbeitsplatte und gab Wasser in einen Kessel, den sie auf die Herdplatte stellte. Der kleine Küchentisch bot nur Platz für zwei Personen.

»Möchten Sie etwas? Ich habe zwar keinen Kaffee mehr, aber dafür Tee«, sagte Helene Waaler. Sie schien jetzt wacher zu sein.

»Danke, für mich nichts«, sagte Rachel.

Während das Wasser heiß wurde, setzte Helene sich an den Tisch.

»Ich muss Ihnen leider mitteilen, dass Ihr Vater letzte

Nacht tot aufgefunden wurde«, sagte Rachel. »Wir betrachten es als verdächtigen Todesfall. Mehr kann ich Ihnen zu diesem Zeitpunkt nicht sagen, tut mir leid.«

Sie musterte Helene aufmerksam, um zu sehen, wie sie reagierte. Primär wirkte sie erstaunt.

»Ermordet?«

Rachel nickte knapp.

»Ich habe erst vor zwei Tagen mit ihm gesprochen ...«, sagte Helene. »Das erste Gespräch seit über zwanzig Jahren. Ich hatte keinerlei Verhältnis zu diesem Mann.«

»Sie haben mehrmals ernsthafte Beschuldigungen gegen ihn vorgebracht«, entgegnete Rachel.

»Ich stehe zu dem, was ich gesagt habe.«

»Sie haben ihn vor zwei Tagen also getroffen?«

»Mittwochabend, ja. Ich bin ins Flamenco gegangen, um was zu essen und ein Glas Wein zu trinken, da ist er mir begegnet. Er hat sich zu mir an den Tisch gesetzt.«

Das Teewasser kochte. Helene stand auf und goss heißes Wasser in eine Tasse.

»Haben Sie sich gestritten?«, fragte Rachel.

»Nein, das Ganze ist erstaunlich zivilisiert vorgegangen. Er wollte mir seine Unterstützung in meinem Kampf um die Wiederaufnahme des Verfahrens zusichern. Es hat mich überrascht, allerdings dauerte es auch nicht lange, bis mir klar wurde, worauf er eigentlich hinauswollte.«

»Und was war das?«

»Geld, natürlich.« Helene grinste. »Stig war immer darauf aus, irgendwas zu verdienen. Er hat sich vorgestellt, dass ich eine wohlhabende Frau werden könnte, wenn die Dinge sich zu meinem Vorteil entwickelten. Natürlich musste er versuchen, das für sich auszunutzen.«

»Sind Sie wütend geworden?«

»Nein. Man wird nicht wütend auf eine Wespe, die einem um den Kopf schwirrt. Man wird wütend, wenn man sich von ihr stechen lässt. Und glauben Sie mir, ich bin oft genug gestochen worden, um zu wissen, wann ich Abstand halten sollte.«

Die sprachlichen Bilder riefen bei Rachel andere Assoziationen hervor. Auch Stig Waaler hatte ausreichend Stiche abbekommen.

»Was haben Sie gestern gemacht?«, fragte sie.

»Nicht viel. Ich war arbeiten, dann einkaufen, bin nach Hause, um mich umzuziehen, und habe später am Nachmittag einen Spaziergang gemacht. Ansonsten war ich hier.«

»Allein?«

Helene nickte.

»Kann das jemand bestätigen?«

»Dass ich allein zu Hause war?« Ihr Lächeln wirkte resigniert. »Sie wissen, wer ich bin, Frau Kriminalbeamtin Hauge. Ist Ihnen klar, wie viele Vernehmungen ich schon hinter mir habe? Niemand kann bestätigen, dass ich hier war. Sie können die Nachbarn fragen. Vielleicht hat mich jemand von denen heimkommen sehen, und vielleicht kann ja Herr Myrvoll im Erdgeschoss bestätigen, dass er mich nicht wieder hat weggehen sehen, wo er doch den ganzen Tag am Küchenfenster klebt. Abgesehen davon habe ich kein Alibi. Da Sie schon danach fragen.«

Sie war schlau, dachte Rachel. Und defensiv.

»Können Sie sich jemanden vorstellen, der Ihrem Vater Schaden zufügen wollte?«

»Schreiben Sie eine Liste mit allen, die er kannte, und

fangen Sie da an«, sagte Helene. »Stig war kein guter Mensch. Ich glaube nicht, dass er sich je um jemand anderen als sich selbst gekümmert hat.«

KAPITEL 20

Christina rief ihn am Samstag gegen neun Uhr an. An den Hintergrundgeräuschen konnte Harinder erkennen, dass sie im Auto saß.

»Hast du die Nachrichten mitbekommen?«, fragte sie.

»Welche Nachrichten?«

Er war gar nicht dazu gekommen, einen Blick in die Online-Ausgaben zu werfen, und in der Papierversion von *Aftenposten* stand nichts, was Christinas Frage näher erklären konnte.

»Ich habe gerade mit Helene telefoniert, sie ist ziemlich aufgewühlt«, sagte Christina und berichtete von den Ereignissen. Und von einer gewissen Kriminalbeamtin, die Helene aufgesucht hatte und die sie beide kannten.

Verflucht, dachte Harinder und setzte sich an den PC, um die Online-Zeitungen aufzurufen, während sie weiterredeten. Der Vorfall hatte zu Schlagzeilen in den größten Zeitungen geführt. Noch gab es keine Details über die Identität des Toten, aber allzu lang würde das nicht dauern.

»Das ist schlecht«, sagte Harinder.

»Wie lange mag es wohl dauern, bis die ersten Spekulationen aufkommen? Alle kennen die Geschichte. Die Boulevardblätter gieren bestimmt darauf, ›Norwegens gefährlichste Frau‹ mit dem Mord in Verbindung zu bringen.«

»Nun, das ist natürlich auch schlecht, aber nicht das, was ich eigentlich meinte.«

»Aha, und was meintest du?«

»Dass es schlecht für *mich* ist«, sagte Harinder.

Er wusste, dass er mit seinen Untersuchungen im Strømnes-Fall ein paar ungeschriebene Regeln brach, aber die damit einhergehende Gefahr ließ sich minimieren, solange er diskret vorging. Krankgeschriebener Polizist langweilt sich und wirft einen Blick in alte Fälle aus der Heimatregion, die plötzlich wieder aktuell geworden sind. So etwas ließ sich gut verkaufen. Und gut verstehen. Musæus würde sich natürlich auf die Zehen getreten fühlen, aber formal betrachtet, konnte ihm der Chef nichts vorwerfen.

Doch die ganze Prämisse wurde von der letzten Entwicklung gleichsam in der Toilette heruntergespült.

Es handelte sich nicht um einen lokalen Mordfall, der im Laufe eines Tages wieder aus den Nachrichten verschwinden würde. Nicht solange die Chance bestand, dass die Mörderin von Hof Strømnes involviert war. Christina würde den ganzen Tag mit den Medien zu tun haben, und es war auch nicht sicher, ob sie weiterhin auf Diskretion setzte. Falls bekannt werden würde, dass ein Kripobeamter half, Zweifel an dem alten Urteil zu säen, wäre das jedenfalls eine Schlagzeile wert.

Weder die Anklagebehörde noch sein Chef würden ihm dafür danken.

»Du hast nichts Falsches getan«, sagte Christina. »Ich habe lediglich um deine fachliche Expertise gebeten, und nichts kann dich daran hindern, diese zu stellen. Du hast keinen Beratervertrag und wirst nicht bezahlt.«

»Mein Chef wird die Nuancen sicherlich herausarbeiten.«

»Tut mir leid, Harinder. Niemand von uns hätte das voraussehen können.«

Er sparte sich zu sagen, dass sie es eigentlich hätten voraussehen sollen. Dass Stig Waalers Tage vielleicht in dem Augenblick gezählt waren, als seine Tochter aus dem Gefängnis entlassen wurde.

Aber dann hätte er nur seine Vorurteile sprechen lassen. Helene Waaler war nie eine Frau gewesen, der man mit Sympathie begegnete. Sie war besessen von Gerechtigkeit, doch wo war ihre Trauer über die Toten?

Und wenn dies schon sein Eindruck war, konnte er sich gut vorstellen, was die Richter und die Geschworenen gedacht hatten, als Helene vor Gericht stand. Nicht nur die Beweise hatten zu ihrer Verurteilung geführt, sondern auch ihre Haltung. Ihr Temperament. Ihre Verachtung gegenüber Amtsträgern. Die mangelnde Empathie. Es war einfach, die Erklärungen von Menschen abzulehnen, die man nicht mochte.

Manchmal sogar sehr einfach.

»Ich weiß nicht, wie lange ich den Fall noch weiter untersuchen kann, aber es gibt Fragen, die meiner Ansicht nach eine Antwort verdienen«, sagte Harinder. »Doch je mehr du wegen des T-Shirt-Funds auf dicke Schlagzeilen aus bist, desto schwerer machst du es mir, mit allem weiterzumachen. Ich werde ab Montag wieder bei der Arbeit sein. Aber falls Musæus mich nach Nordnorwegen schickt, kann ich hier nicht mehr viel ausrichten.«

Christina hielt ihre Worte für einen Augenblick zurück. »Du bist also bereit weiterzumachen?«, fragte sie schließlich.

»Soweit es mir möglich ist.«

»Du hast also das Gefühl, das Urteil war falsch?«

»Halt die Gefühle lieber draußen. Es geht um die Details«, sagte Harinder. »Entweder sie stimmen, oder sie stimmen nicht. Und hier gibt es etwas, das nicht stimmt. Was *nicht* automatisch bedeutet, dass ich an Helenes Unschuld glaube. Aber ich meine, dass es wert ist, diese Möglichkeit auszuloten.«

»Damit kann ich leben«, sagte Christina.

Nach Beendigung des Gesprächs blieb Harinder mit dem Telefon in der Hand stehen. Er erwog, Rachel anzurufen, doch sie würde kaum die Zeit haben, mit ihm zu reden. Am ersten Tag einer Mordermittlung gab es in der Regel kaum eine freie Minute.

Am Montag sollte er mit dem Knie zu einer Nachuntersuchung, danach ging es wieder in den Dienst. Er hatte noch zwei Tage, dann würde wieder der Abteilungsleiter über seine Zeit verfügen.

Er klopfte an Savis Zimmertür. Nachdem sie bei einer Freundin übernachtet hatte, war sie seit einer halben Stunde wieder zu Hause. Sie lag mit Kopfhörern auf dem Bett und glotzte auf ihr Handy.

»Wie geht's denn unserer Partylöwin?«, fragte er.

Sein Humorversuch wurde mit verdrehten Augen belohnt, allerdings ohne die Spur eines Lächelns. Wie bei weiblichen Sikhs üblich trug sie den Nachnamen Kaur, was Prinzessin oder Löwin bedeuten konnte.

»Willst du mich jetzt wegen der Party belehren?«, fragte sie.

»Nein, ich gehe davon aus, dass du selbst am besten weißt, wie das gemacht wird.«

Er wuschelte durch ihre Haare und gab ihr einen Kuss auf den Kopf.

»Vielleicht solltest du zu Mama fahren und den Rest des Wochenendes dableiben«, sagte er.

»Wieso?« Sobald ihre Mutter erwähnt wurde, fuhr sie die Stacheln aus. Streitereien mit ihr und ihrem neuen Mann hatten dazu geführt, dass Savi zu Harinder zog, sobald sie volljährig geworden war. Was Mutter und Stiefvater als gesundes und notwendiges Interesse an Savis Ausbildung, an ihrer Karriere und an ihrem Leben im Allgemeinen betrachteten, erlebte sie als Druck und Kontrolle. »Was ist denn los?«

»Ich muss nach Staden, und ich weiß nicht, wann ich zurückkomme.«

»Bring die losen Fäden unter Kontrolle und verzieh dich wieder.«

So lauteten seine Instruktionen. Die er über einen Mittelsmann erhalten hatte, was ihm verriet, dass der andere sich zu distanzieren wünschte.

Viel Raum für Interpretation bei diesen Instruktionen, denkt er. Ein großer Freiraum, um selbst zu entscheiden, was getan werden sollte. Seine Wahl, seine Verantwortung. Er muss darüber nachdenken, was das Beste ist für ihn und für diejenigen, die von ihm abhängig sind.

Diesen Mann zu töten beinhaltet ein Risiko, dessen ist er sich bewusst, aber so jemanden auf den Fersen zu haben, ist ein noch größeres Risiko. Erfolglose Menschen sind diejenigen, die nicht bereit sind, das Nötige für den Erfolg zu tun.

Das ist nie sein Problem gewesen.

Seine Hände ruhen auf dem Gewehr, während er wartet. Kein Grund, sich Stress zu machen.

Durch das Zielfernrohr nimmt er plötzlich Bewegungen in der Küche wahr.

KAPITEL 21

Das Geräusch schabender Stuhlbeine erfüllte den Besprechungsraum im ersten Stock des Polizeigebäudes, als Rachel
und der Rest des Ermittlerteams an dem ovalen Tisch Platz
nahmen. Es war zwölf Uhr, Zeit für eine Erörterung des
Status quo.

Sieben Personen befanden sich im Raum, einschließlich
des Polizeijuristen, der die Staatsanwaltschaft vertrat und
die formelle Verantwortung für die Ermittlung übernommen hatte. Rachel kam er nicht vor wie jemand, der gern
jedes kleinste Detail kontrollierte. Vielmehr wirkte er froh
über die Unterstützung durch die Kripo. Ohne Zweifel teilte
er die Befürchtung, dass der Fall sich zu einer heiklen Angelegenheit im Ort entwickeln könnte.

Ivan Moreno informierte über den Stand der kriminaltechnischen Arbeiten.

»Im Haus gibt es noch einiges zu tun«, sagte er. »Die
Arbeitsverhältnisse sind etwas anspruchsvoll. Der Mann hat
offenbar seit Gro Harlem Brundtlands Regierungsüber-
nahme nicht ein einziges Mal geputzt. Es gibt eine Abstellkammer voller elektronischer Geräte sowie Alkohol und
Zigaretten. Dabei kann es sich um Schmuggelware handeln,
das müssen wir also alles durchgehen. Wir sichern überall

Fingerabdrücke, sammeln Haare und Fasern und andere Proben ein, die wir noch analysieren müssen. Außerdem haben wir den Suchbereich bis zu dem Waldweg hinter dem Haus ausgeweitet und halten Ausschau nach Schuhabdrücken und anderen Spuren, die uns verraten können, welche Route die Täterperson zum und vom Haus genommen hat.«

Moreno deutete auf den großen Bildschirm an der Wand, den er mit seinem Mac verbunden hatte. Er zeigte eine Aufnahme eines in Gips gegossenen Schuhabdrucks, der vor dem Haus gefunden wurde. Mithilfe digitaler Fototechnik war der Abguss so detailliert geworden, dass sich sogar die auf der Schuhsohle abgedruckte Größe lesen ließ.

»Dies hier ist einer der besseren Abdrücke, die wir draußen gefunden haben«, sagte er. »Ein Paar Gummistiefel von Viking, Größe zweiundvierzig. Deutliche Abnutzungserscheinungen an der Unterseite, was uns erlaubt, vorhandene oder fehlende Übereinstimmungen mit anderem Schuhwerk abzugleichen. Die Täterperson hat zweifellos diese Stiefel getragen.«

»Was wissen wir über Stig Waalers Bewegungen am Freitagabend?«, fragte Rachel.

»Wir wissen, dass er um zehn Uhr abends zu Hause war«, sagte Arvid Arntsen. »Laut Angabe der Nachbarin hat er um diese Zeit angefangen, bei voller Lautstärke Schallplatten zu spielen. Danach hat er sich dann einen Actionfilm mit viel Lärm und Schießereien angesehen – ebenfalls sehr laut.«

»Hat sie ihn im Laufe des Abends gesehen?«

»Nein, aber sie meinte, sie hätte gegen sieben Uhr seinen Wagen gehört. Die gute Frau Paulsen bemerkt so was.«

»Der Wachhund der Nachbarschaft?«

»So in der Art. Doch dass draußen jemand an seine Terrassentür geklopft und ihm siebenmal ein Messer in den Körper gerammt hat, das hat sie nicht mitbekommen«, meinte Arvid. »Und ebenso wenig hat sie jemanden kommen oder gehen sehen. Sie kann die Rückseite des Hauses nicht einsehen. Übrigens auch keine anderen Nachbarn, wo wir gerade davon sprechen. Stig Waalers Haus liegt etwas höher als die beiden direkten Nachbarhäuser.«

»Nächstgelegene Überwachungskamera?«

»Hasselgate Ecke Parkvei, also ein ganzes Stück weiter unten. Etwa vierhundert Meter vom Tatort entfernt.«

»Seht euch die Aufnahmen an. Alle Bewegungen in der Stadt zum ungefähren Zeitpunkt des Mordes sind für uns interessant. Wir brauchen auch Tipps und Hinweise aus der Bevölkerung. Wir müssen mit allen reden, die Stig Waaler im Laufe des Wochenendes gesehen haben oder Kontakt mit ihm hatten.«

»Was ist mit …« Arvid räusperte sich. »Sie wissen schon, Helene Waaler? Sollten wir uns nicht auf sie konzentrieren?«

»Worüber haben wir vorhin gesprochen?«, sagte Rachel. »Keine Abkürzungen. So früh in der Ermittlung werden wir uns gewiss nicht nur auf eine einzelne Spur konzentrieren.«

»Einverstanden«, sagte der Polizeijurist. »Falls es keine Beweise gibt, die auf etwas anderes deuten, betrachten wir Helene Waaler vorläufig nur als Angehörige.«

KAPITEL 22

Harinder fuhr mit dem Wagen den waldbedeckten Hügel südlich der Innenstadt von Elvestad hinauf.

Das weiße Holzhaus lag ganz oben an der Spitze. Es war nicht im besten Zustand. Drinnen zog es, und bei jeder kleinsten Bewegung knirschte und knarrte es. Das Haus benötigte mehr Pflege und Aufmerksamkeit, als der die meiste Zeit des Jahres in Thailand lebende Besitzer ihm schenken konnte. In dem überwucherten Garten hinter dem Haus lagen Bretterstapel und Fliesen unter einer Plane.

Für Harinders Zwecke reichte es voll und ganz aus. Ein Dach über dem Kopf, und er konnte in Frieden arbeiten.

Der Besitzer war ein alter Freund. Eine Putzkraft fegte bei Gelegenheit durch die Räume, ansonsten schaute Harinder regelmäßig vorbei, um die Post hereinzuholen und zu prüfen, ob alles noch in Ordnung war. Er besaß einen eigenen Schlüssel und hatte die Erlaubnis, sich im Haus aufzuhalten, wann immer er es wünschte.

Das Türschloss klemmte. Er musste die Tür fest andrücken, damit der Schlüssel sich ganz herumdrehen ließ. Er ließ sein Gepäck im Eingangsbereich stehen und ging in die Küche, um die Kaffeemaschine einzuschalten. Im Schrank lagen mehrere Pakete Filterkaffee.

Das Haus verfügte über ein Arbeitszimmer, wo er seinen PC anschließen konnte und Platz für die Fallunterlagen hatte. Es gab zwar kein Whiteboard, auf das er Notizen kleben und Verbindungslinien zeichnen konnte, doch er fand einen Stapel A3-Bögen, die er an eine der Wände heftete. Etwas davon entfernt hängte er ausgewählte Fotos auf, die die beiden Opfer sowie Details vom Tatort zeigten.

Dann fing er an, die Namen aufzuschreiben.

Jonas und Britt Strømnes ganz links. Rechts davon notierte er Helene Waalers Namen, und darunter die Namen der Personen, mit denen sie in den vierundzwanzig Stunden vor den Morden Kontakt gehabt hatte. Unter anderem die drei anderen Bandkollegen von Death of Utopia.

Rechts von der Utopia-Clique vermerkte er weitere Zeugen und Bekannte der Familie Strømnes, darunter Morten Strømnes sowie den Nachbarn, der als Erster die Schüsse der Polizei gemeldet hatte. Er hieß Tore Evaldsen und hatte 2003 mit seiner Frau auf dem Nachbarhof gewohnt. Damals waren sie in den Sechzigern gewesen.

Natürlich bekam auch Stig Waaler einen Platz an der Wand.

Schließlich notierte Harinder die fünf zentralen Fragen, die er beantwortet haben wollte.

1. Das blutige T-Shirt

Falls Helene es nicht getragen hatte, woher kam es dann? Wo im Tathergang war es einzuordnen?

2. Das Technologiezentrum

Morten Strømnes hatte bestätigt, dass die Ausbaupläne schon vor den Morden vorgelegen hatten und dass

Jonas der Bremsklotz gewesen war. Er wollte den Hof nicht abgeben und war Gegner des ganzen Bauprojekts. Welche Konflikte hatten sich daraus entwickelt? Und falls die Baupläne bekannt gewesen waren, warum wurden sie dann in den Fallunterlagen nicht einmal erwähnt?

Die drei nächsten Fragen entsprachen den Löchern, die Christina in der ursprünglichen Ermittlung gefunden zu haben glaubte und die Harinder zunächst als Schönheitsflecken abgetan hatte. Doch jetzt sollte alles auf den Tisch.

3. Die Heimreise

Was war auf dem Rückweg von Oslo tatsächlich im Wagen passiert? Wer sagte die Wahrheit? Helene oder Niels Lund und Lasse Opheim? Und falls die beiden Männer falsche Erklärungen abgegeben hatten, was konnte der Grund dafür sein?

4. Der andere Wagen

Während sie angeblich in der Mordnacht nach Hause gelaufen war, meinte Helene, sie habe ein Auto mit hoher Geschwindigkeit vom Hof fahren sehen. Nachbar Tore Evaldsen glaubte ebenfalls, kurz nach den Schüssen einen Wagen wegfahren gehört zu haben. Seine Zeugenaussage stützte also Helenes Version.

Im Ermittlungsbericht war die Rede von einem zufällig vorbeifahrenden Fahrzeug auf der Straße, die ein Stück unterhalb der beiden Höfe verlief. Auf welcher Grundlage basierte die Annahme? Harinder konnte nicht sehen, dass der Wagen identifiziert worden war. Woher also konnten sie wissen, dass er nur an den Häusern vorbeigefahren war?

5. Der Bruder

Das Ermittlerteam hatte Morten Strømnes natürlich genauer unter die Lupe genommen. Er hatte ein klares finanzielles Motiv für die Ermordung seines Bruders und seiner Schwägerin und hatte auch zugegeben, mit seinem Bruder um Geld gestritten zu haben. Jonas schuldete ihm einen nicht bezifferten Betrag, darüber hinaus war Morten ein Befürworter der Ausbaupläne. Er wollte also das verliehene Geld zurückhaben und gleichzeitig die Möglichkeit bekommen, mit der Investition in das geplante Technologiezentrum etwas zu verdienen.

Es wäre nicht das erste Mal, dass Streit um Hof und Erbe einen Mord ausgelöst hatte.

Allerdings war Morten schon früh als Verdächtiger ausgeschieden, weil er, wie es hieß, ein solides Alibi hatte. Er und seine Frau waren verreist, als die Morde geschahen. Sie hatten sich in der Hütte von Mortens Schwiegereltern in Trysil aufgehalten, um die Goldene Hochzeit der beiden zu feiern.

Trotz drei verschiedener Zeugen, die aussagten, dass Morten in der Hütte übernachtet hatte, war Harinder nicht der Ansicht, dass sein Alibi so stabil war. Trysil lag nicht viel mehr als eine Autostunde entfernt. Morten konnte durchaus im Laufe der Nacht nach Elvestad und wieder zurück gefahren sein. Ein Nacht-Alibi von Familienmitgliedern war niemals zu hundert Prozent sicher.

Genau das musste ein erfahrener Polizist wie Eystein Musæus eigentlich gewusst haben. Dennoch hatte er den Bericht so formuliert, als könnten keinerlei Zweifel an dem Alibi existieren.

War Morten Strømnes zu früh als Verdächtiger ausgeschieden?

Diese Frage sollte Harinder direkt an Musæus richten, aber er musste noch auf die passende Gelegenheit warten, um den Abteilungsleiter wissen zu lassen, womit er sich während der letzten Tage seiner Krankschreibung beschäftigt hatte.

Es war nicht leicht einzuschätzen, wie er es aufnehmen würde. Die Maus drückte nicht immer ihre Zustimmung aus, wenn Harinder sich für etwas engagierte, doch in der Regel pflegte er Harinders Entscheidungen mitzutragen. Weil sie zu Ergebnissen führten, wie er sagte. Sprich: Weil er selbst Vorteile daraus zog.

Bis dahin wollte Harinder sich gern mit ein paar anderen Leuten unterhalten.

Bevor Morten Strømnes angefangen hatte, Autos zu verkaufen anstatt sie zu reparieren, hatte er eine Werkstatt in Staden betrieben. Jetzt besaß er ein Autohaus nicht weit vom Lillevann-Technologiezentrum entfernt, wo er überwiegend mit japanischen Fahrzeugmodellen handelte.

Harinder war sich nicht sicher, ob Strømnes überhaupt mit ihm reden würde, doch der Mann, der aus seinem Büro kam, um ihn zu empfangen, wirkte freundlich. Er begrüßte Harinder und bot ihm Kaffee an.

»Ich weiß genau, wer Sie sind«, sagte Morten Strømnes. »Nicht nur, weil wir gemeinsame Bekannte haben, sondern natürlich auch weil Sie hier in der Gegend ja so was wie ein Promi sind.«

Er war Mitte fünfzig und trug einen grauen Anzug mit einem langen roten Schlips. Sein dünn gewordenes Haar wurde von einer Schicht Haarwachs in Form gehalten, wodurch es im Licht der Deckenbeleuchtung glänzte.

»Ich bin natürlich neugierig, womit ich Ihnen helfen kann. Falls das da draußen Ihr Qashqai ist, kann ich Ihnen einen wirklich guten Deal anbieten, sofern sie den gegen einen Neuwagen eintauschen möchten. Was Nissan angeht, bieten wir hier im Regierungsbezirk die besten Preise.«

Harinder grinste. Typisch Autoverkäufer. Aber Strømnes war mehr als das. Er war eine politische Kraft in der Stadt und im Landkreis. Bürgermeisterkandidat für die Zentrumspartei bei den letzten Kommunalwahlen. Und wie die Meinungsumfragen derzeit aussahen, würde er den Bürgermeisterposten nach der nächsten Wahl übernehmen können.

»Nein danke, ich bin mit meinem Wagen sehr zufrieden«, sagte Harinder.

»Ach schade, aber dann würde ich vermuten, Sie möchten mir erzählen, dass die Kripo die Ermittlungen im Fall der Ermordung meines Bruders und meiner Schwägerin wieder aufnehmen wird.«

»Wie kommen Sie darauf?«

»Nun ja, es wird ja viel über die Geschichte geschrieben – dank Helene. Und Sie und Helene sind Anfang der Woche zusammen gesehen worden.« Harinder konnte seine Überraschung nicht verbergen, so dass Strømnes ein schiefes Grinsen aufsetzte. »Elvestad ist ein kleiner Ort.«

»Sieht so aus«, entgegnete Harinder. »Allerdings hat das

gar nichts mit der Kripo zu tun. Jedenfalls noch nicht. Ich versuche lediglich, meine Neugier zu befriedigen.«

»Das mögen Sie vielleicht glauben, doch in Wirklichkeit laufen Sie Gefahr, sich als nützlicher Idiot von jemand anderem missbrauchen zu lassen.« Eine Schärfe lag plötzlich in Strømnes' Tonfall. »Es tut mir leid, aber offenbar sind achtzehn Jahre nicht genug, um alle Wunden verheilen zu lassen. Ungeachtet dessen kann ich Helene nicht vorwerfen, dass sie um ihren Ruf kämpft. Sie hat natürlich das Recht dazu, auch wenn ich wünschte, dass das etwas ruhiger ablaufen würde.«

»Das scheint wohl nicht ihr Stil zu sein.«

»Wie recht Sie haben. Ich kenne sie seit ihrer Geburt. Helene hatte einen schwierigen Start ins Leben. Ich glaube nicht, dass sie ein schlechter Mensch ist, aber sie war eine überaus wütende junge Frau. Die Drogen haben es nicht besser gemacht. Das entschuldigt jedoch nicht, was sie getan hat.«

»Sie glauben also ihre Geschichte nicht?«

»Ganz richtig«, bestätigte Strømnes. »Und wissen Sie was? Selbst wenn ich es täte, bezweifle ich dennoch, dass ich ihr vergeben könnte. Gemäß ihrer eigenen Aussage ist sie einfach abgehauen. Sie hat Jonas und Britt tot aufgefunden, dachte aber nur daran, ihre Pillen einzustecken und sich zu verziehen.«

»Sie hat aber nie versucht, ihr Verhalten zu rechtfertigen«, sagte Harinder. »Was ich wirklich interessant finde, ist, dass Britt eigentlich verreist sein sollte. Es ist ja denkbar, dass die Person, die an jenem Tag auf den Hof kam, gar nicht damit rechnete, außer Jonas noch jemand anderen anzutreffen. Vielleicht war Jonas das auserwählte Ziel und Britt nur ein zufälliges Opfer, eine Zeugin, die zum Schweigen gebracht werden musste.«

Mortens Blick verhärtete sich. Seine Mundwinkel zuckten leicht. Offenbar mochte er die Wendung nicht, die das Gespräch genommen hatte.

»Das ändert nicht das Geringste. Sie ist immer noch tot«, sagte er.

»Das stimmt allerdings.« Harinder versuchte es mit einem versöhnlichen Lächeln. »Ich habe mir übrigens das Lillevann-Technologiezentrum angesehen. Ein ziemlich beeindruckender Komplex. Es sieht so aus, als wäre es Ihnen gelungen, eine schmerzvolle Erfahrung in ein lohnendes Projekt für viele zu verwandeln.«

Harinders lobende Worte ließen Mortens Blick wieder sanfter werden. In seinem Lächeln lag ein nicht zu übersehender Stolz.

»Es war richtig und wichtig, etwas zu tun, was der ganzen Umgebung hier zugutekommen würde. Wir sind mit der Entwicklung sehr zufrieden.«

»Jonas war wohl nicht so begeistert von den Plänen?«

»Jonas konnte ziemlich stur sein. Er wollte nicht einsehen, dass der Verkauf zu seinem und zum gemeinschaftlichen Besten war.« Morten schüttelte resigniert den Kopf. »Ich habe nie einen Hehl daraus gemacht, dass unsere Beziehung nicht die beste war. Es hat leider viel Streit gegeben. Die Art und Weise, wie er den Hof damals übernommen hat, war nicht ganz rechtschaffen, und später war er dann noch so unverschämt und wollte Geld für die nötige Instandsetzung leihen. Und so naiv, wie ich war, habe ich natürlich geglaubt, dass ich das Geld zurückbekommen würde. Wirklich traurig, dass man mit seinen engsten Verwandten um Geld streiten muss. Heute würde ich meinen ganzen Besitz hergeben, um meinen Bruder zurückzubekommen.«

Harinder nickte zustimmend. Außerdem hatte er die Antwort bekommen, nach der er gesucht hatte. Die Ausbaupläne hatten schon vor den Morden existiert.

KAPITEL 23

Mikael Madsen beobachtete die Eckwohnung in der zweiten Etage. Er saß im Auto, schräg gegenüber dem hufeisenförmigen Häuserkomplex aus dunkelroten Ziegelsteinen. Die Gebäude bildeten mehr oder weniger einen ganzen Häuserblock und verfügten über Einfahrten, die von zwei parallelen Straßen in den Innenhof führten. Er sah eine junge Frau an einem der Fenster vorbeigehen, die vermutlich zur Küche gehörten. Sie hatte dunklere Haut und langes Haar.

Savi Kaur, wie er annahm. Achtzehnjährige Schülerin und einzige Tochter des Polizeibeamten.

Weitere Bewegungen in der Wohnung hatte er bisher nicht wahrgenommen. Nichts deutete darauf hin, dass noch jemand anderes zu Hause war. Die junge Frau trug eine Jacke und war anscheinend auf dem Weg nach draußen. Madsen beschloss, sich bereitzuhalten. Er öffnete den Kofferraum, in dem sich eine Schachtel mit technischem Equipment, ein Rucksack und ein Gewehrkasten befanden. Er steckte ein Laptop und eine Werkzeugbox in den Rucksack.

Im Laufe der letzten Tage hatte er den erforderlichen Backgroundcheck der beiden Zielpersonen durchgeführt.

Harinder Singh, zweiundvierzig Jahre alt, Polizeikommissar bei der Kripo.

Christina Sandberg, einundvierzig Jahre alt, Rechtsanwältin und Teilhaberin der Kanzlei Jørgensen & Co. ANS.

Beide waren unabhängig voneinander in bekannte Kriminalfälle involviert gewesen. Sie wirkten leistungsfähig und zielorientiert. Singh war zum Beispiel erst vor zwei Jahren in Verbindung mit einem anderen Fall in Elvestad gewesen. Dort hatte er deutlich unter Beweis gestellt, dass er unbequem sein konnte.

Madsen hatte zunächst keine direkte Verbindung zwischen dem Polizisten und der Anwältin finden können. Singh schien soziale Medien zu meiden und war in keinem der Netzwerke präsent. Sandberg hingegen war bei LinkedIn und hatte ein wenig genutztes Instagram-Konto. Aus ihrem Lebenslauf ging hervor, dass sie früher Polizeijuristin beim Polizeidistrikt Oslo gewesen war. Madsen nahm an, dass sie sich daher kannten.

Das wiederum untermauerte die Theorie, dass sie einen freundlich gesinnten Bullen gefunden hatte, der ihr dabei helfen sollte, den Strømnes-Fall wiederzueröffnen.

Demnach war sein Freund also nicht nur paranoid.

Alle Treppenhäuser des Wohnkomplexes waren vom Innenhof aus zugänglich. Fast zehn Minuten wartete er nahe des Aufgangs, wo der Polizist wohnte. Er trug Schirmmütze und Handschuhe. Als die Tür schließlich geöffnet wurde, sah er dieselbe junge Frau, die er am Fenster entdeckt hatte.

Sie sah kurz in seine Richtung, ehe sie an ihm vorbeieilte. Er trat auf die Haustür zu und hielt sie fest, bevor sie ins Schloss fallen konnte.

Der Name Singh stand auf einem weißen Schild und wirkte so, als wäre er von einem Kind geschrieben worden. Sicherheitshalber klingelte er. Falls jemand öffnete, würde er ein paar der Wachtturm-Heftchen hervorholen, die in seinem Rucksack lagen. Wodurch jede Unterhaltung vermieden werden würde.

Als er sicher war, dass niemand zu Hause war, fing er an, die Türschlösser aufzustochern. Es gab zwei davon, eins unten und eins oben. Keine große Herausforderung. Die Yale-Schlösser ergaben sich für gewöhnlich nach knapp neunzig Sekunden. Keine Alarmanlage. Die wenigsten Wohnungen hatten so etwas.

Er griff zu Schuhüberziehern, ehe er die dunkle Wohnung betrat. Ohne etwas anzurühren, durchschritt er die Zimmer. Es sah nicht so aus, als wohnten neben Singh und seiner Tochter noch weitere Personen hier. An der Wohnzimmerwand hingen zwei gerahmte Fotografien der jungen Frau. Eine war offenbar erst kürzlich entstanden, die andere stammte aus ihrer Kindheit. Er scannte die neuere mit dem Handy ein, um ein Referenzfoto von ihr zu haben.

Auf einem kleinen Tisch in der Ecke stand ein fest installierter Computer. Madsen ignorierte ihn. Tragbare Geräte waren viel interessanter – neben Dateien ließen sich darauf auch Bewegungsmuster ablesen.

Der Router stand in einem der Fächer des TV-Schränkchens. Madsen drehte ihn um und stellte fest, dass Singh wie die meisten anderen war. Er hatte das Klebeetikett mit dem Passwort für das drahtlose Netzwerk nicht entfernt.

Madsen zog sein eigenes Laptop hervor und loggte sich in das WLAN-Netz ein. Führte ein Script aus, das ihm Zugang zum Router verschaffte. Mit wenigen Befehlen hatte er den Router so eingerichtet, dass der gesamte Netzverkehr nun über seinen eigenen Server abgewickelt wurde. Wenn sich das nächste Mal jemand in das vorhandene Netzwerk einloggte, könnte er beobachten, wo im Internet gesurft wurde. Loggten sie sich bei Facebook, Google oder einem der anderen üblichen Dienste ein, landeten sie zunächst auf seinen Seiten, bei denen es sich tatsächlich um ein großes Phishing-Portal handelte. Zweck des Ganzen war, an Passwörter heranzukommen sowie Programmware einzuschmuggeln, die er dazu verwenden konnte, Mobiltelefone und PCs zu übernehmen.

Seine Programme waren nur schwer zu entdecken, weil sie nichts Schlimmeres taten, als zu überwachen. Sie versuchten nicht, in geschützte Dienste wie Online-Banking oder Ähnliches einzudringen. Ein guter Hacker wusste Maß zu halten.

Als Zusatzversicherung klebte er ein Mikrophon auf die Rückseite eines der Fotos an der Wand. Es war so klein wie ein Hemdknopf.

Der nächste Halt war die Wohnung der Anwältin in Fagerborg.

KAPITEL 24

Sonntag, 10. Oktober

Das Pflegeheim Moen lag im Zentrum von Elverum, nur einen Steinwurf vom Trysilveg entfernt. Ein Flickwerk von einem Gebäude, bei dem die eine Hälfte wie eine Ansammlung von Baracken aussah, die ineinandergebaut worden waren.

Harinder fragte an der Rezeption nach Tore Evaldsen. Der alte Nachbar der Familie Strømnes war zweiundachtzig und pflegebedürftig. Ein Krankenpfleger brachte Harinder in das Zimmer des alten Mannes, das die Größe einer Gefängniszelle hatte.

Evaldsen bedauerte, nicht aufstehen zu können. Er war schwach auf den Beinen, doch geistig total fit.

»Ja, die Geschichte vergisst niemand«, sagte er und schüttelte den Kopf. »Ich hatte schon Besuch von anderen, die mich ausgefragt haben. Vor Kurzem war auch eine Anwältin hier.«

»Christina Sandberg?«

Evaldsen winkte ab. »In meinem Alter muss man einen Namen vergessen, um einen neuen behalten zu können. Jedenfalls war es eine Frau, ja. Ich weiß auch nicht, ob ich was Neues dazu beitragen kann. Das meiste habe ich schon früher erzählt.«

»Ich bin neugierig auf den Wagen geworden, den Sie damals gehört haben«, sagte Harinder.

»Der Wagen, ja.« Evaldsen sah ihn an. »So viel Theater deswegen. Ich habe bloß erzählt, was ich gehört habe, nachdem die Schüsse mich geweckt hatten. Gesehen habe ich natürlich nichts. Es war stockdunkel, und unsere Häuser lagen zweihundert Meter auseinander.«

»Können Sie sich an den Zeitpunkt erinnern?«

»Etwa zwanzig vor zwei in der Nacht. Als ich wach wurde, habe ich auf die Uhr gesehen.«

»Da gibt es eine Straße, die gleich unterhalb der alten Höfe vorbeiführt. Sie haben nicht vielleicht ein Auto gehört, das dort bloß entlangfuhr?«, fragte Harinder.

Tore Evaldsen schnaubte. »Wenn der Wagen nicht zu einem der Höfe gewollt hätte, musste er sich verfahren haben. Außerdem lag Kies in der Einfahrt zum Hof Strømnes, die Straße war asphaltiert. Jetzt sagen Sie mir mal, junger Mann, hätten Sie das verwechselt?«

Harinder lächelte.

»Ich habe das damals alles der Polizei erzählt. Aber die konnten kein Auto ausfindig machen. Damals gab's ja in der Gegend auch nicht an jeder Ecke eine Überwachungskamera.«

»Sie haben den Hof dann eine Weile danach verkauft?«

»Ja, ich hatte schon ein Angebot, noch bevor die Morde passierten. Ursprünglich hatte ich gar kein Interesse. Ich habe lange darauf gehofft, dass eines meiner Kinder den Hof übernehmen würde. Aber das wollten sie nicht, jedenfalls nicht nach diesem furchtbaren Ereignis. Na ja, ich selbst wurde ja auch immer älter, da war's dann leichter, alles zu verkaufen.«

»Sie haben dann an die Lillevann-Gruppe verkauft?«

»So nannten sie sich, ja. Die hatten große Ambitionen für den Distrikt. Luftschlösser, wenn Sie mich fragen.«

»Wie lange hatten die schon Interesse an einem Kauf?«

Evaldsen kratzte sich den kahlen Schädel, während er nachdachte. »Lange«, sagte er schließlich. »Das fing 2003 an, mit einem Brief. Dann ein paar Anrufe, ob ich den Brief bekommen hätte und was ich davon hielte. Danach dann ein Makler, der plötzlich vor der Tür stand.«

»Die waren also aufdringlich.«

»Der Meinung war ich, ja. Die haben sich für insgesamt drei Höfe interessiert. Neben unserem für Strømnes und für Hellum. Aber sie sind auf Widerstand gestoßen, besonders von Jonas, der überhaupt kein Interesse hatte. Er wollte unbedingt das wenige an Landwirtschaft bewahren, das es in unserer Gemeinde gab.«

»Aber soweit ich Morten Strømnes verstanden habe, hatte Jonas finanzielle Probleme. Er musste sich Geld leihen, um den Hof instand zu halten.«

Evaldsen nickte. »Das glaube ich gern. Er musste einen Teil der ausgebliebenen Instandhaltungsarbeiten nachholen. Außerdem sind 2002 und 2003 wegen Regen und Überschwemmungen ziemlich schlechte Jahre gewesen. Große Ausgaben und wenig Einnahmen. Aber er war fleißig und ausdauernd, der Jonas. Er hat nie aufgegeben, hat immer gedacht, dass es eine Lösung gibt.«

Der Nachbar auf dem Hellum-Hof konnte sich schließlich mit der Lillevann-Gruppe auf einen Preis für seinen Hof einigen. Daraufhin fing auch Tore Evaldsen an, sich zu fragen, ob es nicht an der Zeit sei, das Handtuch zu werfen.

Und dann wurden Britt und Jonas umgebracht.

»Ein ganzes Jahr ist vergangen, ohne dass wir etwas von der Gruppe hörten. Aber dann bekam ich die Nachricht, dass sich Morten auf einen Verkauf eingelassen hatte. Plötzlich standen nur noch wir den Ausbauplänen im Weg.« Der alte Mann wedelte mit seinem sehnigen Zeigefinger. »Ich habe den Preis so hochgetrieben, wie ich konnte.«

»Gut zu hören«, sagte Harinder. »Apropos Morten, was meinen Sie, was für ein Typ ist er eigentlich?«

»Er ist ein guter Mann. Ehrgeizig. Aber der Erfolg ist ihm nicht zu Kopf gestiegen. Ursprünglich war er ja Mechaniker, gut im Umgang mit Maschinen und so. Wenn der Traktor mal liegen blieb, kam Morten vorbei und hat ihn repariert. Es war nie schwer, ihn um etwas zu bitten.«

»Und wie war das Verhältnis zu seinem Bruder?«

Der alte Mann rümpfte die Nase, als gefiele ihm diese Frage nicht.

»Ich ziehe wirklich nicht gern über andere Menschen her, aber es ist ja kein Geheimnis, dass die beiden oft wie Hund und Katze waren. Sehr verschiedene Persönlichkeiten«, sagte Evaldsen. »Es kam zu Streitereien, als Jonas den Hof übernehmen sollte. Danach hatten sie nicht so viel Kontakt miteinander. Dennoch hat Morten Jonas Geld geliehen, als er es brauchte. Aber das hatte vielleicht mehr mit der Frau zu tun …«

»Britt? Inwiefern?«

»In der Regel war sie diejenige, die die Streitereien zwischen den Brüdern geschlichtet hat. Eine schöne Frau.« Evaldsen hatte plötzlich einen verträumten Gesichtsausdruck. »Morten hatte immer eine Schwäche für sie. Ich habe das so verstanden, dass er ihr geholfen hat, sich von diesem Kerl zu trennen, mit dem sie zuvor verheiratet war, diesem Trinker. Vielleicht hat er sich da irgendwelche Hoffnungen gemacht, und wer könnte ihm das vorwerfen? Aber schließlich ist sie dann bei Jonas gelandet. Vermutlich war es das Beste.«

»Heikle Sache«, bemerkte Harinder.

Evaldsen grinste. »Das ging dann sicher auch vorbei. Und Morten ist ein guter Mann. Er tut viel Gutes für die Umgebung hier.«

»Jonas und Britt hatten keine gemeinsamen Kinder«, sagte Harinder. »Die waren doch lange verheiratet und noch relativ jung, als sie zusammengekommen sind.«

»Britt konnte keine weiteren Kinder bekommen.« Evaldsen schüttelte den Kopf. »Wir wissen, dass sie es versucht haben. Aber als dieses Kuckuckskind geboren wurde, ist es anscheinend zu ernsthaften Komplikationen gekommen.«

»Helene? Was hatten Sie für einen Eindruck von ihr?«

»Unhöflich«, erwiderte er prompt. »Konnte, ohne zu grüßen, an einem vorbeilaufen. Hat sich arrogant aufgeführt, hat geklaut und schon als kleines Mädchen getrunken. Gott weiß, was sonst noch. Die Mutter war ganz verzweifelt. Es musste ja schiefgehen.«

»Dann glauben Sie also, dass sie schuldig ist?«

»Tun das nicht alle?«, fragte Tore Evaldsen.

KAPITEL 25

Montag, 11. Oktober

Helene merkte, dass irgendetwas anders war, als sie am Montagmorgen zur Arbeit kam. Der Koch starrte sie durch das Küchenfenster an, um sich gleich darauf jäh abzuwenden, als sie seinen Blick erwiderte. Im Rezeptionsbereich begegnete sie Roy, der zurückhaltender als üblich wirkte.

Auf dem Weg hinein schüttelte sie ihren feuchten Regenschirm aus. Der Regen war fast die ganze Nacht vom Himmel gestürzt und hatte gegen die Wandverkleidung gehämmert, weswegen sie kaum hatte schlafen können. Der Fußweg zur Bushaltestelle hatte sich zu einem Kampf gegen das Spritzwasser vorbeifahrender Autos sowie gegen starke Windböen entwickelt, die an ihrem Schirm zerrten. Der Bus hatte fast zehn Minuten Verspätung.

Vielleicht hätte sie einfach ein paar Tage zu Hause bleiben sollen, wie Tante Wencke es bei einem Gespräch am Sonntag vorgeschlagen hatte. Doch Helene brauchte keine Auszeit, um sich mit dem Verlust von Stig zu versöhnen. Wencke hingegen, getroffen vom Tod ihres Bruders, hatte geweint, auch wenn sie nie ein gutes Wort für ihn übrig gehabt hatte. Stig war mit ihr nicht besser umgegangen als mit den meisten anderen.

Roy lehnte sich über den Tresen und schrieb etwas auf

einen Zettel. Wenn er einen Stift in seiner großen Pranke hielt, sah er immer etwas unbeholfen aus. Nur selten sprach er über seine Karriere als Boxer, er hätte Weltmeister im Schwergewicht werden können, wenn Lennox Lewis ihn im Titelkampf nicht so gnadenlos vermöbelt hätte. Knock-out in der vierten Runde. Weiter hatte er es nie geschafft.

»Wencke will mit dir reden«, sagte er.

»Ist sie im Büro?«

Roy nickte.

Wencke stand vor dem kleinen Spiegel an der einen Wand und war gerade dabei, ihre Wimpern mit einer neuen Schicht Mascara zu verschönern und mit einem Eyeliner einen dunklen Strich um ihre Augen zu zeichnen. Sie brachte den Vorgang zu Ende, ehe sie sich umdrehte und Helene mit einem schiefen Lächeln ansah.

»Wir müssen uns mal ernsthaft unterhalten«, sagte sie. Ihr Ton klang unheilverkündend.

»Wir haben dir nach dem Gefängnis eine Arbeit gegeben, um dir zu helfen. Nicht nur, weil wir verwandt sind, sondern weil jeder eine neue Chance verdient, wenn er seine Schulden bezahlt hat. Leider ist das nicht länger möglich.«

»Wie?«

»Du weißt schon, nach dem, was mit dem armen Stig passiert ist.« Wencke fing an zu blinzeln, als ob sie wieder weinen müsste. »Das verändert so einiges, Helene. Es tut mir leid, aber wir können dich nicht länger hierbehalten.«

Helene blickte sie ungläubig an. »Das kann doch nicht dein Ernst sein. Ich habe doch überhaupt nichts damit zu tun!«

»Das wissen wir nicht sicher«, entgegnete Wencke. »Die Leute *reden*. Und wir führen hier immerhin ein Unternehmen. Wir sind abhängig von Kundschaft, von Reisenden und Leuten aus der Umgebung. Und die Leute kommen nicht, solange du hier arbeitest. Einige haben schon deutlich ihre Meinung kundgetan. Das verstehst du doch wohl?«

»Nein. Ich verstehe, dass du mir einen Job angeboten hast, den ich so gut wie möglich erledige«, sagte Helene. »Den hast du mir garantiert. Meinst du vielleicht, ich habe davon geträumt, an einem Ort wie diesem die Klos zu putzen, als ich rauskam? Nein, aber der Job war eine Voraussetzung dafür, dass ich vorzeitig entlassen wurde. Bist du dir darüber im Klaren, was passieren kann, wenn ich die Vollzugsbehörde anrufen und mitteilen muss, dass ich ohne Job dastehe? Im schlimmsten Fall schicken die mich zurück ins Gefängnis!«

»Jetzt mach bloß kein Theater«, sagte Wencke. »Vergiss nicht, dass Roy draußen steht. Zwing ihn nicht dazu, dich rauszuwerfen. Es tut mir leid, dass dir das ungelegen kommt, aber wir müssen in erster Linie an das Geschäft denken.«

»Ungelegen?« Helene registrierte, dass die Tante zurückwich, als sie einen Schritt auf sie zutrat. »Du ahnst ja nicht, was ungelegen bedeutet! Du hast nicht die geringste Ahnung. Du sitzt bloß da, mit diesem halbidiotischen Blick, und bist genauso dumm und faul wie dein Bruder, der genau das bekommen hat, was er verdiente!«

Helene verließ das Büro, ehe sie dazu kam, etwas zu sagen oder zu tun, das sie womöglich bereuen würde. Sie spürte Roys Blick im Rücken, als sie in das feuchte Wetter hinaustrat, mit einem Regenschirm, der sich nicht mehr öffnen ließ.

KAPITEL 26

Um den Kontrolltermin im Lovisenberg-Krankenhaus nicht zu verpassen, fuhr Harinder am frühen Montagmorgen zurück nach Oslo. Nach einer fünfminütigen Untersuchung war er gesundgeschrieben und bereit für die Arbeit. Jetzt war er wieder Polizist.

Er fuhr nach Hause in den Maridalsvei, um sich zu rasieren und einen Anzug und ein frisch gebügeltes Hemd anzuziehen. Er stutzte, als das Handy plötzlich ein Passwort für das WLAN-Netz haben wollte. Das war seit Installation des neuen Routers nicht vorgekommen. Allerdings war er zu sehr mit dem bevorstehenden Wiedersehen mit dem Abteilungsleiter beschäftigt, um sich weitere Gedanken darüber zu machen.

Musæus empfing ihn in seinem Büro, dessen Aussicht auf den Bahnhof Bryn hinausging. Ein schnelles Lächeln und ein fester Händedruck von dem großen Mann mit dem üppigen, grau gesprenkelten Bart.

»Ich weiß gar nicht genau, worauf ich Sie ansetzen soll, Sie waren ja eine Weile nicht hier«, sagte Musæus. »Am besten vielleicht ein sanfter Start?«

»Bestimmt eine gute Idee«, meinte Harinder und sah seinen Chef erwartungsvoll an.

»Waren Sie in letzter Zeit mal wieder in Ihren Heimat-
gefilden?«

Sollte das ein Hinweis darauf sein, dass Musæus etwas
wusste?

»Tatsächlich, am letzten Wochenende. Ich habe Rachel
getroffen. Aber wollen Sie andeuten, dass sie Unterstützung
brauchen könnte?«

»Ich weiß nicht. Sie haben schließlich darum gebeten,
dass ich ihr mehr Verantwortung übertrage. Was meinen
Sie?«

»Vermutlich kommt sie gut zurecht, aber wenn Sie meinen, dass ich …«

»Dann machen wir das so«, entgegnete Musæus und sah
auf die Uhr.

»Und falls die Ermittlungen mit einem gewissen Doppelmord im Jahr 2003 in Berührung kommen sollten?« Eine
vorsichtige Frage, um die Stimmung auszuloten. Sofort registrierte er, dass sich der Blick seines Chefs verengte. »Die
Presse schreibt ja schon darüber. In Elvestad ist der Name
Waaler ein Synonym für die Strømnes-Morde.«

»Die Gefahr sollte bei diesem Fall nur ganz peripher
sein«, erwiderte Musæus knapp. »Die Presse liebt ja solche
Verbindungen, aber darauf würde ich keine Ressourcen verschwenden.«

Es war halb eins, als Harinder auf dem Parkplatz vor der
Polizeistation Elvestad anhielt. Er fand den Weg zum Besprechungsraum in zweiten Stock, der als Lagezentrum für
die Waaler-Ermittlung diente. Rachel saß konzentriert vor
dem PC, blickte aber auf, als er an der Tür erschien. Er sah
die Skepsis im Gesicht der Kollegin. Als ob sein Anblick
unmöglich etwas Gutes bedeuten konnte.

»Jetzt sag nicht, dass sie dich hierhergeschickt haben?«

»Haben sie«, bestätigte Harinder und referierte kurz das Gespräch mit Musæus.

»Es ist also immer noch mein Fall?«, fragte Rachel. »Du bist nicht hier, um den Fahrlehrer zu geben?«

»Würde mir im Traum nicht einfallen. Vielleicht können wir uns bei einem Mittagessen unterhalten?«, schlug er vor. »So wie ich dich kenne, hast du bestimmt noch nichts gegessen.«

»Okay«, sagte sie. »Da du einlädst, können wir im Stasjonshus essen. Ich bin noch nicht dazu gekommen, deren Mittagskarte auszuprobieren.«

Das Stasjonshus hatte sich den Ruf eines der besseren Restaurants im Distrikt erworben, eine Leistung, die bei einem Betrieb aus Elvestad nicht häufig vorkam. Der Name kam daher, dass es sich um den ehemaligen Bahnhof handelte, der zu einem Lokal umgebaut worden war. An der Terrasse führten zwei überwucherte Gleise vorbei.

»Weiß er, dass du dir den Strømnes-Fall schon angesehen hast?«, fragte Rachel, während ihr Blick das vorzügliche Angebot überflog.

»Ist nicht erwähnt worden.«

»Und du hast es natürlich auch nicht erwähnt?«

Rachel schüttelte resigniert den Kopf. Sie bestellte eine Hummersuppe, während Harinder sich mit einem Krabbenbrot zum Preis eines Hauptgerichts in einem gewöhnlichen Restaurant begnügte.

»Aber du bist jetzt nicht nur hergekommen, um mir bei meinem Fall zu helfen?«, fragte sie.

»Stig Waaler galt nicht gerade als unbescholten, er war im Laufe der Jahre in verschiedene Ermittlungen involviert.

Und er hat sich eine Menge Feinde gemacht. Einer von denen hat ihn mit sieben Messerstichen getötet. Es ist doch naheliegend, sich ein paar dieser alten Fälle vorzunehmen und herauszufinden, ob es da vielleicht jemanden gab, der ein Motiv hatte, ihm das Leben zu nehmen. Es wäre sogar ein Versäumnis, das *nicht* zu tun.«

»Glaubst du wirklich, dass es da einen Zusammenhang geben kann, oder ist das jetzt nur ein Vorwand, um weiter mit dem Doppelmord arbeiten zu können?«

»Es ist ein Faktum, dass er in den Fall verwickelt war. Peripher, meint die Maus, aber das stimmt nicht so ganz. Er wurde zweimal vernommen. Und wenn du mich fragst, war sein Alibi nicht das tollste. Du weißt es doch so gut wie ich: Wenn eine Person in zwei große Kriminalfälle involviert ist, dann ist es überaus wahrscheinlich, dass die Fälle verbunden sind.«

»Das trifft auch auf Helene Waaler zu.«

Harinder nickte zustimmend. »Ich hatte nicht vor, mich einzumischen. Wenn du sagst, sie ist eine Person von Interesse, dann ist sie das.«

Rachel schien beruhigt zu sein.

»Aber du glaubst, dass sie vielleicht unschuldig verurteilt wurde?«

»Ich kann es nicht ausschließen«, sagte Harinder. »Nimm nur die beiden Schlüsselzeugen der Anklage, die behaupten, sie hätten Helene an jenem Abend nach Hause gefahren. Niels Lund ist kein unbeschriebenes Blatt. Er wurde schon wegen Drogenbesitz und Körperverletzung verhaftet. Und dann sein Kumpel, Lasse Opheim. Es heißt, er sei der Einzige in der Band gewesen, der niemals Drogen angerührt hat, aber dafür hat er sie verkauft. 2015 gab es auch andere Verdachtsmomente, was bedeutete, dass der Nachrichtendienst ihn auf dem Kieker hatte. Er wurde wegen Verstoß gegen das Waffengesetz verhaftet, aber wie es aussieht, ist er noch mal billig davongekommen.«

»Du meinst also, zwei Zeugen mit Glaubwürdigkeitsproblemen?«

»Lund gibt zu, dass er unter Drogen gestanden hat, und dann kann er den genauen Zeitpunkt nennen, an dem sie Helene aus dem Wagen geworfen haben?«, sagte Harinder. »Ich würde sehr gern wissen, wie gut seine Erinnerung heute ist. Das Problem ist nur, dass ich nicht an ihn herankomme. Er geht nicht ans Telefon, ich habe es mehrmals versucht.«

»Und was ist mit seinem Kumpel?«

Harinder antwortete mit einem resignierten Lächeln. »An Lasse Opheim ist noch schwieriger ranzukommen. Er ist tot.«

Im Herbst 2016 war er mit seinem Sportflugzeug bei Stord ins Meer gestürzt. Seine sterblichen Überreste waren zusammen mit den meisten Wrackteilen in der Tiefe verschwunden.

»Früher oder später wird Musæus herausfinden, was du da treibst, und dann sollte er es von dir hören«, sagte Rachel. »Das gibt ohnehin ein Spektakel, aber noch schwieriger wird es, wenn er es von anderen erfährt. Was, wenn Christina mit der Presse redet? Du kannst ihr nicht trauen, Harinder.«

Er nickte. »Gib mir zwei Tage.«

Das Essen wurde gebracht. Im selben Moment kam eine größere Gesellschaft herein und wurde an den langen Tisch am Fenster geführt. Harinder kannte einige von ihnen. Der

Bürgermeister war auch darunter. Ebenso Morten Strømnes, der darauf hoffte, nach der nächsten Wahl seinen Posten zu übernehmen. Am Kopfende saß der Mann, der die wirkliche Macht im Distrikt verkörperte.

Georg Davidsen.

Der Fabrikbesitzer benutzte einen Spazierstock. Er ging gebeugt, sein Schädel war blank. Ein paar dünne weiße Haarsträhnen waren noch übrig. Seine Augen waren tief in die Höhlen eingesunken, doch sein Blick war so klar und scharf wie immer.

»Die sind mir auch schon aufgefallen«, sagte Rachel, die offenbar gesehen hatte, wohin sein Blick gewandert war. »Wenn du dich wirklich für die alten Fälle interessierst, in die Stig Waaler involviert war, dann hätte ich einen für dich: Davidsens Enkelin hat ihn im Februar bei der Polizei angezeigt.«

Harinder war überrascht. »Wieso denn das?«

»Sie hatte ihr Handy verloren, oder vielmehr hat sie behauptet, jemand hätte es gestohlen. Darauf waren private Fotos der intimen Art. Und, was glaubst du, wer hat ihr angeboten, das Telefon wiederzubeschaffen – natürlich gegen eine kleine Entschädigung?«

»Erpressung?«

»Laut ihrer Aussage, ja. Aber es ließ sich nicht beweisen. Waaler war sehr zurückhaltend bei seiner Kontaktaufnahme. Er hat behauptet, es nur gefunden zu haben, und fragte nach einem Finderlohn. Die Sache wurde eingestellt.«

»Er hat gewusst, wie man sich Feinde macht«, seufzte Harinder.

»Ja, und wir wissen, wer der größte war.«

»Helene *steht* also im Suchscheinwerferlicht?«

»Natürlich tut sie das«, sagte Rachel. »Die Dame ist nicht eben stabil, Harinder. Heute morgen gab es an ihrem Arbeitsplatz ein Vorkommnis, weswegen sie gefeuert wurde. Ich habe mit einem Juristen von der Staatsanwaltschaft gesprochen, der jetzt alles dafür tun wird, die vorzeitige Entlassung rückgängig zu machen.«

Ein ernster Schritt. Auch spielte wohl der ganze Presserummel eine Rolle. Jemand hatte sogar angedeutet, es handele sich um eine weitere *Familientragödie*. Und mit den Artikeln kam die Kritik. Die Rechtspolitiker schlugen sich auf die Brust. Man fragte, wie es möglich sei, eine nachweislich gefährliche Person wieder auf die Gesellschaft loszulassen.

Helene Waalers Tage in Freiheit waren gezählt.

KAPITEL 27

Während Rachel zur Toilette ging, bezahlte Harinder die Rechnung. Als er nach draußen ging, um beim Wagen zu warten, hörte er jemanden seinen Namen rufen.

»Ich will ein Wort mit Ihnen, Singh!«

Georg Davidsen zeigte mit seinem Spazierstock auf Harinder.

»Ich will wissen, auf welcher Grundlage Sie sich erlauben, Angestellte des öffentlichen Dienstes und alte Nachbarn über Transaktionen auszufragen, die Sie überhaupt nichts angehen«, blaffte Davidsen. »Glauben Sie ja nicht, ich wüsste nicht, was Sie da treiben. Sie sind durchschaut. Bilden Sie sich etwa ein, Sie könnten diese geisteskranke Person dafür benutzen, mich und meine Familie anzugreifen? Ist das Ihr Plan?«

»Nicht alles dreht sich um Sie, Georg«, sagte Harinder.

Der alte Mann schnaubte. »Mein Sohn sitzt Ihretwegen im Gefängnis.«

»Nein, er sitzt im Gefängnis, weil er Frauen vergewaltigt und die Übergriffe gefilmt hat.«

Die Röte im Gesicht des anderen zeigte Harinder, dass die Provokation saß.

»Fahren Sie ruhig fort, wenn Sie es auf mich abgesehen

haben«, sagte Davidsen. »Aber wieder in der alten Tragödie herumzugraben, ist unterstes Niveau. Morten ist vielleicht zu höflich, um es auszusprechen, aber er ist tief verletzt. Er hat in jener Nacht zwei nahestehende Familienmitglieder verloren, Singh. Das mag vielleicht lange her sein, aber das bedeutet nicht, dass wir es vergessen haben.«

»Niemand verlangt, dass Sie etwas vergessen. Helene hat dennoch das Recht, angehört zu werden. So ist das System.«

»*Das System.* Und was hat das mit den Immobilientransaktionen zu tun, an denen ich beteiligt war, wenn ich fragen darf?«

»Wenn Sie möchten, können wir uns bei einem Kaffee gern darüber unterhalten.«

Seinem Gesichtsausdruck nach zu urteilen, schien Georg Davidsen eine Endoskopie vorzuziehen.

Rachel kam aus dem Gebäude und sah die beiden erstaunt an.

»Was ist los?«, fragte sie.

»Nichts, was Sie etwas angeht, junge Frau«, sagte Davidsen, ohne Harinder aus den Augen zu lassen. Erneut hob er seinen Stock. »Sie graben nach Dreck, den es nicht gibt. Um einer Frau zu helfen, die besser noch eingesperrt sein sollte. Falls Sie das nicht sofort unterlassen, werde ich eingreifen. Wie Sie wissen, bin ich ein Mann mit Einfluss.«

Harinder hatte sich während der gesamten Unterhaltung beherrschen können, ließ seiner Gereiztheit nun aber freien Lauf.

»Drohen Sie mir?«

»Nein, ich stelle lediglich fest, dass Ihre Handlungen Konsequenzen haben werden, Singh.«

Georg Davidsen drehte sich um und ging zurück zum Restaurant. Harinder blickte ihm nach und sagte:

»Für Sie immer noch *Kommissar* Singh!«

KAPITEL 28

Rachel fuhr los, um Helene Waaler zu einer weiteren Vernehmung abzuholen. In ihrer Begleitung waren zwei Polizeibeamte, die ihre Wohnung durchsuchen sollten. Der Vertreter der Staatsanwaltschaft hatte außerdem die Überprüfung von Mobilfunkdaten und weiteren elektronischen Spuren genehmigt.

Helene Waaler hatte nichts dagegen, die Beamten zur Polizeistation zu begleiten. Sie bat nur darum, ihre Anwältin anrufen zu dürfen, ehe sie aufbrachen. Rachel nickte ihr aufmunternd zu. Dadurch würden sie Zeit sparen.

Auf dem Weg zum Wagen entdeckte Rachel einen Fotografen, der aus der Entfernung Aufnahmen machte. Die ganzen Presseartikel machten die Arbeitsverhältnisse nicht leichter.

Rachel hatte Arvid Arntsen gebeten, an der Vernehmung teilzunehmen. Harinder war außer Haus unterwegs und ging seinen eigenen Angelegenheiten nach. Rachel wollte die Details gar nicht wissen. Falls der Chef plötzlich anrief und fragte, was Harinder trieb, könnte sie sagen, dass sie ihn beauftragt habe, Hintergrundinformationen über das Mordopfer zu beschaffen.

Sie ließen Helene im Vernehmungsraum sitzen, während

sie darauf warteten, dass Christina Sandberg aus Oslo anreiste. Über eine Kamera konnten sie verfolgen, was Helene die ganze Zeit machte. Sie saß nur mit vor der Brust verschränkten Armen ganz still da, ihr Gesichtsausdruck war unmöglich zu deuten.

Rachel hörte hohe Absätze auf dem Linoleum im Gang widerhallen und wusste, dass es sich um Christina handeln musste, die mit schnellen Schritten näher kam. Was bedeutete, dass sie auf dem Kriegspfad war.

»Was verdammt stimmt mit euch nicht?«, fragte Christina unter Auslassung üblicher Höflichkeitsphrasen. »Ihr zerrt meine Mandantin vor den Augen der Presse ins Polizeigebäude. Ich hoffe sehr, dass es einen ausreichenden Grund dafür gibt. Denn wenn ihr den nicht habt, werde ich dafür sorgen, dass ihr es bereut, heute Morgen überhaupt das Bett verlassen zu haben.«

»Lassen Sie uns zurückgehen zu der letzten Begegnung mit Ihrem Vater, Stig Waaler«, sagte Arvid Arntsen nach Erledigung der Formalitäten. Rachel saß ebenfalls im Raum, doch sie waren übereingekommen, dass er die Befragung leiten sollte. Unter Berücksichtigung ihres früheren Verhältnisses mit der Verteidigerin schien es Rachel nur angebracht. »Das war letzte Woche Mittwoch im Restaurant Flamenco in der Strandgate, richtig?«

Helene Waaler nickte. »Das stimmt.«

»Sie haben gegenüber der Kollegin Hauge schon geäußert, dass Sie nicht gestritten, sondern ein zivilisiertes Gespräch geführt haben.«

»Ich habe gesagt, es sei erstaunlich zivilisiert zugegangen.«

Arvid Arntsen ließ nicht erkennen, ob er die Nuance wahrgenommen hatte. »Sie bestreiten also, eine Auseinandersetzung gehabt zu haben?«

»Ja. Ich würde es eher als Diskussion bezeichnen.«

»Das muss ja eine lebhafte Diskussion gewesen sein. Zeugen aus dem Flamenco behaupten, es sei fast zu einem Handgemenge gekommen.«

Helene schüttelte den Kopf. »Das stimmt nicht. Ich bin aufgestanden, weil ich gehen wollte, da hat er sich an meinen Tisch gesetzt und dann meine Hand ergriffen, um mich zum Bleiben aufzufordern. Das war alles.«

»Alles?« Arvid hob die Augenbrauen. »Für mich klingt das nach viel.«

»Nicht für ihn«, entgegnete Helene.

»Was meinen Sie damit?«

»Es ist hinreichend dokumentiert, dass Stig Waaler gegenüber meiner Mandantin und ihrer Mutter gewalttätig war«, sagte Christina. »Haben Sie etwas Neues im Hinblick auf die Umstände, das Sie darlegen möchten, oder sitzen wir hier nur aufgrund des semantischen Unterschieds zwischen einer Diskussion und einem Streit?«

»Der Punkt ist, dass es zwei Tage vor dem Mord einen heftigen Streit zwischen den beiden gegeben hat, dessen Bedeutung Ihre Mandantin herunterzuspielen versucht«, sagte Arvid.

»In keiner Weise«, sagte Helene.

»Haben Sie zu Ihrer Tante Wencke Vestad nicht gesagt, dass Ihr Vater es verdient hat zu sterben?«

Der Schlag saß. Rachel entging nicht, dass Helene Waaler einen Augenblick brauchte, um die Fassung wiederzuerlangen.

»Ich habe vielleicht etwas in dieser Richtung gesagt, aber Sie müssen verstehen, dass ich sehr aufgebracht war. Sie hatte mich gerade gefeuert, weil sie Angst vor dem Getratsche in der Stadt hatte.«

»Wencke Vestad ist auch keine unparteiische Zeugin«, fügte Christina hinzu. »Wir erwägen Klage wegen unrechtmäßiger Entlassung.«

»Haben Sie das ernst gemeint?«, fragte Arvid an Helene gerichtet. »Sind Sie der Ansicht, dass er es verdient hat?«

»Antworte nicht darauf«, sagte Christina.

Helene sah ihn an, als ob sie antworten *wollte*. Ihr Blick verriet, dass sie jedes Wort ernst gemeint hatte. Doch sie beschloss, dem Rat ihrer Anwältin zu folgen.

»Können wir noch mal auf Ihre Bewegungen am Freitagnachmittag und -abend zurückkommen?«, fragte Arvid.

Helene sagte nichts, was sie nicht schon zuvor gesagt hatte. Sie versuchte nicht, sich ein Alibi herbeizuzaubern. Gab zu Protokoll, dass sie keines hatte. Abgesehen von einem Abendspaziergang zwischen acht und neun war sie den ganzen Freitagabend allein zu Hause gewesen. Vielleicht hatte sie jemand gesehen, aber das hatte nichts zu bedeuten. Sie war etwa drei Stunden vor dem Mord unterwegs gewesen.

Rachel beugte sich vor und legte die Ellbogen auf den Tisch. Sie konnte sehen, dass Helene aufgrund von Arvids Befragung langsam gereizt und resigniert wurde.

»Als wir uns zuletzt unterhalten haben, erwähnten Sie, dass Stig auf Geld aus gewesen sei«, sagte sie. »Weshalb sollte er vor dem Hintergrund Ihres Verhältnisses angenommen haben, dass Sie ihm Geld geben würden? Er muss dann doch etwas dabeigehabt haben, was er auf den Verhandlungstisch legen konnte, wenn Sie verstehen, was ich meine?«

Helene antwortete nicht sogleich. Stattdessen wechselte sie einen langen Blick mit ihrer Anwältin. Christina nickte so behutsam, dass es kaum zu bemerken war.

»Stig hat behauptet, dass er nicht mein biologischer Vater sei«, sagte Helene. »Er meinte, er wüsste, wer das sei, und dass er mir helfen könnte, das zu beweisen.«

Jetzt wechselten Rachel und Arvid einen erstaunten Blick. Mit dieser Antwort hatten sie nicht gerechnet.

»Haben Sie ihm geglaubt?«, fragte Rachel.

»Ja«, sagte Helene. »Er war ein Lügner und Betrüger, aber ich konnte ihm ansehen, dass er die Wahrheit sagte. Und irgendwie ergab das auch Sinn. Ich habe weder meiner Mutter noch Stig sonderlich geähnelt, müssen Sie wissen. Wir hatten nicht mal die gleiche Augenfarbe.«

»Hat er Ihnen verraten, wer Ihr Vater ist?«

»Nein, er wollte nichts sagen, ehe ich auf seine Bedingungen eingehe.« Helene schluckte hart. »Und dann wurde er umgebracht, ehe er die Chance bekam, etwas zu sagen.«

»Begreifen Sie, wie unberechtigt Ihre Annahme ist, dass meine Mandantin etwas mit dem Mord zu tun hat – wenn man bedenkt, dass sie von seiner Hilfe abhängig war?«, fragte Christina. »Ungeachtet dessen glaube ich ohnehin nicht, dass wir hier jetzt weiterkommen. Wenn Sie meine Mandantin nicht des Mordes beschuldigen möchten, schlage ich vor, dass wir die Vernehmung abbrechen. Ich kann nicht erkennen, dass Sie etwas in der Hand haben, was eine Inhaftierung rechtfertigt.«

Rachel und Arvid hätten auf den Tisch hauen und sagen können, dass sie das Recht hatten, Helene drei Tage im Arrest festzuhalten, bevor sie Untersuchungshaft beantragen würden. Aber das wäre nur eine leere Geste gewesen. Motiv und Gelegenheit reichten zur Begründung nicht aus. Sie brauchten etwas Handfestes.

»So wie die Stimmung in der Stadt momentan ist, wäre es fast zu Ihrem Vorteil, so lange in Untersuchungshaft zu bleiben, bis wir Sie als Verdächtige ausschließen können«, meinte Arvid.

Christina starrte ihn verächtlich an.

KAPITEL 29

»Der Teilnehmer, den Sie erreichen möchten, ist nicht zu sprechen oder befindet sich in einem Gebiet ohne Mobilfunknetz.«

Niels Lund ging immer noch nicht ans Telefon. Harinder begriff, dass es sinnlos war, noch weitere Versuche zu unternehmen. Stattdessen rief er die lokale Transportgesellschaft an und fragte, ob dort ein Busfahrer mit dem Namen arbeite. Helene hatte behauptet, ihn im Bus gesehen zu haben. Nachdem er zweimal weiterverbunden worden war, hatte er eine Mitarbeiterin der Personalabteilung am Apparat, die bestätigte, dass Niels Lund in Teilzeit als Busfahrer für sie tätig sei. Sie nannte ihm eine Adresse in der Helgesens gate in Oslo sowie die Telefonnummer, die Harinder bereits hatte.

»Arbeitet er heute?«, fragte Harinder.

»Ich habe seinen Arbeitsplan nicht vorliegen«, bekam er zur Antwort.

Im schlimmsten Fall musste Harinder den Linienbussen auf der Strecke Rena-Hamar hinterherjagen, doch zunächst wollte er nach Oslo, um zu überprüfen, ob die angegebene Adresse tatsächlich stimmte.

Savi hatte angerufen und gefragt, wie lange er in Staden zu bleiben gedenke. Zwei Tage bei Mutter und Stiefvater hatten gereicht, um sie rastlos werden zu lassen. Die Situation wurde auch dadurch nicht besser, dass die Mutter hochschwanger war. In einem Alter von vierzig Jahren sollte sie ihr zweites Kind bekommen. Im Großen und Ganzen war sie bettlägerig.

»Einen Vorteil hat es«, sagte Savi. »Sie haben aufgehört, sich in alles einzumischen, was mich betrifft.«

Sie übertrieb natürlich, aber Harinders Ex-Frau hatte immer schon entschiedene Meinungen geäußert, was die Erziehung ihrer Tochter und ihre eigenen Ambitionen betraf. Die wenigen Male, die er versucht hatte, darüber zu diskutieren, war ihm entgegengeschleudert worden, dass er in der Regel schon aus dem Haus sei, wenn Savi aufstand, und erst nach Schlafenszeit der Tochter nach Hause zurückkehrte. Weil seine Arbeit immer an erster Stelle stand.

Gänzlich unberechtigt waren die Vorwürfe nicht, doch glücklicherweise hatte sein Verhältnis zu Savi nicht darunter gelitten. Vielleicht, weil sie das gleiche Gemüt hatten. Oder weil sie es toll fand, dass er Polizist war und sie Neugier für seine Arbeit aufbrachte. Sie teilten die Vorliebe für viele Dinge und konnten sich samstagabends in aller Ruhe einen zweistündigen Film ansehen, ohne den mindesten Drang zu einer Unterhaltung zu verspüren.

Da Harinder schon auf dem Weg in die Stadt war, rief er einen Bekannten beim Nachrichtendienst an, um mehr über die Verdachtsmomente zu erfahren, die Lasse Opheim im Jahr 2015 gegolten hatten. Zwar war der Mann tot, aber Harinders Neugier ließ deswegen nicht nach.

Er musste sein Interesse genau erläutern. Der Nachrichtendienst hatte strenge Regeln hinsichtlich dessen, was mit anderen Personen geteilt werden konnte.

»Nun, es handelt sich um eine abgeschlossene Ermittlung«, sagte seine Kontaktperson. »Sein Name tauchte in Verbindung mit einer Motorradgang auf, die Waffen ins Land geschmuggelt hat. Ursprünglich waren wir besorgt wegen Verbindungen zu rechtsextremen Milieus, aber wie sich zeigte, ging es um Beschaffungskriminalität. Opheim wurde auf frischer Tat mit einer illegalen Waffe erwischt und hat dann beschlossen, die Hauptverantwortlichen zu verpfeifen.«

»Und zum Dank kam er dann mit einer Bewährungsstrafe wegen Verstoßes gegen das Waffengesetz davon?«, fragte Harinder.

»Stimmt, er ist billig weggekommen, wenn du mich fragst. Er hatte schon beim Militär zwei Strafen hinter sich und muss genau gewusst haben, was er tat.«

Harinder bedankte sich und fuhr weiter zur Helgesens gate. Niels Lund wohnte in einem gelben Wohnkomplex gegenüber dem Sofienbergpark. Sein Name stand allerdings nicht auf dem Klingelbrett an der Eingangstür. Womöglich war er verdeckt von einem anderen Namen, der mit einem Zettel darübergeklebt worden war, dachte Harinder.

Er versuchte es aufs Geratewohl bei zwei anderen Wohnungen. Wurde beim zweiten Versuch von einer Frau eingelassen. Sie war eine freundliche junge Person aus dem Westen Telemarks und berichtete, dass sie die Wohnung von Niels Lund gemietet habe.

Sie sei ihm nie begegnet, nur dem Makler, der sich gemäß Lunds Auftrag um die Vermietung kümmerte. Sie hatte keine Ahnung, wo Lund lebte oder wie man Kontakt mit ihm aufnehmen konnte.

»Haben Sie vielleicht die Telefonnummer des Maklers?«, fragte Harinder.

»Die müsste ich raussuchen«, sagte sie und versprach, ihm die Nummer zu schicken, falls sie sie fände.

Nach der Auflösung von Death of Utopia hatte Niels Lund seine Karriere als Musiker nie wieder ankurbeln können. Er hatte ein paar geringe Gefängnisstrafen abgesessen und dann versucht, in der Musik- und in der Gastronomiebranche Fuß zu fassen, doch ohne Erfolg. Harinders Eindruck war, dass Lund Gott und der Welt Geld schuldete.

Auf dem Weg zurück nach Elvestad rief er Even Bakken an, den Einzigen des vierblättrigen Kleeblatts, der anscheinend auf den Füßen gelandet war.

»Wann hatten Sie zuletzt Kontakt zu Niels?«, fragte er.

»Ach, das ist lange her«, erwiderte Even. »Ich kann mich gar nicht mehr erinnern, wann wir zuletzt miteinander gesprochen haben.«

»Und wenn Sie versuchen wollten, ihn zu erreichen?«

»Ich glaube, ich habe hier irgendwo seine Telefonnummer ...«

Es war dieselbe Nummer, die Harinder schon hatte.

»Sonst vielleicht einen Vorschlag?«

»Tja ...« Even überlegte. »Ich würde es über seine Schwester versuchen, Inger-Lise. Wenn ihn jemand erreichen kann, dann sie.«

»Sie haben nicht zufällig ihre Nummer?«

»Augenblick.«

Harinder wartete, während Even Bakken abermals durch die Kontaktliste in seinem Telefon blätterte.

Er rief Inger-Lise nicht an. Falls ihr Bruder untergetaucht war, würde sie Harinder vermutlich nicht ohne Weiteres dabei helfen wollen, mit ihm in Kontakt zu kommen. Die beste Vorgehensweise war immer noch eine direkte Konfrontation. Tauch an der Haustür auf, wedele mit deinem Dienstausweis und gib ihnen keine Chance, sich herauszuwinden. Gestapo-Technik, vielleicht, aber sehr wirkungsvoll.

Mithilfe der Nummer suchte er sie im Online-Telefonbuch. Sie war unter einer Adresse in Stange registriert.

Harinder führte einen einfachen Backgroundcheck durch. In den Polizeiregistern war sie nicht zu finden, dafür jedoch über die üblichen Internetportale, die alle möglichen Informationen über Menschen sammelten.

Schließlich stieß er auf ein Facebook-Profil, das zu ihr zu passen schien. Eine lächelnde blonde Frau in den Dreißigern war mit einem Mädchen im Vorschulalter auf einem Foto abgebildet.

Eine Google-Suche verriet ihm, dass Inger-Lise Lund als Immobilienmaklerin arbeitete. Das gleiche lächelnde Gesicht tauchte auf einem Porträtfoto auf, das ihn zu der Website der Gesellschaft führte, für die sie tätig war.

Harinder starrte lange auf die Website. Alles, was er entdeckte, lenkte ihn offenbar in dieselbe Richtung. Wie oft war er in seinem Berufsleben nicht schon auf scheinbare Zufälligkeiten gestoßen, die letztlich aber doch mit dem Fall zusammenhingen, an dem er arbeitete?

Inger-Lise Lund arbeitete für die Immobiliengesellschaft Glimt.

Die ihr Hauptbüro in Elvestad hatte.

KAPITEL 30

Als Helene von der Vernehmung in der Polizeistation nach Hause zurückkehrte, lag der zweite Zettel im Briefkasten.

Und wieder handelte es sich um ein zusammengefaltetes Blatt, das jemand einfach durch den Schlitz geworfen hatte. Kein Umschlag, kein Hinweis auf den Absender. Helene fühlte Unbehagen in sich aufsteigen, noch ehe sie den Zettel berührt hatte.

»Was ist das?«

Christina stand neben ihr. Sie hatte Helene nach Hause gefahren und wollte den Fall kurz mit ihr besprechen, ehe sie zurück in die Hauptstadt musste.

Helene faltete das Papier auseinander. Die Botschaft war etwas anders gestaltet als beim ersten Mal. Der Absender hatte ein Foto aus der Wochenendbeilage herausgeschnitten und auf das Blatt geklebt. Um ihren Kopf war ein Kreis gezeichnet.

»HAU AB ODER STIRB, DU VERDAMMTE HURE!!«, stand mit großen roten Buchstaben darunter.

»Du meine Güte«, sagte Christina. »Hast du mehrere der Art bekommen?«

»Das ist Nummer zwei.«

»Warum hast du denn nichts gesagt? Wir sollten das bei der Polizei anzeigen.«

Helene zuckte mit den Schultern. »Ja, bestimmt sehr hilfreich. Die Polizei ist mir ja so wohlgesinnt. Du hast doch gehört, was dieser dicke Typ meinte. Die lechzen nur danach, mich wieder einzusperren.«

Christina schüttelte den Kopf. Um keine Fingerabdrücke zu hinterlassen, hob sie das Blatt mithilfe eines Taschentuchs auf und legte es vorsichtig in ihre große Handtasche.

»Ich werde dem nachgehen«, sagte sie. »Und ich rede mit Harinder, damit er informiert ist.«

Helene schnaubte. »Warum sollte er sich mehr als andere dafür interessieren? Er ist immer noch ein Bulle.«

»Genau diese Haltung ist dein größtes Problem«, entgegnete Christina. »Wir hatten das Thema früher schon einmal, und ich hatte gehofft, du hättest deine Ich-gegen-die-Welt-Attitüde abgelegt. Die hat dir beim letzten Mal nicht geholfen und wird dir auch jetzt nicht helfen. Du musst lernen, deine Freunde zu erkennen.«

Für einen kleinen Moment ist er verwirrt. Er kann den Wagen nicht entdecken, aber es ist jemand zu Hause. Er bewegt das Zielfernrohr, so dass er die Gestalt sieht, die auf den Kühlschrank zutritt. Sein Finger ruht am Abzug. Er hält die Luft an.

Nicht das Ziel, stellt er fest und atmet ruhig wieder aus. Es ist das Mädchen. Er erkennt ihr Gesicht wieder. Die langen schwarzen Haare sind zu einem Pferdeschwanz gebunden. Sie trägt eine graue Trainingshose und ein weißes Unterhemd.

Sie ist dünn, und er denkt, dass sie mehr als den Joghurt essen sollte, den sie gerade aus dem Kühlschrank genommen hat.

Er beobachtet sie weiter durch das Zielfernrohr, entspannt aber die Hand am Abzug. Er hofft, dass sie nicht zu einer Komplikation wird, aber das wird ihn nicht daran hindern zu tun, was getan werden muss.

Falls sie ihm in die Quere kommt, ist es ihr eigener Fehler. Und ihr Problem.

KAPITEL 31

Harinder parkte vor dem grünen Eckgebäude mitten in der Storgate. Immobilien Glimt hatte Geschäftsräume in einem der ältesten Häuser der Stadt.

Es war ihm durchaus klar, dass er sich in die Höhle des Löwen begab. Georg Davidsen hatte Anteile an der Firma. Sie verwaltete große Teile des Immobilien-Portfolios seiner Familie, unter anderem das Lillevann-Technologiezentrum.

Harinders Blick streifte die Verkaufsanzeigen im Schaufenster. Er betrat die hellen Räume, wo Angestellte in einer offenen Bürolandschaft mit gläsernen Trennwänden arbeiteten. Im hinteren Bereich gab es ein paar zusätzliche Einzelbüros.

»Kann ich Ihnen helfen?«

Ein junger Mann mit Hipsterbart, der Anzug und Krawatte trug, sah von einem Bildschirm auf.

»Inger-Lise Lund?«

Der Mann deutete auf eine der Arbeitsinseln im hinteren Bereich der Räume.

Inger-Lise schrieb mit schnellen Fingern auf einem Mac-Book, ohne auf die Tastatur zu blicken. Ein Stapel Prospekte lag auf dem aufgeräumten Schreibtisch. In der einen Ecke hatte sie ein gerahmtes Foto ihrer Tochter mit einer Siamkatze aufgestellt. Sie lächelte Harinder freundlich an. Das Blau ihrer Augen war so intensiv, dass es sich um Kontaktlinsen handeln musste.

»Ich bin Kommissar Singh von der Kripo«, sagte er und präsentierte seinen Dienstausweis. »Haben Sie etwas Zeit für ein Gespräch?«

Ihr Lächeln erstarrte.

»Darf ich fragen, worum es geht?«, wollte sie wissen.

»Ich versuche, Ihren Bruder Niels zu erreichen. Die Telefonnummer, unter der er registriert ist, scheint nicht aktuell zu sein. Jedenfalls nimmt er keine Anrufe entgegen.«

»Verstehe.« Ihre Augen waren schmal geworden. »Es geht vermutlich um Helene Waaler? Sie hat ja gegenüber der Presse das Maul aufgerissen. Aber es tut mir leid, ich bin nicht seine Sekretärin.«

»Wollen Sie mir etwa sagen, dass Sie keine Nummer haben, unter der Sie ihn erreichen können?«

»Nein … ich habe nur nicht die Angewohnheit, sie mit jedem x-Beliebigen zu teilen.«

»Ich bin nicht irgendwer.« Harinder legte seine Hand auf den Tisch. »Es sieht fast so aus, als ob er untergetaucht wäre. Er hat seine Wohnung vermietet und macht sich unerreichbar. Es heißt, er schuldet einigen Leuten Geld. Aber das interessiert mich nicht. Ich will ihm bloß ein paar Fragen stellen.«

»Sie können ihn nicht zwingen, die zu beantworten. Er hat Rechte«, sagte Inger-Lise Lund.

»Dann soll er mir das direkt sagen. Ist er nicht des Betrugs beschuldigt worden, als sein Rock-Club in Konkurs ging? Eingestellt wegen Mangels an Beweisen, nicht wahr? Solche Fälle können jederzeit wieder aufgenommen werden.«

Sie blickte Harinder an, als bezweifelte sie, dass er es ernst meinte. Sein Blick drückte indes etwas anderes aus. Bei Menschen, die versuchten, sich der Polizei zu entziehen, hatte er eine niedrige Toleranzschwelle.

»Er hatte Probleme mit ein paar Personen«, sagte sie schließlich. »Leute, die in seinen Club investiert haben und sich nicht an die üblichen Spielregeln halten, obwohl er nichts Schlimmes getan hat. Der Sturm wird sich irgendwann legen. Bis dahin ist es am besten, wenn er den Ball flach hält. Ich verstehe auch gar nicht, was Sie erwarten. Womit soll er Ihnen denn behilflich sein?«

»Das weiß ich nicht eher, bis ich mit ihm gesprochen habe.«

Inger-Lise blickte ihn verärgert an, streckte aber schließlich die Hand nach dem Mobiltelefon auf dem Tisch aus. Es vibrierte, während sie es festhielt. Eine Nachricht war eingegangen, die sie umgehend öffnete und las. Als sie den Blick wieder auf Harinder richtete, hatte sich etwas verändert. Eine neue Entschlossenheit lag in ihrem Gesichtsausdruck.

»Eigentlich muss ich Ihnen überhaupt nichts geben«, sagte sie. »Ich weiß, dass Niels nicht im Zusammenhang mit irgendeiner offiziellen Ermittlung gesucht wird. Und wenn er nicht mit Ihnen reden will, ist das allein seine Entscheidung. Halten Sie sich also von mir und meinem Bruder fern, ansonsten zeige ich Sie wegen Belästigung an.«

Harinder schoss das Blut in die Wangen, als hätte sie ihm gerade eine Ohrfeige verpasst. Ihm fiel nicht mal eine Antwort ein. Denn sie hatte recht, er konnte niemanden zwingen, etwas zu sagen.

Er dachte an die SMS, die sie eben erhalten hatte. Fragte

sich, von wem sie kam und was sie enthielt. Wer oder was hatte ihren plötzlichen Sinneswandel bewirkt?

»Wer hat Ihnen denn gerade eine Nachricht geschickt?«, fragte er ruhig.

Doch Inger-Lise hatte nichts mehr zu sagen. Ihre Finger huschten wieder über die Tastatur, als ob er überhaupt nicht existierte.

KAPITEL 32

Der blaue Punkt auf der Karte zeigte, dass Harinder Singh die Firma Immobilien Glimt verlassen hatte und in südliche Richtung über die Storgate fuhr.

Mikael Madsen hob den Blick rechtzeitig genug, um den burgunderroten Qashqai an der Querstraße vorbeifahren zu sehen, wo er in seinem geparkten Wagen saß. Er wartete noch einen Augenblick, bevor er den Motor startete, und fuhr Singh dann nach. Kein Grund, ihm allzu dicht auf die Pelle zu rücken.

Singh ließ die Polizeistation hinter sich, fuhr aus dem Zentrum und folgte der Brugate. Für einen Moment dachte Madsen, er sei auf dem Weg aus der Stadt hinaus, doch der Polizist bog rechts neben der Brücke auf die Straße ab, die den steilen Hügel hinaufführte.

Am Fuße der Anhöhe lag eine Sackgasse mit modernen Reihenhäusern. Dort wartete Madsen, um zu sehen, wie weit hinauf Singh eigentlich wollte. Als der blaue Punkt aufhörte, sich zu bewegen, fuhr er weiter.

Seit er das drahtlose Netzwerk zu Hause bei Singh umprogrammiert hatte, war es ihm gelungen, sich weitere Zugänge zu verschaffen. Der wichtigste war Singhs Handy. Über das Gerät konnte er alles verfolgen. Alle Bewegungen, jeden Anruf und jede Nachricht, die gesendet oder empfangen wurde.

Außerdem gab es auf der Karte noch einen grünen Punkt, der Christina Sandbergs Position anzeigte.

Nachdem er nun die Handys der beiden überwachen konnte, wurde ihm der Umfang seines Problems erst deutlich bewusst. Unabhängig voneinander beschäftigten sie sich nicht nur mit den Morden im Jahr 2003, sondern hatten zudem auch einige neue Dinge herausgefunden. In diesem Moment diskutierte die Anwältin mit einer Kollegin, wie diese Fundstücke gegenüber der Presse präsentiert werden sollten.

»Harinder wird das nicht gefallen, aber ich habe ihn gewarnt«, schrieb Sandberg der Kollegin in einer SMS. »Wir brauchen aber das Momentum. Unser Fall ertrinkt sonst in dem Mord an Stig Waaler. Wir müssen wieder in die Offensive kommen.«

Sie war sehr aktiv. Und Singh war wie eine entsicherte Pistole. Es war allerdings unklar, inwieweit seine Ermittlungen durch die Kripo gedeckt waren.

Als Madsen sich der Hügelspitze näherte, sah er den Qashqai vor der Garage eines weißen Hauses stehen, das vor dreißig Jahren sicher einmal hübsch gewesen war.

Er stellte den Motor ab. Wusste, dass jede Art von Verkehr hier oben Aufmerksamkeit auf sich ziehen könnte. In der Nähe des Hauses gab es einen kiesbedeckten Wendeplatz, aber es war besser, rückwärts wieder hinunterzufahren, als womöglich gesehen zu werden.

Er nahm das Fernrohr mit, hielt sich hinter den zahlreichen Fichten verborgen und näherte sich vorsichtig dem Haus. Entdeckte eine Stelle, wo er freien Blick auf das Gebäude hatte. Das Sichtfeld des Fernrohrs glitt über die Fenster, bis er sein Ziel gefunden hatte.

Singh hatte seine Jacke ausgezogen und stand in einem Zimmer, wo er etwas auf eine Wandtafel oder Ähnliches zu kritzeln schien. Madsen konnte nicht genau sehen, worum es sich handelte, aber es war deutlich, dass Singh sich in dem Haus zurechtfand. Außer ihm war niemand da.

Es war interessant, dass er von hier aus und nicht in der Polizeistation im Zentrum arbeitete. Fast wirkte es so, als ob er andere nicht sehen lassen wollte, womit er sich beschäftigte.

Madsen war gezwungen, sich Zugang zum Haus zu verschaffen.

KAPITEL 33

Auf dem Bildschirm war ein silbergrauer Mercedes zu sehen. Er kam am Freitagabend um 23:16 Uhr den Parkvei entlanggefahren und passierte die Verkehrskamera am Ende des Hasselvei, wo er dann abbog und aus der Reichweite der Kamera verschwand.

Rachel spulte die Aufnahme vor.

Fünf Minuten später, um 23:21 Uhr, tauchte der Wagen wieder auf. Dieses Mal kam er aus entgegengesetzter Richtung auf den Parkvei zugefahren, als hätte er eine Runde um das Wohnviertel gedreht.

Rachel fror das Bild ein.

Laut dem Polizeibeamten, der die Aufnahmen der Überwachungskameras vom Abend des Mordes durchforstet hatte, war der Mercedes das einzige Fahrzeug, das im betreffenden Zeitraum die Kastanjegate passiert haben *musste*.

Sie überprüfte die Straßenkarte auf dem PC. Der Parkvei führte zwischen der Innenstadt und dem Wohngebiet im östlichen Teil von Elvestad in einem Bogen um den Park herum. Um wieder auf diese Straße zu gelangen, nachdem er in den Hasselvei eingebogen war, musste der Mercedes tatsächlich durch die Kastanjegate gefahren sein.

Allerdings war Rachel nicht sicher, was das zu bedeuten

hatte. Der Rechtsmediziner hatte den Eintritt des Todes auf einen Zeitraum zwischen halb zwölf und Mitternacht veranschlagt; der Wagen war kurz davor aufgetaucht und im Laufe von fünf Minuten wieder verschwunden. Wer immer Stig Waaler später am Abend aufgesucht hatte, musste erheblich mehr Zeit als diese fünf Minuten benötigt haben.

Rachel blickte auf den gelben Klebezettel, auf dem das Kennzeichen des Wagens und der Name des Halters geschrieben standen.

Morten Strømnes.

Sie lehnte sich zurück und kratzte sich nachdenklich das Kinn. Streckte die Hand nach dem Telefon aus.

»Hattest du nicht die Aufgabe, mir zu assistieren, oder war das alles nur Quatsch?«, fragte sie, als Harinder an den Apparat ging. »Ich habe dich seit Montag nicht mehr in der Polizeistation gesehen.«

»Aber du hast doch gesagt, dass du die Strømnes-Unterlagen nicht offen herumliegen haben willst, so dass andere sie sehen können«, entgegnete Harinder.

»Ja, aber *du* könntest zwischendurch schon mal auftauchen, zumindest dann, wenn sich unser Ermittlungsteam trifft. Oder zum Beispiel jetzt, falls du nicht allzu beschäftigt bist. Ich muss mit dir reden.«

»Klingt fast wie ein Befehl«, kommentierte Harinder.

»Na, irgendwas musst du für dein Geld schon tun.«

Als Harinder nach zwanzig Minuten an der Polizeistation eintraf, hatte Rachel sich die Beine vertreten und frischen Tee zubereitet. Sie hatten den Besprechungsraum für sich allein.

»Was kannst du mir über Morten Strømnes erzählen?«, fragte sie. »Er ist doch in deinen Fall involviert, oder?«

»Ja, er ist der einzige Bruder von Jonas Strømnes. Geschäftsmann und Lokalpolitiker, aber das weißt du doch schon?« Er wartete auf ihre Bestätigung. »Du hast ihn übrigens gesehen, als wir am Montag im Stasjonshus gegessen haben. Er gehörte zu der Gesellschaft von Georg Davidsen.«

»Reizende Truppe«, meinte Rachel.

»Man kann sich in diesem Distrikt nicht mit Handel oder Politik beschäftigen, ohne mit Georg Davidsen oder seiner Familie zu tun zu haben. Wieso interessierst du dich für den Mann?«

»Sind dir irgendwelche Verbindungen zwischen Strømnes und Stig Waaler bekannt?«, fragte Rachel, anstatt zu antworten.

»Einige«, erwiderte Harinder und rückte auf seinem Stuhl etwas vor. »Es war Strømnes, der MOS Auto betrieben hat, bevor Stig Waaler die Werkstatt dann übernahm. Die beiden haben zusammengearbeitet, als Stig noch mit Britt Jensen verheiratet war, wie Helenes Mutter damals hieß. Angeblich soll Morten ihr dabei geholfen haben, aus dieser unglücklichen Ehe herauszukommen, und es heißt, dass er auch ein Auge auf sie geworfen hatte. Aber dann hat sie sich für seinen älteren Bruder Jonas entschieden.«

»Komplizierte Verhältnisse.«

Harinder grinste. »Willkommen in Elvestad.«

Rachel erklärte ihm schließlich, was sie interessierte, und zeigte ihm die Aufnahmen von Strømnes' Wagen, der kurz vor Stigs Ermordung die Straße vor seinem Haus passiert hatte.

»Er ist der Einzige, der um diese Zeit durch das Viertel fährt. Er kann aber nicht lange angehalten haben, was hat er also dort gemacht?«

»Frag ihn«, sagte Harinder.

»Werde ich. Ich möchte nur vorbereitet sein. Aber du hast doch mit ihm geredet. Wie kam er dir vor?«

»Wie ein anständiger Kerl, offen gestanden. Aber andererseits verkauft er Autos *und* ist aktiv in der Politik.«

Rachel grinste. Harinder bat sie, die Aufnahme noch einmal abzuspielen. Sie sah, wie sich sein Falkenblick gleichsam in den Bildschirm bohrte. Er hatte ein fast erschreckend gutes Auge für Details.

»Was siehst du?«, fragte sie.

»Ich sehe, wie er es getan haben kann«, sagte Harinder. »Ich sage nicht, dass er es getan hat, versteh mich nicht falsch, aber ich sehe, wie er vielleicht vorgegangen ist.«

KAPITEL 34

Harinder sah Morten Strømnes im Garten Laub zusammenharken. Der Autoverkäufer hatte Handschuhe und einen Wollpullover übergezogen, trug aber noch eine Anzughose, als wäre er direkt vom Büro in den Garten gefahren.

»Kommissar Singh«, begrüßte er Harinder mit einem knappen Nicken. »Sind Sie hergekommen, um mir noch mehr Fragen über die Lillevann-Gruppe zu stellen?«

»Ich bin von Natur aus neugierig«, entgegnete Harinder.

Große Teile des gepflegten Gartens waren von gelben Blättern übersät, die von den Birken hinter dem Grundstück stammten. Ein paar schwarze Müllsäcke standen an einen Lattenzaun gelehnt. Ganz hinten im Garten befand sich ein Ölfass mit Ventil, das für die Verbrennung von Gartenabfällen vorgesehen war.

Strømnes ließ die Harke ruhen und musterte Harinder.

»Nun, ich habe nichts zu verbergen«, sagte er. »Ich weiß nicht, was Helene zu Ihnen gesagt hat, aber vor achtzehn Jahren bin ich von Ihren Kollegen gründlich überprüft worden. Das sollte doch wohl reichen.«

»Und wie ehrlich waren Sie zu denen?«, fragte Harinder.

»Ich habe Kopien der Vernehmungsprotokolle gesehen. Sie erwähnen, dass Sie sich mit Jonas um Geld gestritten haben, aber von Britt reden Sie nicht. Sie hatten sie gern, nicht wahr? Aber sie hat sich für Ihren Bruder entschieden. Er bekam den Hof *und* das Mädchen.«

Morten kniff schnell ein paarmal die Augen zusammen, der Bereich um seinen Mund verhärtete sich. Er sah Harinder mit dem Blick eines Mannes an, der gelernt hatte, im Falle einer Provokation bis zehn zu zählen, ehe er antwortete.

»Alter Käse«, sagte er. »Eine Zeitlang war ich vielleicht ein wenig schwach für Britt, aber es hätte niemals funktioniert zwischen uns. Stig hat ja für mich gearbeitet. Außerdem habe ich zur selben Zeit Jeanette kennengelernt und mich in sie verliebt.«

Für Harinder hörte sich der Vortrag wie einstudiert an.

»Ich wünschte, Sie würden nicht all die schmerzlichen Erinnerungen wieder ausgraben«, fügte Morten hinzu. »Nicht nur meinetwegen, aber ich denke auch an die Zukunft.«

»Inwiefern?«

»Das Lillevann-Technologiezentrum ist ein seltenes Beispiel für einen erfolgreichen Betrieb in Elvestad, und das Potenzial ist sogar noch größer. Unsere Regierung trachtet danach, staatliche Unternehmungen aus der Hauptstadt auszulagern, und wir sind bereit, sie hier aufzunehmen. Um den See herum gibt es eine Reihe von Grundstücken, die wir je nach Bedarf erschließen können. Das ist die Zukunft für unseren Distrikt, Herr Kommissar. Neue Betriebe in die Gegend zu locken, ist sehr wichtig, sofern wir von etwas leben wollen, wenn die Papierfabrik nicht mehr da ist. Und die pfeift auf dem letzten Loch.«

»Das verstehe ich gut«, sagte Harinder.

»Schön. Dann verstehen Sie vielleicht auch, weshalb der Versuch, dieses Unternehmen mit meiner Familientragödie in Zusammenhang zu bringen, negative Auswirkungen haben kann. Selbst völlig unbegründete Gerüchte können zerstörerische Folgen haben«, sagte Morten. »Was mich anbetrifft, sollen die Leute ruhig so viel spekulieren, wie sie wollen. Ich war schon für den Ausbau, als Jonas noch gelebt hat. Alle wissen das. Aber ich sorge mich um die Arbeitsplätze, die verloren gehen können.«

»Eine kleine Frage, falls Sie nichts dagegen haben«, sagte Harinder. »Wie gut kannten Sie Helenes Bandkollegen von Death of Utopia? Mir ist zu Ohren gekommen, dass Sie familiäre Verbindungen zu einem von ihnen hatten.«

»Lasse, ja.« Mortens Gesichtsausdruck verdüsterte sich. Er deutete auf das Haus. »Er war der Neffe von Jeanette, meiner Frau. Er hat seinen Vater verloren, als er gerade mal fünfzehn war, daher haben wir versucht, für ihn da zu sein. Eine Weile hat er auch in der Werkstatt gearbeitet. Guter Junge, eigentlich …«

»Aber?«

»Er ist in schlechte Gesellschaft geraten, wie es so schön heißt. Er war bei den UN-Truppen und hätte Karriere machen können, wurde aber rausgeworfen, weil er mit Steroiden gedealt hat. Danach hatte er Probleme, sich zurechtzufinden, und war in einen Fall von Schmuggelei verwickelt. Aber er hatte schon reinen Tisch gemacht, ehe er dann mit seinem Flugzeug abstürzte. Er hatte sich angepasst, hatte einen festen Job und war mit Inger-Lise und dem Mädchen in das Haus in Stange gezogen.«

Harinder ließ sich nichts anmerken, war aber dennoch

erstaunt, dass es Inger-Lise Lund war, mit der Lasse Opheim ein Kind hatte.

Vor vielen Jahren war Morten davor gewarnt worden, dass Georg Davidsen ausnahmslos über alles Bescheid wusste, was in der Stadt vor sich ging. Auch Versuche, Geschäfte hinter seinem Rücken zu machen, waren zum Scheitern verurteilt, denn er hatte seine Augen und Ohren überall. Wie ein verdammter Troll mit mehreren Köpfen.

Morten Strømnes glaubte nicht an Monster unter dem Bett, doch manchmal geschahen Dinge, die ihn an die alte Warnung zurückdenken ließen. Wie in dem Augenblick, als sein Handy klingelte, während er versuchte, rechtzeitig mit dem Laubharken fertig zu werden, ehe Jeanettes Lammkoteletts auf dem Tisch standen.

»Ist Singh schon bei dir gewesen?«, ertönte die rüstige Stimme am anderen Ende der Leitung.

»Er ist gerade wieder gefahren«, sagte Morten. »Du meine Güte, jetzt sag bloß nicht, dass du mir hinterherspionierst.«

Georg Davidsen kicherte. »Er ist ein Raubtier, Morten, und bekanntermaßen jagen Raubtiere immer die Schwächsten im Rudel. Ich würde dich nicht als schwach bezeichnen, aber du bist servil und entgegenkommend. Es ist der Verkäufer in dir, der immer einen guten Eindruck hinterlassen möchte. Du kannst darauf wetten, dass er das als Schwäche deutet.«

»Du meinst also, ich hätte ihn stattdessen auffordern sollen, zur Hölle zu fahren?«

»In der Tat, genau das hättest du tun sollen. Glaub mir, ich hatte schon früher mit ihm zu schaffen. Jedes Mal, wenn du mit ihm redest, lernt er etwas Neues. Und dabei geht es überhaupt nicht um diese unschuldig klingenden Fragen, die er dir stellt. Er ist immer auf etwas anderes aus, aber was das ist, verbirgt er.«

»Zum Beispiel?«

»Hat er den Mechaniker erwähnt?«

Morten stutzte. »Stig? Nein, hat er nicht. Warum sollte er …?«

»Ich will nur sagen, es geht niemals um das, was du denkst«, entgegnete Georg. »Wenn er oder jemand anderes von der Polizei das nächste Mal mit dir reden will – und es wird ein nächstes Mal geben –, dann erscheinst du mit einem Anwalt. Ich gebe dir Victors Nummer. Überlass ihm das Antworten.«

Morten gefiel nicht, was er hörte.

Aus dem Augenwinkel registrierte er Jeanette, die ihm vom Küchenfenster zuwinkte. Die Koteletts waren fertig, aber Morten wusste plötzlich nicht mehr, wie hungrig er überhaupt war.

»Leute, die sich hinter ihrem Anwalt verstecken, erscheinen schuldig«, sagte er.

»Besser, als wie ein Idiot dazustehen.«

Rachel wartete hinter Stig Waalers Haus, wo Harinder sie gebeten hatte ihn zu treffen. Noch immer war der Tatort abgeriegelt. Die Kriminaltechniker hatten ihre Arbeit mehr oder weniger beendet, aber ein Verschlag mit Diebesgut und Schmuggelware führte zu Verzögerungen. Alkohol, Zigaretten, Pornofilme und Elektroartikel – alles in Originalverpackungen. Ein Mann vom Zoll war gekommen, um bei der Sichtung der Ware zu helfen.

Nach fünf Tagen war Rachel den Ort leid geworden. Sie hatte keine Lust mehr, im Hotel zu wohnen und im Restaurant zu essen. Plötzlich ertappte sie sich selbst bei dem Gedanken, dass sie es erst vor wenigen Tagen leid gewesen war, in einem Streifenwagen zu sitzen und Verdächtige zu beobachten. Sie hatte sich spannendere Aufgaben gewünscht, und der Wunsch hatte sich erfüllt.

Rachel hoffte, dass sie nicht dabei war, zu einem Menschen zu werden, der niemals mit irgendetwas zufrieden war.

Im Wald hinter dem Grundstück hörte sie es rascheln. Schritte, die auf feuchten Blättern näher kamen. Zweige, die unter dem Gewicht von Füßen zerbrachen.

Dann tauchte Harinder am Waldrand auf.

»Wo kommst du denn jetzt her?«, fragte Rachel.

»Von Morten Strømnes«, sagte er. »Sein Haus liegt im Saturnvei. Drei Karrees von hier entfernt und mit demselben Netzwerk aus Wanderwegen und Pfaden verbunden, die hier durch den Wald führen.«

Rachel begriff langsam, was er zuvor gemeint hatte.

»Du denkst, wenn er hier in der Straße etwas zu erledigen hatte, dann hätte er gar nicht mit dem Wagen fahren müssen?«

»Zu Fuß geht es in etwa genauso schnell.«

Es sei denn, er war ursprünglich von einem anderen Ort gekommen und wollte auf dem Rückweg nur mal schnell vorbeischauen, dachte Rachel. Am Freitagabend war er durch das Viertel gefahren. Rein und raus in weniger als fünf Minuten.

»Vielleicht ist er ja gar nicht aus dem Auto gestiegen«, sagte Rachel. »Er wollte nur überprüfen, ob Stig Waaler zu

Hause war. Danach ist er zu sich nach Hause gefahren, hat den Wagen abgestellt und ist zu Fuß wieder hergekommen. Zeit genug hätte er jedenfalls gehabt.«

Harinder nickte anerkennend. »So hätte ich es gemacht, wenn ich er wäre.«

»Bist du nur durch das Überwachungsvideo darauf gekommen?«, fragte Rachel.

»Natürlich nicht. Ich weiß, wo er wohnt, und ich kenne hier die ganzen Pfade und Abkürzungen. Meine Familie hat in der Nähe gewohnt. Ich wollte dir das nur zeigen.«

»Du hättest es auch gleich sagen können, anstatt mich wie eine Idiotin dastehen zu lassen«, sagte Rachel und schlug ihm spielerisch mit der Faust auf den Arm.

»Aua. Unser Problem ist nur, dass er wahrscheinlich nicht der Täter ist.«

»Warum sagst du das?«

»Strømnes bekommt Besuch von einem Polizisten und versucht nicht einmal, eine einzige Information über die Ermittlung in Erfahrung zu bringen?«, sagte Harinder. »Nicht die geringste Neugier, bloß Befürchtungen, die mit dem alten Fall zu tun haben. Stig Waaler wurde überhaupt nicht erwähnt.«

KAPITEL 35

Es musste etwas geben.

Helene kniete vor der Abstellkammer ganz hinten in der Wohnung. Dort hatte sie den großen Umzugskarton verstaut, der viele Jahre in einem Lager gestanden hatte, ehe er ihr an die Tür geliefert worden war. Er enthielt Dinge, die ihre Mutter hinterlassen hatte. Nicht viele, und Helene wusste nicht, wer sie auf welcher Grundlage aussortiert hatte. Zwei Uhren, etwas Schmuck, Tagebücher, Dokumente, alte Postkarten und anderes.

Unter anderem fand sie ihre Geburtsurkunde, auf der Stig Waaler als ihr Vater genannt wurde. Was für ein Witz. Die Wahrheit über die Umstände ihrer Zeugung sowie die Tatsache, dass ihre Mutter dies alles für sich behalten hatte, wühlten sie auf. Die Wahrheit hätte vieles erklären können. Warum die Mutter manchmal so abweisend gewesen war und weshalb sie so sehr darüber getrauert hatte, keine weiteren Kinder mit dem Mann bekommen zu können, der sie wirklich liebte.

Vielleicht wäre das Verhältnis zwischen ihr und ihrer Mutter besser gewesen, wenn sie die Wahrheit gekannt hätte.

Gleichzeitig war sie erleichtert, dass Stig nun doch keine

seiner Gene an sie weitergegeben hatte. Allerdings war er auch nicht bereit gewesen, denjenigen zu benennen, der es getan *hatte*. Dieses Geheimnis nahm er mit ins Grab.

Die Tagebücher waren keine große Hilfe. Sie beschrieben die mütterliche Jugend nur teilweise und enthielten überwiegend Trivialitäten.

Das letzte Tagebuch, das die Zeit bis kurz vor den Morden abdeckte, befand sich vermutlich noch in einer Asservatenkammer bei der Polizei.

Der interessanteste Teil der Lektüre bezog sich auf die Silvesterparty, die 2001 auf dem Bauernhof stattgefunden hatte. Helene hatte diese besonders wegen des ausgewachsenen Streits zwischen der Mutter und Jonas spät in der Nacht in Erinnerung. Britt hatte Jonas hintergangen und Geld von Morten ausgeliehen, weil er selbst zu stolz war, seinen jüngeren Bruder um Hilfe zu bitten. Er hatte von Verrat gesprochen.

»Er versucht, uns zu besitzen, kapierst du das nicht?«, hatte Jonas gesagt. »Besonders dich. Du merkst doch, wie er dir immer noch hinterherlechzt, dieser falsche Hund!«

Im Tagebuch versuchte die Mutter, das Ganze zu relativieren. Morten sei immer nett zu ihr gewesen, schrieb sie, im Gegensatz zu anderen, die glaubten, sich jedes Recht herausnehmen zu können.

Helene glaubte eine Andeutung über den Mann herauszulesen, der die Mutter im Alter von nur neunzehn Jahren geschwängert hatte. Leider hatte sie nicht mehr darüber geschrieben.

Helene hatte keine Ahnung, wie spät es war. Ihre Anwältin hätte ihr vermutlich davon abgeraten, so viel Energie auf diese Sache zu verschwenden, allerdings wusste Helene, dass sie nicht eher zur Ruhe kommen würde, bis sie alles durchgesehen hätte. Denn es ging um etwas ganz Grundsätzliches: Wer war sie eigentlich?

Ihr richtiger Vater war offenbar jemand mit Geld, wie Stig es angedeutet hatte. Deshalb hatte er auch geglaubt, dass es an dieser Stelle etwas zu holen gäbe. Morten behauptete, dass er nicht wisse, um wen es sich handelte, aber das kaufte sie ihm nicht ab. Er hatte das Wort *ausgenutzt* verwendet, von Überfall oder Vergewaltigung war nicht die Rede gewesen. Wer also hatte sich in der Position befunden, die Mutter ausnutzen zu können?

Nach dem Gespräch mit Morten hatte sie eine gewisse Ahnung überkommen. Es ging jetzt darum, die Verbindungen mit neuen Augen zu betrachten und eins und eins zusammenzuzählen.

Das Problem war nur, dass sie es beweisen musste. Sie brauchte eine Bestätigung, etwas Handfestes, das nicht ohne Weiteres beiseitegewischt werden konnte.

Als sie schließlich auf die Uhr blickte, war es schon nach zwei in der Nacht. Völlig ermattet lehnte sie sich an die Wand. Der Inhalt des Kartons lag um sie herum verstreut. Sie hatte versucht, das Ganze, so gut es ging, zu sortieren. Ohne dabei gefunden zu haben, wonach sie suchte.

Erst als sie sich damit anzufreunden begann, dass der Karton tatsächlich keine Hinweise enthielt, fand sie ihn. Beinahe zufällig. Einen handgeschriebenen Zettel, der sich im Umschlag eines Briefes verfangen hatte, der von der verstorbenen Schwester ihrer Mutter stammte. Er hätte ein Teil des Briefes sein können, aber die Handschriften unterschieden sich voneinander.

Helene nahm den Zettel, auf dem eine kurze und formelle Mitteilung stand. In Schönschrift von jemandem geschrieben, der gelernt hatte, einen Füllfederhalter mit Eleganz zu führen. Der Zettel hatte zu einem Geschenk gehört und war mit zwei Initialen signiert. Die reichten aus, um Helene verstehen zu lassen, wer der Absender gewesen sein musste.

Sie umfasste ihr Medaillon und presste es gegen ihre Brust. Der Beweis, den sie brauchte, hatte die ganze Zeit direkt vor ihren Augen gelegen.

KAPITEL 36

Donnerstag, 14. Oktober

»NEUE FUNDE SÄEN ZWEIFEL AN STRØMNES-UR-TEIL«

Harinder las die *VG*-Titelseite vom Donnerstag. Die Zeitung hatte als erste die Fotos von dem letzten Death-of-Utopia-Konzert abgedruckt. Jetzt brachte sie sie abermals, zusammen mit anderen Aufnahmen, die von Helene Waaler nach ihrer Festnahme 2003 gemacht worden waren.

Als ob Christina Sandberg im Gerichtssaal stünde, bemühte sie sich in dem Artikel, den Fund des Motörhead-T-Shirts als Beweis gegen ihre Mandantin bedeutungslos erscheinen zu lassen. Ohne das Wort »untergeschoben« zu verwenden, machte sie klar, dass die Berücksichtigung des ursprünglichen Funds dem Versagen der Ermittler geschuldet war, die 2003 am Tatort gearbeitet hatten.

Das war ihre Art, den Kampf auf die Straße zu tragen. Alle Mittel waren erlaubt. Beißen, kratzen und an den Haaren ziehen.

Sie hielt seinen Namen aus dem Spiel, doch die Journalistin konnte hinzufügen, dass ein »erfahrener Ermittler der Kripo« das Material erneut gesichtet »und einige Mängel in der damaligen Ermittlung aufgedeckt hat«.

Harinder war auf diese Schlagzeilen vorbereitet gewesen,

verspürte aber dennoch die ersten Anzeichen von kaltem Schweiß, als er den Artikel las. Er hatte sich einen Plan zurechtgelegt, wie er Abteilungsleiter Musæus darüber informieren könnte, dass er in dem Strømnes-Fall herumgrub, nämlich, indem er es als natürlichen Bestandteil der Ermittlungen im Fall Stig Waaler darstellte.

»Gib mir zwei Tage«, hatte er vor drei Tagen zu Rachel gesagt.

Er wusste, dass er viel zu lange gewartet hatte, als von seinem Handy der Imperial March aus *Star Wars* ertönte.

Der Klingelton, den er der Maus zugeordnet hatte.

»Sie können sich meine Überraschung vermutlich vorstellen, als mich die ersten Journalisten heute Morgen anriefen«, sagte Abteilungsleiter Eystein Musæus.

Sie saßen in der Besprechungsecke in seinem Büro. Er hielt die Ausgabe der *VG* in der Hand, als handelte es sich um eine stinkende Socke.

»Das kann ich«, erwiderte Harinder.

»Nicht schlimm, dass sich jemand den Strømnes-Fall noch mal ansieht – ich bin nach den achtzehn Jahren durchaus nicht so empfindlich«, sagte Musæus. »Aber das ausgerechnet Sie das sein sollten und nicht mal den Anstand besitzen, mich vorzuwarnen. Stattdessen musste ich davon in der Zeitung lesen.«

»Das war keine Absicht«, sagte Harinder. »Ich habe die Falldokumente durchgesehen und hatte am Ende noch ein paar offene Fragen. Und ich dachte, es wäre am besten für alle, wenn ich mich so diskret wie möglich verhalten würde.«

»Und inwieweit würden Sie sagen, dass Ihnen das gelungen ist?«, sagte Musæus und blickte Harinder durchdringend an. »Sie waren immer schon eigenwillig, und ich habe Sie sogar dazu ermuntert, weil es meist zu Ergebnissen führt. Und zum Dank bekomme ich das jetzt direkt vor den Latz geknallt? Der Teufel soll Sie holen! Dieses ganze Theater nur wegen eines Falls, der schon längst aufgeklärt wurde. Der niemanden interessiert, abgesehen von der Täterin und ihrer Anwältin, denen Sie sich angedient haben. Ich schäme mich für Sie, Harinder.«

»Ist das jetzt die Aufmerksamkeit, die Sie quält, oder die Tatsache, dass Sie einer der verantwortlichen Ermittler waren?«, fragte Harinder, der sich eigentlich nicht im Mindesten schämte. »Weil Ihnen ein Fehler unterlaufen ist. Wie entscheidend dieser Fehler war, weiß ich noch nicht, aber ich wollte weitere Untersuchungen anstellen, bevor ich mit Ihnen rede.«

»Stattdessen ist dieser sogenannte Fehler nun auf der Titelseite von Norwegens größter Zeitung gelandet.«

»Was ich nur ausdrücklich bedauern kann. Ich erreiche auch nichts damit. Aber jetzt steht es nun mal da, und ich übernehme die volle Verantwortung.«

»Wie großzügig von Ihnen.«

Harinder ignorierte den Sarkasmus. »Wollen Sie meine Kündigung?«

»Was ich will, werden Sie noch früh genug erfahren«, sagte Musæus. »Erklären Sie mir lieber genau, was dieses T-Shirt Ihrer Meinung nach beweisen soll. In meinen Augen verändert das nämlich nicht das Geringste.«

»Es beweist, dass etwas an dem Tathergang falsch ist, den Sie in dem Bericht beschreiben.«

Musæus rümpfte die Nase. »Eine unbedeutende Abweichung.«

»Hätten Sie das Gleiche gesagt, wenn Sie damals etwas Zeit darauf verwendet hätten, Fotos von dem Konzert aufzuspüren? Meinen Sie etwa, dass Sie dann nicht gestutzt hätten?«

Der Abteilungsleiter beugte sich weiter vor und legte die Ellbogen auf den Tisch.

»Ich glaube, Sie haben vergessen, woraus unsere Arbeit besteht«, sagte er. »Wir finden Beweise und legen sie der Anklagevertretung vor. Danach ist der Fall nicht mehr in unseren Händen. Helene Waaler wurde in zwei Instanzen verurteilt, das Oberste Gericht hat ihre Revision abgewiesen. Sie hatte alle Chancen, ihre Unschuld zu beweisen, aber die Beweise gegen sie waren überwältigend. Sie ist schuldig, Harinder. Ich habe nie auch nur den Hauch eines Zweifels verspürt. Tatsächlich überrascht es mich, dass Sie das tun.«

»Weil ich vielleicht andere Aspekte sehe, die seinerzeit während der Ermittlung nicht bekannt waren«, sagte Harinder.

»Wie etwa?«

»Wie etwa das Bauprojekt, das nur möglich wurde, weil Jonas Strømnes ermordet worden ist. Oder diese beiden Schlüsselzeugen, Niels Lund und Lasse Opheim, die geholfen haben, Helenes Alibi in Schutt und Asche zu legen. Ein Drogensüchtiger mit zwei Vorstrafen und ein Dealer und Waffenschmuggler, der aus der Armee geworfen wurde.«

Musæus sah wie ein tadelnder Oberlehrer aus, während er den Kopf schüttelte.

»Wir konnten Helene auch ohne deren Aussagen mit dem Tatort verbinden, sie hat ja sogar zugegeben, dass sie dort gewesen ist! Hören Sie, Harinder, Helene Waaler ist eine typische Soziopathin. Sie ist unter schlimmen Bedingungen aufgewachsen, und dafür kann man sie natürlich bemitleiden, aber es ändert nichts an der Tatsache, dass sie keinerlei Empathie für andere Menschen aufbringt. Sie war in jener Nacht high, paranoid und voller Wut. Komplizierter ist es gar nicht. Wenn Sie sich nicht damit versöhnen können, sind Sie kein guter Polizist. Wenn ich Sie wäre, würde ich mir lieber über etwas anderes den Kopf zerbrechen.«

»Und das wäre?«

»Dass sie abermals jemanden getötet hat.«

KAPITEL 37

Rachel sagte den Vormittagstermin mit der Ermittlergruppe ab, weil sie eine Stunde mit Abteilungsleiter Musæus in einer Videobesprechung sitzen musste. Der auf dem Kriegspfad war.

Harinder hatte das Kripo-Gebäude zwar mit heiler Haut verlassen, doch Rachel war klar, dass Musæus nicht viel anderes hätte tun können. Ihn zu suspendieren hätte kleinlich und rachgierig gewirkt, und nach den Schlagzeilen des Tages gab es schon genug Probleme mit der Presse. Allerdings war Harinder von der Ermittlung im Fall Waaler abgezogen worden.

Sehr wahrscheinlich würde er jetzt so lange ohne Arbeitsaufgabe herumsitzen, bis sich der Sturm gelegt und die Leitung der Kripo herausgefunden hatte, was sie weiter mit ihm anfangen sollten. In einer SMS sagte Harinder voraus, dass Rachel noch vor Weihnachten einen höheren Rang als er bekleiden würde. Er wolle schon einmal üben, sie »Chefin« zu nennen.

Eines der schlimmsten Dinge, die in der Karriere eines Polizisten vorkommen konnten, war, als illoyal abgestempelt zu werden.

Sie hatte versucht, ihn zu warnen.

Jetzt wollte die Maus einen kompletten Statusbericht für Rachels Fall haben, außerdem wollte er wissen, wer entschieden hatte, dass ein achtzehn Jahre zurückliegender Doppelmord in den Bereich der aktuellen Ermittlung fallen sollte. Rachel hatte den Verdacht, dass er primär herausfinden wollte, welche Rolle sie bei dem *VG*-Sensationsbericht gespielt hatte.

Ihre Vorgeschichte mit Christina war im Haus hinlänglich bekannt.

»Ich kann Ihnen versichern, dass ich genauso überrascht war wie Sie«, sagte Rachel und hoffte, dass ihr Gesicht nicht zu rot angelaufen war. »Helene Waaler ist für unsere Ermittlung allerdings eine Person von Interesse, wie kann man da sagen, dass die Fälle *nicht* zusammengehören. Ich habe Harinder auf die Background-Informationen angesetzt. Wir haben viel Verdecktes bei Stig Waaler gefunden.«

»Und wessen Vorschlag war das, seiner oder Ihrer?«

Rachel tat das, worauf sie und Harinder sich geeinigt hatten. Sie erzählte die Wahrheit. »Seiner.«

Musæus gab ein trockenes Lachen von sich. »Er hat es ja erwähnt, als er letzten Montag in meinem Büro saß, aber ich habe ihm geraten, nicht zu viele Ressourcen darauf zu verschwenden. Und dennoch hat er es getan. Ich kann das nur so verstehen, dass er schon in diesem Fall herumgestochert hat, noch ehe Waaler ermordet wurde. Dieser verdammte Harinder!«

»Das bedeutet aber nicht, dass er sich irrt«, warf Rachel ein.

»Dass die Fälle einander berühren, meinen Sie?«, fragte Musæus. »Nein, der Mann ist ja nicht dumm. Aber er irrt sich, was Helene Waaler betrifft, das kann ich Ihnen garantieren. Es würde mich nicht wundern, wenn sie tatsächlich ihren Vater abgestochen hat.«

»Wir werden ja sehen, wohin uns die Beweise führen.«

Als Rachel wieder in den Besprechungsraum kam, setzte sie sich an den PC und entdeckte mehrere eingegangene Berichte von den Ermittlern in ihrem Team. Auf einen davon hatte sie schon gewartet, er betraf das Anrufprotokoll von Stig Waalers Handy.

Sie stöberte durch eine Liste aller Personen, mit denen Stig Waaler in der letzten Zeit telefonischen Kontakt gehabt hatte, entweder über einen Anruf oder mittels einer Nachricht. Die Liste war zeitlich geordnet. Rachel konzentrierte sich auf die letzten vierundzwanzig Stunden vor seiner Ermordung und stieß auf mehrere bekannte Namen.

Er hatte um 12:05 Uhr eine Büronummer gewählt, die zur Papierfabrik SAMDA gehörte. Keine Information darüber, wessen Anschluss es war, aber das Gespräch hatte knapp dreißig Sekunden gedauert. Vierzig Minuten später hatte er die Mobilfunknummer von Georg Davidsen gewählt. Das Telefonat hatte zwei Minuten gedauert.

Der andere Name, den Rachel kannte, war der von Morten Strømnes.

Im Laufe der letzten Woche hatte Stig den Mann viermal angerufen. Zweimal an dem Tag, an dem er ermordet wurde. Das letzte Gespräch um 21:07 Uhr hatte weniger als eine Minute gedauert.

Rachel dachte an Mortens Fahrt durch die Nachbarschaft am selben Abend.

Endlich erwischte sie auch Arvid Arntsen, der den ganzen Tag zwischen seinem Büro und der Kaffeemaschine in der Küche oder dem Getränkeautomaten in der Kantine hin- und herrannte.

»Kannst du mal nach Verbindungen zwischen Stig Waaler und Morten Strømnes schauen, unabhängig von der Werkstatt? Und ebenso zwischen Waaler und Georg Davidsen, am besten natürlich etwas, das alle drei umfasst?«, fragte sie.

Arntsen senkte den Kopf und musterte sie über den Rand seiner Brille hinweg.

»Du redest da aber nicht über irgendwen«, sagte er. »Darf ich fragen, wieso?«

»Waaler hat sie in der Mordnacht beide angerufen. Wie kommt so ein kleiner Gauner an die Nummer von Georg Davidsen?«

Sie rechnete nicht mit einem schnellen Ergebnis. Nicht von einem so bedächtigen Polizisten, der meist der Routine folgte. Doch Arntsen überraschte sie. Zu seiner Routine gehörte auch zu wissen, wen er fragen konnte und in welchen Registern er suchen musste, wenn er Informationen brauchte. Er tauchte um die Mittagszeit wieder auf, während sie gerade ihren Proviant auspackte, den sie aus dem Hotel mitgenommen hatte.

»Ich habe etwas gefunden«, sagte er. »2005 übernahm Stig Waaler die Werkstatt MOS Auto. Morten Strømnes wurde ausbezahlt, während Waaler gleichzeitig einen Mietvertrag für das Grundstück mit der Immobiliengesellschaft von Davidsen unterzeichnen musste – Immobilien Glimt. Die Vertragsbedingungen sehen besser aus, als irgendwer sonst im Zentrum sie vorweisen könnte, und Teile der Kaufsumme wurden mittels eines privaten Darlehens von Strømnes an Waaler bestritten.«

»Strømnes hat Waaler also Geld geliehen, damit er ihn ausbezahlen konnte?«

»Ja, sieht so aus.«

»Ist das nicht eigenartig?«

Arvid zuckte mit den Schultern. »Vielleicht gab es sonst niemanden, der übernehmen wollte. Das ist im Übrigen die einzige Verbindung, die zwischen den drei Beteiligten besteht.«

»Strømnes und Davidsen bewegen sich in etwa in denselben Kreisen, aber wo ist ein Typ wie Waaler in dieser Konstellation einzuordnen?«, fragte Rachel. »Vor sieben Monaten wurde er von Davidsens Enkelin wegen eines Erpressungsversuchs angezeigt. Und am Tag seiner Ermordung kontaktiert er die beiden anderen. Ich will wissen, worüber die gesprochen haben.«

»Tja, viel Glück mit Davidsen. Vielleicht bringst du ihn zum Reden«, entgegnete Arntsen und grinste. »Aber selbst der Bürgermeister wird da ohne Termin nicht vorgelassen.«

»Dann fangen wir mit dem anderen an.«

KAPITEL 38

Harinder fuhr zurück nach Elvestad. Sein Handy hatte mehrere Anrufe registriert, die meisten stammten von unbekannten Nummern. Journalisten, wie er vermutete. Einer der Anrufe kam jedoch von Savi, und er rief sie zurück.

»Mama ist im Krankenhaus«, sagte sie. »Nichts Dramatisches, aber wegen des Kindes wollen sie sie zur Beobachtung dabehalten. Sie haben Angst vor Komplikationen. Ich habe keine Lust, in Holmlia zu bleiben, und fahre jetzt lieber in die Wohnung.«

»Okay. Und kommst du allein zurecht?«

»*Papa*«, sagte sie, als wäre er der dümmste Mann auf Erden. »Aber ich brauche Geld.«

»Ich vipps dir gleich was rüber«, sagte er. »Und keine Jungs oder wilden Partys, okay?«

Sie gab keinen Ton von sich, aber er konnte sich vorstellen, wie sie die Augen verdrehte. Er musste lächeln. Mit all den Schularbeiten und dem Training bezweifelte er ohnehin, dass sie überhaupt Zeit für Jungen erübrigen könnte. Oder war das nur etwas, was ein Vater sich vorstellte?

Er würde den Rest des Tages damit verbringen, in dem Haus in Staden seine Sachen zusammenzupacken. Die Maus hatte unmissverständlich klargemacht, dass Harinder sich am Freitagmorgen im Büro einfinden müsse. Ohne eine konkrete Arbeitsaufgabe, aber auf diese Weise konnten sie kontrollieren, wo er sich aufhielt. Wenn er sich weiterhin mit dem Strømnes-Fall beschäftigen wollte, müsste er es in seiner Freizeit tun.

Jetzt hatte man ihn zum Schämen in die Ecke gestellt.

Er fragte sich, ob er wirklich daran glaubte, dass Helene Waaler unschuldig verurteilt worden war, oder ob er sich nur in kleine, womöglich unbedeutende Details verbissen hatte.

Keine Sache war jemals perfekt. Blickte man hinter die Fassade, waren immer Risse zu entdecken. Aber waren die, die er gefunden hatte, groß genug, um seine Handlungen zu rechtfertigen?

Harinder fuhr den Hügel hinauf und parkte vor dem wei-ßen Haus. Schon als er den Schlüssel ins Schloss schob, merkte er, dass irgendetwas nicht stimmte.

Das Schloss war noch widerspenstiger als ohnehin schon. Der Schlüssel fand keinen Halt, als hätte ein Fremdobjekt den Zylinder beschädigt. Als er schließlich hineinkam, hatte er den Eindruck, dass der Flickenteppich hinter der Tür ver-rutscht war.

Wie immer, wenn er auf Details aufmerksam wurde, die nicht stimmten, spürte er dieses Ziehen im Hinterkopf. Wie bei einem dieser »Finde-sieben-Fehler«-Bildchen, bei denen er immer im Handumdrehen wusste, wo etwas nicht zusammenpasste. Und hier ging es um das Bild, das er sich beim morgendlichen Aufbruch vom Haus gemacht hatte, und dem, das sich ihm jetzt bot.

Jemand hatte das Haus während seiner Abwesenheit auf-gesucht. Und das war nicht die Putzkraft. Die war nämlich immer zu riechen, wenn sie da gewesen war.

Außerdem hätte sie den Flickenteppich zurechtgerückt.

Für den Fall, dass der Besucher noch da war, blieb er im Eingangsbereich stehen und lauschte. Nach dem Regenguss am Vormittag war es draußen nun behaglich mild und windstill. Er konnte den Klageruf, den das alte Haus gern von sich gab, nicht hören.

Still und leise bewegte er sich weiter vorwärts. In fast allen Räumen gab es Teppiche, die die Schritte auf den alten Dielenbrettern dämpfen sollten. Zumindest ein wenig.

Er überprüfte die Zimmer unten, achtete genau auf die toten Winkel hinter den Türen. Küche, Salon, Kaminzimmer, Arbeitszimmer und Gästetoilette. Es war niemand da. Als er plötzlich etwas hörte, richtete sich sein Blick auf die Treppe zum Obergeschoss. Das Quietschen einer ungeölten Türangel. Er stieg die Treppe hinauf, blickte in beide Richtungen, als er den Absatz erreichte.

Die Tür zum Hauptschlafzimmer ganz hinten im Gang stand offen. Für einen Augenblick glaubte er in der Dunkelheit eine Gestalt hinter der Tür zu sehen. Jemanden Großes und Dünnes in einem Nachthemd.

Als sich seine Augen an die Lichtverhältnisse angepasst hatten, sah er, dass es nur der eine Pfosten des Himmelbetts war. Das »Nachthemd« war der Stoff, der ihn bedeckte.

Er steckte den Kopf zur Tür hinein, stellte fest, dass das Zimmer leer war, und schloss die Tür hinter sich. Nicht zum ersten Mal war sie von allein aufgegangen.

Harinder lief gerade am Fenster an der Treppe vorbei, als er draußen eine Bewegung registrierte. Und dieses Mal gab es keinen Zweifel. Jemand hatte das Haus umrundet und lief in Richtung Straße. Harinder konnte gerade noch einen dunklen Kapuzenpulli erkennen. Es war ein Mann, dem Körperbau nach zu urteilen.

Er rannte die Treppe hinunter. Bemerkte einen Schmerz im Knie, das noch nicht wieder mit Treppen oder abrupten Bewegungen vertraut war. Er stürzte zur Tür hinaus. Konnte die Gestalt gerade wiederentdecken, als der Mann auf einen der Waldwege an der Seite des steilen Hügels einbog.

Harinder folgte ihm und rutschte auf den feuchten Blättern, die den Boden bedeckten, fast aus. Ein jäher Schmerz schoss durch sein rechtes Bein. Er rannte auf den Waldweg zu, musste aber aufgeben, als er begriff, dass er keine Chance gegen einen Mann mit gesunden Knien hatte, der in diesem Tempo vor ihm davonrannte.

Kurze Zeit später konnte er etwas weiter unten einen Wagen hören, der angelassen wurde. Jemand hatte es anscheinend eilig wegzukommen.

Frustriert breitete Harinder die Arme aus und rang einen Moment nach Luft, ehe er den Rückweg zum Haus antrat. Die lange Krankschreibung hatte seine Kondition in Mitleidenschaft gezogen.

Er ging abermals durch das ganze Haus, um zu überprüfen, ob der Eindringling womöglich etwas durcheinandergebracht hatte. Das Arbeitszimmer zuerst. Sein Blick glitt über die provisorische Tafel an der Wand. Alles war, wie es sein sollte. Dann richtete er den Blick auf sein Laptop. Es stand genau da, wo er es hinterlassen hatte, doch sobald er die Tastatur berührte, erwachte der Bildschirm zum Leben. Er zeigte direkt den Windows-Schreibtisch an, ohne zunächst ein Log-in zu verlangen.

Harinder wusste, dass er den Bildschirm nach der letzten Benutzung gesperrt hatte. Er war so darauf gedrillt, wenn er den Schreibtisch im Büro verließ, dass es zu einer Art Reflex geworden war. Bei der Kripo wurde Datensicherheit großgeschrieben. Regelmäßig mussten alle an obligatorischen Sicherheitskursen teilnehmen, außerdem wurden Stichproben gemacht, um zu kontrollieren, ob die Angestellten ihren Bildschirm sicherten, sobald sie den Schreibtisch verließen.

Jemand war an seinem Computer gewesen. Und um die Bildschirmsperre zu überwinden, musste der Betreffende sein Passwort verwendet haben.

Er wusste nicht, worauf der Eindringling es abgesehen hatte. Glücklicherweise speicherte er keine sensiblen Daten auf dem Gerät. Die Systeme der Polizei verfügten außerdem über eine Zwei-Faktor-Authentifizierung. Das Passwort allein reichte nicht.

Die Instruktionen für einen Fall wie diesen waren klar. Harinder hob den Telefonhörer ab und wählte die Nummer, die alle Kripo-Angestellten anrufen sollten, wenn eine sogenannte »Sicherheitsabweichung« vorlag. Er gab seine Dienstnummer an und erläuterte die Situation.

Während er sprach, fiel ihm der Moment am letzten Montag zu Hause ein. Das Handy hatte verlangt, dass er sich ein weiteres Mal im drahtlosen Netzwerk einloggte.

»Kann es sein, dass sich jemand Zugang zu meinem privaten Netzwerk zu Hause in Oslo verschafft hat?«, fragte er.

»Alles ist möglich«, sagte die Person am anderen Ende der Leitung. »Und wenn die Ihr privates Netzwerk gekapert haben, kann so einiges passieren. Haben Sie in letzter Zeit mal unbekannte Apps heruntergeladen?«

»Irgendwas will ja ständig upgedated werden, aber mir ist nichts Verdächtiges aufgefallen ...«

»Wenn diese Leute schlau sind, wirken die Apps überhaupt nicht verdächtig. Sie müssen die Quelle kennen, aber kaum jemand tut das.«

Sobald er das Gespräch mit dem Security-Mann beendet hatte, rief Harinder seine Tochter an.

»Fahr nicht in die Wohnung«, sagte er. »Geh lieber zu deinen Großeltern. Ich sage Bescheid, dass du kommst.«

»Papa?« Er hörte die Unsicherheit in ihrer Stimme. »Was ist denn los?«

»Ich erklär es dir später. Jetzt tu bitte, was ich dir sage.«

Keine Proteste. Savi musste also begriffen haben, dass es um etwas Ernstes ging. Er bat sie, ihn anzurufen, wenn sie bei seinen Eltern in Ski ankäme.

KAPITEL 39

»Brauche ich einen Anwalt?«, fragte Morten Strømnes und setzte ein einfältiges Lächeln auf, als ob die Frage eigentlich nicht ernst gemeint war. Vermutlich hervorgerufen durch den formellen Rahmen, dachte Rachel. Die nackten, fensterlosen Wände des Vernehmungsraums.

»Selbstverständlich dürfen Sie jemanden hinzuziehen, ich warte auch gern, bis Sie so weit sind.«

Sie merkte, dass Strømnes ins Zweifeln kam. Vermutlich wog er Vor- und Nachteile gegeneinander ab.

»Nein«, sagte er schließlich und machte eine wegwerfende Handbewegung. »Lassen Sie uns das einfach erledigen. Ich bin ein viel beschäftigter Mann.«

Ein *wichtiger* Mann, schien er eigentlich sagen zu wollen.

Strømnes nahm einen Schluck aus seinem Kaffeebecher.

»Können Sie mir bitte sagen, woher Sie Stig Waaler kennen?«, fragte Rachel.

»Was heißt schon kennen …? Wir haben vor vielen Jahren in der Werkstatt zusammengearbeitet, die ich damals hatte. Wir waren also etwa fünf oder sechs Jahre Arbeitskollegen. Ansonsten gab es da keine Berührungspunkte.«

»Sie sind sich darüber hinaus also nicht in sozialen Zusammenhängen öfter begegnet?«

»Nein.«

»Haben Sie miteinander telefoniert?«

Strømnes schüttelte den Kopf.

Eine Bewegung statt einer mündlich ausgesprochenen Lüge, notierte Rachel.

»Können Sie mir kurz Ihre Aktivitäten am Freitag erläutern, und da besonders in den Abendstunden?«, fragte Rachel.

»Sie befragen mich, als ob ich verdächtigt würde«, sagte Strømnes und grinste. Allerdings musste er ihren Blick registriert haben, da er sich gleich wieder zusammenriss. »Der Freitag war ziemlich hektisch. Ich musste die Quartalsabrechnungen durchsehen, mich auf eine Sitzung des Stadtrats in der nächsten Woche vorbereiten und an einem Treffen des Wohlfahrts- und Kulturkomitees teilnehmen, mit anschließendem Essen.«

»Also kein freies Wochenende?«

»Nein.« Strømnes lächelte. »Wie gesagt, ich bin sehr beschäftigt, viele Eisen im Feuer, sozusagen. Ich kann nicht gut Nein sagen.«

»Wie lange hat das Essen gedauert?«

»Bis nach zehn am Abend. Vielleicht sogar fast elf, ich habe nicht genau auf die Uhr gesehen.«

»Wo sind Sie danach gewesen?«

»Ich bin nach Hause gefahren.«

»Auf direktem Weg?«

»Ja, sicher.«

Rachel blätterte in den Papieren ihrer Dokumentenmappe. Nur, um dem Gespräch eine Pause zu verordnen. Die letzte Lüge in der Luft hängen zu lassen. Es konnte durchaus sein, dass das Abendessen bis nach elf gedauert hatte, denn das eine Viertelstunde später aufgenommene Foto zeigte ihn auf dem Weg in das Wohnviertel von Stig Waaler.

»Kann jemand bestätigen, dass Sie zu Hause waren?«

»Jeanette, meine Frau. Das heißt, sie hatte sich schon hingelegt, als ich kam. Jeanette geht immer früh zu Bett. Sie leidet unter Migräne, müssen Sie wissen. Aber sie hat mitbekommen, dass ich zu Hause war.«

»Sind Sie gleich ins Schlafzimmer gegangen?«

»Ja, ich habe mich sofort hingelegt. Es war spät.«

»Sie haben mitbekommen, dass die Polizei im Zusammenhang mit dem Mord an Waaler um Hinweise gebeten hat?«, sagte Rachel. »Wir haben gebeten, mit allen reden zu können, die in den letzten Tagen mit ihm in Kontakt standen oder sich am Freitagabend in der Nähe des Tatorts aufgehalten haben.«

»Ja, das habe ich mitbekommen …«

»Aber wieso haben Sie sich dann nicht gemeldet?« Rachel behielt seine Reaktion genau im Auge. »Stig Waaler hat Sie im Laufe des Freitags zweimal angerufen.«

Sie schob ihm ein Blatt Papier zu. Es war der Ausdruck von Waalers Handy-Kommunikation, einschließlich der gelb markierten Nummer von Strømnes. Eine Weile starrte er auf die Liste.

»Er hat das manchmal getan«, sagte er schließlich. »Hat ganz unverhofft angerufen. Gern, wenn er getrunken hatte, und immer, wenn er etwas brauchte. Meistens Geld. Stig brauchte immer Geld.«

»Wieso hat er Sie angerufen?«

»Weil er früher schon mal Geld von mir bekommen hat. Ein kleines Darlehen hier und da.«

»Wieso sollten Sie einem Mann Geld leihen, der Ihrer Aussage nach gar kein Freund war?«

Strømnes antwortete nicht sogleich. Sein Blick ruhte immer noch auf dem Ausdruck auf dem Tisch.

»Ich helfe gern Menschen, sofern ich es kann. Stig hatte einen gewissen Ruf, aber er war ein guter Mechaniker. Als ich MOS Auto 2005 zu verkaufen plante, wollte er übernehmen. Was bedeutete, dass er etwas finanzielle Hilfe benötigte, aber das war in Ordnung. Ich dachte, die Verantwortung, die aus dem Betrieb eines solchen Unternehmens erwächst, würde ihm guttun. Er ist danach auch viel normaler geworden. Ein produktives Mitglied der Gesellschaft. Und ist es letztlich nicht das, worum es geht? Das ist auch der Grund, warum ich in die Politik eingestiegen bin.«

»Das hier ist keine Wahlkampfveranstaltung«, entgegnete Rachel. »Wollte er wieder Geld leihen, als er Sie am Freitag angerufen hat?«

»Ja.«

»Wozu?«

»Das weiß ich nicht. Die Gespräche waren kurz, wie Sie selbst sehen können. Ich habe ihm gesagt, dass es reicht und dass er mich nicht wieder anrufen soll.«

»Wollten Sie das mit ihm persönlich klären?«, fragte Rachel.

»Aber nein, weswegen hätte ich das tun sollen?«

Rachel zog die Kopie der Video-Aufnahme hervor, die seinen Mercedes am Freitagabend zeigte.

»Wenn Sie nicht mit ihm sprechen wollten, können Sie mir dann bitte erklären, was Sie am Freitagabend in der Kastanjegate zu suchen hatten?«

Morten Strømnes starrte reglos vor sich hin. Kein echter Vollzeitpolitiker, schoss es Rachel durch den Kopf. Seine Ausreden kamen nicht schnell genug.

»Ich möchte mich ohne meinen Anwalt nicht weiter äußern.«

KAPITEL 40

Ein groß gewachsener Mann mit Ralph-Lauren-Basecap, Goldringen in beiden Ohren und einer Tasche über der Schulter wartete vor dem Wohnblock im Maridalsvei auf Harinder. Er wirkte so, als sei er Stammgast in einem Fitness-Studio, kein Typ, dem man nach Einbruch der Dunkelheit in einer schmalen Gasse zu begegnen wünschte.

»Thommessen«, sagte Harinder.

Der Mann streckte nur die Hand aus.

»Geben Sie mir Ihr Telefon«, sagte er.

Harinder folgte der Aufforderung. Thommessen zog die SIM-Karte heraus, ließ das Handy auf den Boden fallen und zertrat es mit seinem Schuhabsatz.

»Ich hatte da Sachen drauf ...«, sagte Harinder.

»Jetzt nicht mehr.«

Er nahm eine Schachtel aus seiner Schultertasche, die er Harinder zusammen mit der SIM-Karte reichte. Die Schachtel enthielt ein anderes Telefon.

»Das ist gebraucht, funktioniert aber, wie es soll, und kann benutzt werden, bis Sie mit einem neuen Handy ausgerüstet sind.«

Der große Mann war vom IRT. Eine dieser englischen Abkürzungen mit drei Buchstaben, die von IT-Menschen so gern verwendet wurden. *Incident Response Team*. Ihre Arbeit bestand darin, Sicherheitsproblemen und Abweichungen nachzugehen, die für die Kripo und ihre Mitarbeiter ein Risiko darstellen konnten.

Harinder begleitete Thommessen und zwei seiner Mitarbeiter zum Treppenaufgang. Sie sollten den PC und den Netzwerkrouter in Harinders Wohnung untersuchen.

»Momentan sind Sie eine wandernde Sicherheitslücke«, sagte Thommessen. »Falls die Zugang zu Ihrem heimischen Netzwerk bekommen haben, können Sie davon ausgehen, dass die auch überall sonst hineinkommen. PC, Handy, Smartwatch – *alles*. Wir haben uns zuerst um das Handy gekümmert, weil das das größte Risiko ausmacht. Sie haben es überall dabei, was bedeutet, dass diese Typen sämtliche Ihrer Bewegungen orten können. Außerdem wird ein Handy häufig mit anderen Diensten synchronisiert. Sie müssen daher all Ihre Passwörter wechseln. Haben Sie das verstanden?«

Harinder nickte. »Was ist mit meiner Tochter?«

»Wenn sie dasselbe Netzwerk benutzt hat, ist sie demselben Risiko ausgesetzt. Wo ist sie jetzt?«

»Bei meinen Eltern.«

»Holen Sie sie her, damit wir ihre Geräte auch überprüfen können«, sagte Thommessen.

»Wer kann das getan haben?«, fragte Harinder.

»Professionelle Täter, ohne Zweifel. Für so was benötigt man besondere Fähigkeiten.«

Die nächste Frage lautete demnach, wer die professionellen Täter angeheuert hatte.

Harinder ließ das Team in die Wohnung und fuhr gleich darauf nach Ski, um Savi abzuholen. Er steckte die SIM-

Karte in das provisorische Handy und aktivierte sie. Savi hatte schon eine Meldung geschickt und fragte ungeduldig, was denn los sei.

»Komme, um dich abzuholen. Halte dich bereit«, antwortete er.

Sobald Harinder auf den Mossevei eingebogen war, weihte er das Ersatztelefon ein. Er aktivierte die Freisprechfunktion und rief Abteilungsleiter Eystein Musæus an.

»Hat man Sie orientiert?«, fragte er den Chef.

»Das hat man. So viel Theater, und Sie sind nicht mal eine Woche zurück im Dienst. Rekordverdächtig.«

»Sie meinen also, niemand interessiert sich?«

»Wie bitte?«

»Sie sagten, dass sich niemand für den Strømnes-Fall interessiert«, sagte Harinder. »Aber falls das stimmt, wieso wurde ich dann gehackt? Wieso ist jemand in das Haus in Elvestad und in meine Wohnung eingebrochen? Wo sich womöglich meine Tochter ganz allein befunden haben könnte!«

Die folgende kurze Stille verriet Harinder, dass sein Chef die Fragen ernst nahm.

»Das muss ja gar nichts miteinander zu tun haben«, sagte er schließlich.

Harinder schnaubte. »Was sonst sollte es sein? Ich war krankgeschrieben, ich habe gegessen, gelesen, trainiert, Fernsehen geguckt, und in letzter Zeit habe ich an dieser Sache gearbeitet.«

»Und Sie glauben, das gäbe Ihnen irgendwelche Rechte?«

»Nein. Aber es bedeutet, dass jemand anderes es nicht mag, dass ich weiter in dem Fall herumgrabe. Und das wiederum bedeutet, dass ich nicht aufgeben kann. Oder will, um ehrlich zu sein.«

»Natürlich nicht. Sie sind sich mal wieder sehr ähnlich.« Musæus schien resigniert zu sein. »Sie haben mich hintergangen, Harinder, und das werde ich nicht vergessen. Aber in Ordnung, tun Sie, was Sie wollen. Was ich sage, spielt ja ohnehin keine Rolle. Aber denken Sie genau nach, bevor Sie sich von Helene Waaler ausnutzen lassen. Sie hat zwei Menschen getötet. Was immer Sie finden, wird nichts daran ändern.«

»Wir werden sehen«, sagte Harinder, doch Musæus hatte bereits aufgelegt.

Schließlich kam er in Ski an. Seine Eltern wohnten in einem hellen Reihenhaus mit Terrasse und Gemeinschaftsgarten. Es war nicht weit zum großen Einkaufszentrum und zum Bahnhof. Er selbst hatte nie hier gewohnt – seine Eltern waren dort hingezogen, nachdem er Elvestad verlassen und an der Polizeihochschule angefangen hatte.

Genau wie er darum gebeten hatte, war Savi startklar. Sie ließ sich auf dem Beifahrersitz nieder und legte sich den Rucksack auf den Schoß. Ihr Blick signalisierte, dass sie eine gute Erklärung für das Geschehen erwartete.

Sein Vater stand an der Haustür und winkte ihnen zu. Harinder überkam ein schlechtes Gewissen, weil er sich keine Zeit für ein Gespräch nahm. Seine Eltern wurden nicht jünger, und er besuchte sie nicht so oft, wie er es hätte tun sollen. Besonders sein Vater war in letzter Zeit viel älter geworden, wie er fand. Sein Rücken war krumm, er war viel dünner, und von seiner vollen dunklen Haarpracht war nicht viel übrig.

»Wohin fahren wir denn?«, fragte Savi.

»Erst nach Hause, damit ein Kollege von mir sich dein Telefon ansehen kann«, sagte Harinder. »Danach fahren wir nach Elvestad.«

Savi verzog das Gesicht.

»Weshalb?«

»Deine Mutter ist im Krankenhaus, weshalb du nicht in Holmlia bleiben kannst. Wir können auch nicht in der Wohnung sein, solange das WLAN-Netz nicht repariert ist und die Schlösser nicht ausgetauscht wurden, was nämlich erst morgen geschieht. Also bleibt nur Staden.«

»In das alte Haus, wo's dauernd zieht? Das ist wie aus einer Folge von *Spuk in Hill House*.«

Harinder musste grinsen. »Nein, heute Abend bleiben wir im Hotel. Die Schlösser im Haus müssen auch gewechselt werden. Ich habe schon mit Rachel gesimst. Sie hat ein Doppelzimmer, das kannst du dir mit ihr teilen.«

Die Proteste erstarben. Savi nickte und ließ sich sogar zu einem Lächeln herab.

»Damit kann ich leben«, sagte sie.

KAPITEL 41

Helene ignorierte das »Privatbesitz«-Schild und trat durch das geöffnete Tor am Anfang der Parkallé. Es gab nur eine Adresse in der Privatstraße: das massive Haus aus grauem Stein am Ende der Lindenallee.

Alles hinter dem Tor gehörte Georg Davidsen und seiner Familie. Der *First Family* des Ortes, die in der Gegend schon fast als königlich galt. Skandale, Ermittlungen und Gefängnisstrafen hatten ihren Status nicht beeinträchtigen können. Sie war schlichtweg zu reich, verfügte in der Stadt über zu viel Besitz.

Helene durchschritt die Einfahrt und folgte der Straße. Es gab weder Wachleute noch sonstige Sicherheitsmaßnahmen, die sie von ihrem Tun abhielten. Vielleicht dachten die Davidsens ja, dass das Tor und der Zaun ausreichten und dass die Menschen in Staden die Bewohner des Hauses respektierten.

Sie allerdings nicht.

Als sie sich der Haustür näherte, hörte sie einen Hund bellen.

Die Türglocke gab einen tiefen Ton von sich. Helene atmete schwer. Während des kurzen Spaziergangs hatte sie versucht, sich zu beruhigen, hatte die leise Stimme in ihrem

Hinterkopf gehört, die ihr sagte, dass dies eine schlechte Idee sei, dass aus einer Konfrontation nichts Gutes herauskommen könne. Wann hatte ihr Temperament ihr je etwas anderes als Probleme beschert? Aber der Zorn durchströmte sie, ein Gefühl, das einem Rausch ähnelte.

Eine junge Frau öffnete die Tür. Schön, mit grünen Augen und kastanienbraunem Haar. Die Erbin, wie Helene vermutete. Nur Anfang zwanzig, doch schon dazu bestimmt, das Familienimperium zu übernehmen. Sie hatte von ihr gelesen.

»Kann ich Ihnen helfen?«

»Ich will mit Georg Davidsen reden.«

Die andere sah sie skeptisch an. »Großvater empfängt niemanden ohne Termin.«

»Dann soll er eine Ausnahme machen. Sagen Sie, es geht um Britt Jensen.«

Das war der Mädchenname ihrer Mutter. Den sie getragen hatte, als sie in der Papierfabrik angestellt gewesen war.

Die Davidsen-Erbin sagte nichts. Zog nur den Kopf zurück und schloss die Tür. Helene wartete. Die Minuten vergingen. Sie war nicht sicher, ob die junge Frau ihren Großvater oder die Polizei verständigt hatte.

Dann erschien Georg Davidsen höchstpersönlich an der Tür, in Tweedjacke und Schiebermütze. Er hatte einen Spazierstock in der einen Hand und in der anderen eine Leine, an deren Ende ein lebhafter Jack Russell Terrier ging. Er sah Helene nicht an, schloss nur sorgfältig die Tür hinter sich, so dass sie bloß einen kurzen Blick ins Hausinnere werfen konnte.

»Der Hund muss an die Luft. Wenn Sie mir etwas zu sagen haben, junge Frau, dann fassen Sie sich kurz.«

Helene spürte, dass seine Arroganz sie stark provozierte.

»Sie wissen, wer ich bin?«, fragte sie.

»Ja, ich lese Zeitungen.«

»Ich rede nicht über den Inhalt der Zeitungen, ich rede darüber, *wer ich bin.*«

Georg blickte sie gleichgültig an.

»Meine Mutter hat für Sie gearbeitet«, fuhr Helene fort. »Sie erinnern sich doch an sie? Es muss 1980 gewesen sein. Sie war neunzehn Jahre alt, gerade fertig mit der Schule, und bekam einen Job als Praktikantin in einer Ihrer Fabriken. In Ihrem Vorzimmer, nicht wahr? Ehe sie dann plötzlich aufhören musste.«

»Ja, und?«

»Weshalb musste sie aufhören? Was ist damals passiert, und wieso wollte sie später nie darüber sprechen? Jedenfalls nicht mit mir.«

Georg hob die Hand. »Sie reden von Dingen, die vor Generationen passiert sind. Was geht mich das überhaupt an?«

»Sie wollen also so tun, als ob Sie das nicht wüssten?« Helene machte eine Handbewegung. Georg schien sie als bedrohlich zu verstehen, denn er zuckte zusammen. Helene zog das Goldmedaillon unter ihrer Bluse hervor. »Erkennen Sie das wieder?«

Der alte Mann gab keine Antwort.

»Sie haben es ihr gegeben«, fuhr Helene fort. »Sie brauchen es gar nicht erst zu bestreiten – ich habe den dazugehörigen Brief gefunden, in dem Sie für die *Umstände* um Entschuldigung bitten. Was haben Sie sich dabei gedacht? Dass ein wertvolles Schmuckstück und etwas Bargeld sie dazu bringen würden, den Mund zu halten? Dass Ihnen der Skandal erspart bliebe?«

Georg rümpfte die Nase, stritt ihre Behauptung indes nicht ab. Der Terrier begann, an der Leine zu zerren.

»Sie haben es auf Geld abgesehen, vermute ich?«, sagte er. »Und wie viel genau soll mich das bitte kosten, wenn ich fragen darf?«

»Geld?« Helene spuckte das Wort gleichsam aus. »Nicht alles kann mit Geld gelöst werden. Haben Sie irgendeine Vorstellung davon, was Sie mit ihrem Leben angestellt haben, oder mit meinem? Und als ob das nicht alles schon genug gewesen wäre, haben Sie versucht, uns den Hof wegzunehmen. Jonas hat sich mit Händen und Füßen dagegen gewehrt, dass Sie ihn in Ihre gierigen Finger bekommen, und er wusste von Ihrem Übergriff. Das waren zwei gute Gründe, ihn loswerden zu wollen. Uns alle loszuwerden!«

Georgs Blick verdüsterte sich. Er packte ihr Handgelenk und drückte fest zu.

»Sie sollten sehr vorsichtig mit Ihren Andeutungen sein. Wenn ich gewollt hätte, dass Sie alle von dem Hof verschwinden, hätte ich bloß warten müssen. Im Gegensatz zu Ihrem Stiefvater hatte ich nämlich damals schon genügend Zeit und Geld. Glauben Sie etwa, dass irgendwer so jemandem wie Ihnen zuhören wird? Vergessen Sie das nicht, wenn Sie das nächste Mal diesen Dreck verbreiten möchten.«

Helene riss die Hand zurück. »Ich kenne mindestens zwei Journalisten, die mir zuhören werden. Und die können dann darüber schreiben, was für ein Hurenbock Sie sind. Vielleicht sitzen ja Sie und Ihr Clan da drinnen schon am Wochenende am Frühstückstisch und können darüber lesen?«

Der alte Direktor bebte vor Zorn. Mit seinem Stock holte

er zu einem Schlag aus, doch Helene wich ihm aus, verlor aber das Gleichgewicht. Sie fiel auf den kiesbedeckten Weg, der Schmerz schoss ihr ins Steißbein. Helene riss sich voller Wut das Medaillon vom Hals und warf es ihm vor die Füße. Dann rannte sie zurück zum Tor.

Georg Davidsen fluchte. Der Hund riss sich los und jagte ihr nach, hielt aber am Tor inne.

Er ist nicht sicher, wie lange er schon gewartet hat. Anderthalb Stunden, vielleicht zwei. Es wird langsam spät. Eine Wolkenschicht wurde weggetrieben, und ein Himmel voll klarer Sterne scheint auf ihn herunter. Sein Atem dampft, aber er friert nicht.

Abermals überprüft er seine Liegeposition. Er beugt und streckt die Finger, damit sie nicht steif werden.

In Gedanken geht er noch einmal die Fluchtroute durch. Er muss über die Grenze kommen. Es ist wichtig, dass er nicht geschnappt wird, und er weiß, dass er sich noch lange danach bedeckt halten muss. Er fühlt sich bereit. Freut sich sogar darauf, bald alles überstanden zu haben.

Endlich hört er ein Geräusch.

Das ferne Brummen eines Motors dringt durch die Stille. Ein Fahrzeug, das sich einen Hügel hinaufarbeitet.

Er schärft die Sinne. Verändert die Sicht und wartet, bis er den herannahenden Wagen erblickt. Sein Puls steigt leicht, als er feststellt, dass es der richtige ist. Ein burgunderroter Nissan Qashqai.

KAPITEL 42

Freitag, 15. Oktober

Als Rachel am Morgen in der Polizeistation ankam, warf Ivan Moreno zwei schwere Beweisbeutel auf den Tisch. Der eine enthielt eine dunkelblaue Arbeitsjacke von Blåkläder, der andere ein Paar schwarze Stiefel.

Rachel sah Moreno fragend an.

»Was ist das?«

»Die habe ich in einem schwarzen Sack in dem Verschlag in Stig Waalers Haus gefunden.« Er hob den Beutel mit der Jacke an und deutete auf einen Bereich am unteren Ende. Rachel betrachtete die dunkelroten Flecken. »Getrocknetes Blut. Wenn du mit Infrarotlicht da drangehst, kannst du deutlich das Spritzmuster erkennen.«

»Ist die Jacke relevant?«, fragte Rachel. »Die sieht alt aus.«

»Relevant oder nicht, wenn ich Blut an einem meiner Tatorte finde, dann untersuche ich es.«

Rachel lächelte. Moreno war für seine Gründlichkeit bekannt.

»Abgesehen hiervon sind wir mit dem Haus ansonsten fertig«, fuhr er fort. »Wir haben alles durchsucht. Die Täterperson hat anscheinend nichts anderes als Schuhabdrücke hinterlassen. Das Opfer konnte sich nicht zur Wehr setzen.

Was bedeutet, dass Haare, Hautreste oder andere biologische Spuren nicht so einfach mit dem Mord verknüpft werden können.«

Rachel hörte, was er sagte. Beweistechnisch hatten sie schlechte Karten. Es gab keinen ausreichenden Nachweis darüber, dass Helene Waaler oder Morten Strømnes im Haus gewesen waren. Ohne die Gummistiefel oder einen verlässlichen Zeugen würden sie ein Geständnis brauchen.

Von Morten Strømnes war es nicht zu bekommen.

Sein Anwalt sprach für ihn. Er präsentierte sich als Victor Jansen und sah aus, als hätte er sein Examen vor einem Monat abgelegt. Aber er kannte sich aus. Er hatte seinen Mandanten offenbar angewiesen, den Mund zu halten, und Morten Strømnes' Überlebensinstinkte waren ausgereift genug, um das zu tun, was der Anwalt sagte. Rachel stieß auf eine Mauer, als sie versuchte, ihn zum Reden zu bringen.

»Mein Mandant streitet nicht ab, am Freitagabend auf dem Rückweg nach Hause einen Umweg über Stig Waalers Wohnviertel genommen zu haben«, sagte Jansen. »Er hatte erwogen, im Hinblick auf seine ständigen Forderungen ihm mehr Geld zu leihen, ein ernstes Wort mit dem Mann zu reden. Als er an dem Haus vorbeifuhr, hörte er laute Musik aus dem Inneren und zog den Schluss, dass Waaler kaum in der passenden Gemütsverfassung für solch ein Gespräch sein konnte. Er fuhr unmittelbar weiter, ohne anzuhalten. Er ist nie aus dem Wagen gestiegen und hat zu keinem Zeitpunkt die Wohnung von Herrn Waaler aufgesucht.«

So lautete die Aussage, und dabei blieben sie. Strømnes unterbrach sein Schweigen nur, um mündlich zu bestätigen, dass es sich so verhielt. Rachels Versuche, die Aussage mit weiteren Nachfragen in Zweifel zu ziehen, wurden von Jansen umgehend abgewehrt.

Sie begriff, dass sie nicht weiterkam.

»Haben Sie etwas gesehen, als Sie durch die Nachbarschaft fuhren?«, fragte sie. »Jemanden, der die Straße entlanglief oder an dem Haus herumlungerte?«

Der Anwalt bedeutete Strømnes, dass er die Frage beantworten könne.

»Ich war dort nicht lange genug, als dass ich jemanden hätte sehen können.«

»Können Sie selbst gesehen worden sein?«

»Darüber kann mein Mandant doch nicht spekulieren«, warf Jansen ein.

»Ich hätte Sie natürlich informieren sollen, dass ich in der Nähe des Hauses war«, fügte Strømnes hinzu. »Das tut mir leid, aber ich bin gar nicht auf die Idee gekommen, in irgendeiner Form etwas beitragen zu können.«

»Sie sollten uns überlassen, so etwas zu beurteilen«, erwiderte Rachel.

Jansen sah sie entnervt an, als wäre es völlig unnötig, diesen Punkt hervorzuheben.

»Sie haben doch geäußert, mein Mandant habe lediglich einen Status als Zeuge. Hat sich das geändert?«

»Nein.«

»Sie verdächtigen ihn also nicht, dieses Verbrechen begangen zu haben?«

»Wir haben kein ausreichendes Verdachtsmoment, nein.«

Wie um die Nuance ihrer Antwort anzuerkennen, ließ Jansen ein kleines Lächeln folgen. »Dann können wir das hier vielleicht beenden?«

Sie nickte schwach, eine Fortsetzung ergab keinen Sinn.

Als sie ins Besprechungszimmer zurückkam, hatte Arvid Arntsen inzwischen herausgefunden, wieso Stig Waaler am vergangenen Freitag Georg Davidsen angerufen hatte.

»Der erste Anruf wurde von Davidsens Sekretärin angenommen«, erklärte er. »Sie sagt, dass Waaler seinen Namen nicht genannt hätte, aber nach dem Direktor fragte. Sie antwortete, er sei in einer Besprechung, und fragte, ob Waaler eine Nachricht hinterlassen wolle. Daraufhin legte er einfach auf. Vierzig Minuten später ruft er dann direkt Davidsens Handy an. Er sagte, es ginge um eine Serviceleistung bei einem seiner Wagen.«

»Und warum hat Waaler das nicht gleich gesagt, als er mit der Sekretärin sprach?«, wollte Rachel wissen.

Arvid zuckte mit den Schultern.

KAPITEL 43

Die Punkte verschwanden nach und nach von der Karte. Das Handy und der PC in Elvestad, gefolgt von den Geräten in Oslo. Er hatte nur den Polizisten verloren, vorläufig, aber Madsen hatte Grund zu befürchten, dass es mit der Anwältin genauso laufen würde.

»Scheiß drauf!«

Sein Ausbruch war das Einzige, wofür er sich Zeit nahm. Er musste schnell ein Reinigungsprogramm durchführen, das die Spuren seiner eigenen Programme entfernte.

Wenn Singh getan hatte, was er vermutete, würden die Computerexperten der Kripo eine gründliche Überprüfung sowohl des Routers als auch der PCs und Laptops im Haus vornehmen.

Sie waren gut, also musste er wahrscheinlich seinen Server und einen Teil seiner Ausrüstung loswerden. Das würde ihn Zeit und Geld kosten und war fast so ärgerlich wie der Verlust der Überwachungsmöglichkeit.

Es musste der Einbruch in das alte Haus auf dem Hügel gewesen sein, der den Polizisten darauf aufmerksam gemacht hatte, dass etwas nicht stimmte. Er selbst hatte gedacht, dass er mehr Zeit haben würde. Eigentlich hätte er sich mit der Aufnahme der improvisierten Tafel an der Wand begnügen sollen, das war das, wonach er gesucht hatte. Aber das Laptop auf dem Schreibtisch hatte ihn in Versuchung geführt.

Er war zu gierig geworden.

Infolgedessen befand er sich jetzt wahrscheinlich selbst in einer exponierten Situation. Genau das, was er zu vermeiden gesucht hatte. Wie lange würde es dauern, bis Singh anfing, ihn zu verfolgen?

Das konnte er nicht zulassen.

Er setzte die Ohrstöpsel ein, die mit dem Mobiltelefon verbunden waren, und rief die einzige gespeicherte Nummer an.

»Ich habe gute und schlechte Nachrichten«, sagte er dann zu seinem Gesprächspartner. »Welche willst du zuerst hören?«

»Ist es nicht üblich, zuerst die schlechten zu bekommen?«

»Wir haben die Überwachung verloren, aber ich konnte bereits viele Informationen einholen«, sagte Madsen. »Der Bulle operiert für sich allein und scheint ein persönliches Interesse an der Angelegenheit zu haben. Es sucht nicht nur die alten Immobilienmakler auf, sondern auch alte Freunde. Und er gibt der Anwältin seine Erkenntnisse weiter. Er ist wie ein Köter, dem der Duft eines Fleischknochens in die Nase gestiegen ist und der nicht aufgeben will.«

»Sehr gut. Und was sind die guten Nachrichten?«

»Es gibt keine guten. Ich habe das nur gesagt, damit du dich besser fühlst«, sagte Madsen.

»Das ist nicht witzig.«

»Spaß beiseite, jedenfalls ist es gut, dass wir jetzt wissen, mit wem und womit wir es zu tun haben. So können wir entscheiden, wie es weitergeht.«

»Ich gehe davon aus, dass du Vorschläge hast?«

»Nun, du weißt ja, was ich normalerweise über den Umgang mit schwierigen Personen sage. Es gibt diejenigen, die man bestechen kann, diejenigen, die man einschüchtern kann, und diejenigen, die man schließlich begraben muss. Singh lässt sich weder bestechen noch einschüchtern.«

Am anderen Ende der Leitung herrschte Schweigen. Jetzt hatte sein Freund etwas zum Nachdenken.

»Was du vorschlägst, ist ziemlich drastisch«, sagte der andere schließlich. »Wir reden über einen Polizisten.«

»Und?«

»Was ist mit den anderen beiden? Gibt es nicht etwas, was wir mit denen tun können?«

»Das spielt keine Rolle«, sagte Madsen. »Helene besitzt ohnehin keine Glaubwürdigkeit. Wenn wir sie beseitigen, ist der Bulle immer noch unser größtes Problem. Und die Anwältin ist bloß involviert, solange sie glaubt, bezahlt zu werden. Singh ist die Hauptbedrohung. Im Moment sind seine Ermittlungen nicht offiziell, aber was meinst du, wie lange das so bleiben wird, wenn er neue Entdeckungen macht?«

»Ich verstehe. Aber ich denke, es geht auch darum, dass du bei der Überwachung mit heruntergelassenen Hosen erwischt wurdest und dafür sorgen möchtest, dass er dich nicht aufspürt, wenn du nach Dänemark zurückkehrst.«

»In Ordnung. Falls er auftaucht, werde ich ihn danach auf jeden Fall zu dir schicken.«

»Darüber muss ich schlafen.«

»Tu das«, sagte Madsen. »Aber schlaf nicht zu lange.«

KAPITEL 44

Harinder fuhr Savi am Freitagmorgen zur Bibliothek, wo sie Hausaufgaben machen konnte, während er bei der Arbeit war. Sie hatten ihre Schule kontaktiert und ihre Abwesenheit mit »familiären Angelegenheiten« erklärt.

Thommessen und sein Team hatten Harinders schlimmste Befürchtungen bestätigt. Der heimische Router war gehackt worden, was bedeutete, dass sämtliche elektronischen Kommunikationsmittel von ihm und Savi infiziert waren. Die Störenfriede waren in die Wohnung im Maridalsvei eingedrungen und hatten sogar ein Mikrophon hinter einem Foto installiert.

»Sie haben es denen leicht gemacht, weil Sie den Aufkleber mit dem Passwort nicht entfernt haben«, hatte Thommessen gesagt. »Andererseits ist nicht sicher, ob das geholfen hätte. Wir haben es mit Experten zu tun.«

Harinder hatte nicht das Gefühl, sich verteidigen zu müssen. Den Aufkleber zu entfernen, war ihm überhaupt nicht in den Sinn gekommen. Er erinnerte sich nämlich nie an dieses blöde Passwort und wollte es zugänglich haben.

»Könnt ihr rausfinden, wer die sind?«, wollte er wissen.

»Wir werden es probieren.«

Harinder fuhr zurück zum Haus in Elvestad, um sich mit

dem Schlüsseldienst zu treffen, der die Schlösser austauschen sollte. Später würde dann noch jemand von einem Sicherheitsunternehmen kommen und eine moderne Alarmanlage installieren. Sein in Thailand lebender alter Freund war entsetzt über den Einbruch und erteilte Harinder die Blankovollmacht, alles Notwendige für die Sicherung des Hauses zu tun.

Auch zu Hause mussten alle Schlösser gewechselt werden, bevor Savi und er wieder zurückziehen konnten. Sicherheitshalber hatte er auch Christina eine Nachricht geschickt und ihr geraten, eine gründliche Sicherheitsüberprüfung vorzunehmen. Falls ihn der Strømnes-Fall zu einem Ziel gemacht hatte, konnte das Gleiche auch für sie gelten.

Christina rief ihn noch am Vormittag zurück. Sie war auf dem Weg nach Elvestad. Etwas im Zusammenhang mit ihrer Mandantin, worüber diese nicht am Telefon reden wollte.

»Du hast recht. Alles außer meinem Arbeitscomputer wurde gehackt. Diese Arschlöcher waren sogar bei mir zu Hause, Harinder. Die haben in Fotos und Dokumenten herumgewühlt, die überhaupt niemanden etwas angehen.«

»Ich kann gut verstehen, dass du jetzt verängstigt bist.«

»Verängstigt?« Ihr resigniertes Lachen klang schwach. »Ich laufe mit einem Alarmknopf um den Hals herum. Ich werde ständig bedroht, seit ich eine bekannte Anwältin bin. Jedes Mal, wenn mein Gesicht in der Zeitung oder im Fernsehen auftaucht, strecken dieselben Trolle die Köpfe aus den Löchern. Ich soll vergewaltigt und geköpft werden. Ich bin nicht verängstigt, ich bin stinksauer und hab die Schnauze voll!«

Während sie sprachen, ging Harinder zum höchsten

Punkt auf dem Hügel. Durch eine Schneise im Wald konnte er große Teile Stadens unter sich ausgebreitet sehen.

»Hast du irgendeine Ahnung, wer dafür verantwortlich ist?«, fragte Christina.

»Jemand, dem nicht gefällt, was wir hier tun. Vermutlich gibt's da eine lange Liste«, erwiderte Harinder. »Selbst wenn ich einen konkreten Verdacht hätte, bliebe die Frage, ob ich dir davon erzählen könnte, ohne dass deine Freunde in den Medien davon erfahren würden.«

»Wir haben diese Schlagzeilen in der *VG* gestern gebraucht«, sagte sie. »Das Interesse meiner Mandantin hat stets Vorrang, und wir kämpfen so lange einen prekären Kampf an allen Fronten, bis ihr sie als Verdächtige im Fall Waaler ausklammert. Wir mussten die Berichterstattung wieder auf die richtige Spur lenken.«

Christinas entschiedener Tonfall verdeutlichte, dass er aus dieser Richtung zunächst keine Entschuldigung erwarten konnte.

»Prekärer Kampf?«, fragte er.

»Ich will nicht darüber reden. Das ist mein Problem, nicht deins.«

Harinder blieb am Aussichtspunkt stehen und dachte über die Frage nach, die sie ihm gestellt hatte. Sein Blick richtete sich auf die graue Villa, die ganz allein am Ende der Parkallé lag. Die germanische Festung der Familie Davidsen.

Es war absolut vorstellbar, dass Georg Davidsen hinter der Überwachung steckte. Er war gern über alles informiert und lehnte die Strømnes-Untersuchung ab. Der alternde Industriemagnat kämpfte um seinen Nachruf. Er wollte als Elvestads rettender Engel in die Erinnerung eingehen, und das Lillevann-Technologiezentrum war eine der Maßnahmen, die er in Gang gesetzt hatte, um die Wirtschaft in der Gemeinde wieder ins Lot zu bringen.

Aber war es sein Stil? Georg hatte doch noch nie jemanden überwachen lassen müssen, um an die Informationen zu gelangen, die er haben wollte. Für gewöhnlich reichte ein Telefonat mit jemandem, der ihm Geld oder einen Gefallen schuldete. In dieser Stadt gab es davon mehr als genug.

Einer von ihnen war bestimmt Morten Strømnes, ein Mann, der selbst über bedeutende Ressourcen verfügte. Konnte er dahinterstecken? Auch er hatte verschiedene Interessen zu wahren, sowohl persönliche als auch finanzielle und politische. Eine gefährliche Kombination, die nicht unterschätzt werden durfte.

Und dann gab es noch Niels Lund, Helenes Ex-Liebhaber, der die Aufmerksamkeit rund um die Strømnes-Morde auch nicht mit Begeisterung aufnahm. Angesichts seines Backgrounds ließ sich nicht ausschließen, dass er Leute kannte, die die Hackerangriffe für ihn durchgeführt hatten.

Harinder musste wieder an die SMS denken, die Inger-Lise Lund während ihres Gesprächs mit ihm erhalten hatte.

Er begriff, dass derjenige, der die Nachricht geschickt hatte, über seinen Besuch in der Immobilienfirma informiert gewesen war. Jemand, der sich Zugang zu seinen privaten Daten verschafft hatte und genau verfolgen konnte, wo er sich bewegte. Jemand, der seine E-Mails und Messages gehackt hatte und der daher wusste, dass es Harinder an der Rechtsgrundlage mangelte, die nötig war, um Niels Lund zu verfolgen.

Inger-Lise hatte nicht einmal mit der Wimper gezuckt. Sie kannte den Absender.

KAPITEL 45

Sie hatten sie am Abend zuvor abgeholt. Zwei uniformierte Polizisten, die sie in Untersuchungshaft nahmen.

Das Traurige war, dass sich die Zelle wie ein Zuhause anfühlte. Die dünne Matratze auf der harten Pritsche. Die kalten Wände mit den Ritzen im Anstrich. Die solide Stahltür mit einem Guckloch und einer Luke, die nur von außen geöffnet werden konnte.

Helene war überzeugt gewesen, dass sie unter solchen Verhältnissen nie wieder zur Ruhe kommen könnte, aber der Schlaf hatte sie erstaunlich schnell überwältigt. Anscheinend hatte sich ihr Körper noch nicht richtig an das Leben außerhalb der Mauern gewöhnen können.

Sie setzte sich auf, als sie hörte, wie ein Schlüssel in das große Schloss geschoben wurde. Ein Polizeibeamter stellte sich in die Türöffnung und musterte sie mit kaltem, distanziertem Blick, der das Gefühl von Heimkehr nur zementierte. Im Gefängnis war man niemand. Man war ein Insasse, und für mehr Persönlichkeit und Identität war in den Augen der Wärter kein Platz.

»Ihre Anwältin ist da«, sagte der Beamte. »Sie können gehen.«

Helene war unsicher, ob sie richtig gehört hatte. Sie war

davon ausgegangen, das Wochenende in Untersuchungshaft verbringen zu müssen.

Christina wartete draußen vor dem kleinen Zellentrakt. Sie sah erschöpft aus. Um ihre Augen hatten sich dunkle Ringe gebildet, als ob sie mindestens vierundzwanzig Stunden nicht geschlafen hätte.

Sie sprach nicht mit Helene auf dem Weg aus der Polizeistation. Nicht bevor sie sich in Christinas Audi befanden. Glücklicherweise waren sie keinen Presseleuten begegnet.

»Ich hatte ein langes Gespräch mit Georg Davidsen, und du solltest eigentlich vor Dankbarkeit auf die Knie gehen und den Boden küssen, weil er seine Anzeige zurückgezogen hat«, sagte Christina.

»Wie hast du das hinbekommen?«, fragte Helene.

»Der Mann hat Angst vor einem Skandal, und genau damit habe ich ihm gedroht. Aber was hast du dir dabei gedacht? Bist du dir darüber im Klaren, wie viel Schaden du angerichtet hast?«

Helene wurde rot. Sie war es nicht mehr gewohnt, auf diese Weise ausgeschimpft zu werden.

»Ich wollte bloß ein paar Antworten«, sagte sie.

»Nun, ich hoffe, du hast sie bekommen, und dass es das wert war. Denn die Sache ist noch lange nicht vorbei«, sagte Christina. »Wir sind am nächsten Montag zu einer Anhörung geladen. Die Anklagebehörde will dich zurück ins Gefängnis schicken, weil du die Bedingungen für die vorzeitige Entlassung nicht eingehalten hast. Und das war, noch bevor du unerlaubt Davidsens Grundstück betreten hast. Verstehst du, was das heißt?«

Helene nickte.

»Verstehst du es wirklich? Denn es bedeutet, dass ich an zwei Fronten gleichzeitig kämpfen muss. Ich muss versuchen, dich vor dem Gefängnis zu bewahren, und mich gleichzeitig um die Wiederaufnahme des Verfahrens bemühen.«

Helene spürte, dass sie das Gesicht verzog. Sie biss die Zähne zusammen, um nicht die Kontrolle über ihre Gefühle zu verlieren. Die Geduld ihrer Anwältin war arg strapaziert.

Christina opferte der ganzen Angelegenheit viel Zeit und Geld. Sie war Mitinhaberin der Kanzlei, und entsprechend hoch war ihr Stundenlohn. Aber Helene hatte kein Geld. Sie hatte auch keine Unterstützergruppe auf Facebook, die in ihrem Namen Geld sammelte. Ihre Aufwendungen für den Rechtsbeistand wurden vom Staat getragen, doch das galt nicht für die Bemühungen um die Wiederaufnahme des Verfahrens. Hier lief das Taxameter auf ihre eigene Rechnung, was gut gehen würde, sofern sie den Fall gewännen. Immerhin würde Christina dann die Verfahrenskosten erstattet bekommen.

Doch wenn sie verloren, bekäme sie nichts.

»Tut mir leid«, sagte Helene. »Ich werde mich von Davidsen fernhalten. Ich war nur so wütend. Ich wollte, dass er mir ins Gesicht sieht und versteht, dass er sich nicht länger vor dem verstecken kann, was er getan hat. Aber du hast recht, das Verfahren ist das Wichtigste. Das weiß ich ja.«

Christina nickte zustimmend.

»Gut«, sagte sie und lächelte. »Und wenn du noch etwas mit Davidsen zu klären hast, kann ich dich dabei unterstützen, wenn die Zeit dafür reif ist.«

»Meinst du, unsere Chancen stehen wirklich so schlecht?« Helene musste einfach fragen.

»Ich will ganz offen sein, die Aussichten sind nicht sehr rosig. Momentan haben wir eine fünfzigprozentige Chance, dich aus dem Gefängnis rauszuhalten, und eine nullprozentige Chance, unseren Fall bei der Wiederaufnahmekommission durchzubekommen.«

KAPITEL 46

Es war an der Zeit weiterzukommen. Madsen blieb nicht gern länger als zwei Tage am selben Ort, besonders dann nicht, wenn er einen Auftrag ausführte. Idealerweise hätte er schon wieder in Kopenhagen sein sollen. Schnell hin und schnell wieder zurück, das hatte er sich selbst gelobt. Aber die Arbeit war noch nicht getan. Nicht bevor er grünes Licht erhielt, wieder nach Hause zu fahren oder das Problem so zu lösen, wie er es für richtig hielt.

Falls er in den nächsten vierundzwanzig Stunden nichts hörte, würde er das Schweigen als Zustimmung deuten.

Er kam zum Elvestad Motor Hotel, einem unbekannten Ort für ihn. Es war preiswert, ungezwungen und befand sich in passender Entfernung von Elvestad. Er hätte schon früher dort eingecheckt, wenn Helene Waaler nicht zufällig dort gearbeitet hätte. Aber das war kein Problem mehr.

Für ein, zwei Tage sollte es schon gehen.

Der Parkplatz zwischen dem Motel und der Kneipe war voller LKWs und Motorräder. Ein Mann in Jeans, mit Westernkrawatte und Cowboyhut lud Gitarren und Tonausrüstung aus einem Kombi. Die Abendunterhaltung in der Kneipe, nahm er an. Sofort wusste er, wohin er an diesem

Abend nicht gehen würde. Cowboymusik verursachte ihm Ausschlag.

Er ging zur Rezeption und präsentierte die Quittung von dem Buchungsportal, das er verwendet hatte. Der kräftige Mann hinter dem Tresen lächelte freundlich und verzichtete auf ein Ausweisdokument. Er wollte nur die Kreditkarte sehen, die ohnehin nicht zu ihm zurückverfolgt werden konnte.

Madsen bekam den Schlüssel für Zimmer Nummer 7 und ging zurück zum Wagen, um die Tasche und den Gewehrkasten zu holen. Man ließ eine Waffe schließlich nicht über Nacht in einem Wagen liegen. Jedenfalls kein Gewehr von Heckler & Koch.

Etwas im Hintergrund erregte seine Aufmerksamkeit. Es war der Cowboy mit dem Kombi. Er kam wieder aus der Kneipe, vermutlich um noch mehr Material zu holen. Allerdings blieb er jetzt an der Tür stehen und glotzte unverwandt in Madsens Richtung.

»Hey, Sundance Kid, was ist dein Problem?«, fragte Madsen, ehe ihm klar wurde, dass er es war, der jetzt ein Problem hatte. Der Cowboyhut hatte ihn anfangs abgelenkt. Jetzt konnte er sehen, wer der Mann tatsächlich war.

KAPITEL 47

Aus sicherer Entfernung, über Google Maps, betrachtete Harinder das Haus von Inger-Lise Lund.

Es war ein rotes, zweistöckiges Haus mit großzügigem Garten, das nahe dem Zentrum von Stange lag. Ungeachtet dessen wirkte es ländlich.

Harinder wollte Niels Lund aufspüren und gleichzeitig mehr über seine Schwester herausfinden. Nachdem er die Landkarte eine Weile studiert hatte, wurde ihm klar, dass er beides vielleicht auf einmal tun könnte.

Niels lebte unter einer anonymen Adresse, die nicht einmal sein Arbeitgeber kannte, die aber auch nicht so weit entfernt liegen konnte, als dass er von dort aus nicht problemlos das Busdepot in Åkersvika oder die Busstation in Hamar erreichte.

Inger-Lises Haus schien über viel Platz zu verfügen.

Gemäß der Mieterin in der Helgesens gate war Inger-Lise auch als Maklerin aufgetreten, als Niels seine Wohnung vermietet hatte. Das ergab Sinn. Wozu einen Außenstehenden beauftragen, wenn man eine Immobilienmaklerin in der Familie hatte?

Mit einem Wollpullover bekleidet kam Savi zitternd die Treppe herunter. Um diese Jahreszeit zog es schnell in den

Räumen im Obergeschoss, allerdings fragte er sich, ob sie nicht übertrieb mit ihrem stillen Protest dagegen, dass sie nicht im Hotel geblieben waren. Harinder aber sah keinen Grund dafür, da das Haus jetzt besser gesichert war. Hier hatte er die ganzen Fallunterlagen. Und Rachel war wahrscheinlich auch froh, das Hotelzimmer wieder für sich allein zu haben.

»Du bist ja früh auf«, meinte er. Acht Uhr an einem Samstagmorgen war wirklich früh für Savi.

Sie schlüpfte in die Küche und schaltete den Wasserkocher ein. Sie trank Tee, keinen Kaffee.

»Ich habe mit Mama gesprochen«, sagte sie. »Morgen wird die Geburt eingeleitet. Die Ärzte befürchten Komplikationen und meinen, so ist es am besten. Ich sollte also am Wochenende mal ins Krankenhaus fahren.«

»Aber natürlich. Ich fahre dich. Und mit Mama und dem Baby wird schon alles gutgehen. Die Ärzte wissen, was sie tun.«

Harinder dachte an all die Sorgen, mit denen Savi sich auseinandersetzen musste und die teilweise durch ihn verursacht worden waren. Dabei sollte sie sich doch eigentlich nur darum kümmern, gut durch das Schuljahr zu kommen.

»Ich treffe mich nachher in der Kaffeebar mit einer Studentin«, sagte Savi und nahm dabei einen Joghurt aus dem Kühlschrank. »Sie arbeitet an ihrer Masterarbeit in Betriebswirtschaftslehre, ich habe sie gestern in der Bibliothek kennengelernt. Sie war nett und hat mir ein paar Tipps gegeben.«

»Schön«, sagte Harinder.

Savi hatte die Absicht, ab dem nächsten Herbst Wirtschaftswissenschaften und Betriebswirtschaftslehre zu studieren, was hoffentlich auch bedeutete, dass sie sich den Gedanken, Polizistin zu werden, aus dem Kopf geschlagen hatte. Harinder war außerdem froh, dass sie nicht allein im Haus sein würde, während er seinen Untersuchungen nachging.

Eine Stunde später kutschierte er Savi in die Stadt und fuhr dann weiter nach Stange.

Ungefähr auf halber Strecke nach Elverum kam er an einem Parkplatz vorbei, auf dem zwei Streifenwagen standen. Die Beamten hatten den Platz mit Absperrband markiert. Dahinter stand ein anthrazitfarbener Volvo Kombi.

Harinder kannte einen der Beamten aus der Polizeistation Elvestad. Er bremste ab und ließ die Seitenscheibe herunter.

»Was ist passiert?«, fragte er.

»Vermisste Person«, sagte der Beamte. »Dreifacher Vater aus Elverum. Hatte gestern Abend einen Auftritt in einer Kneipe, ist aber nicht nach Hause gekommen. Der Wagen wurde heute Morgen hier entdeckt. Eines der Hinterräder hat einen Platten. Vielleicht ist er losgezogen, um Hilfe zu holen oder so etwas. Wir wissen es nicht und warten jetzt auf die Suchmannschaft.«

Harinder hätte fragen können, ob vielleicht irgendeine kriminelle Handlung dahintersteckte, doch die Abwesenheit der Kriminaltechnik war Antwort genug. Vermisstenfälle wie dieser klärten sich in der Regel innerhalb von vierundzwanzig Stunden.

Er nickte und fuhr weiter.

KAPITEL 48

Rachel betrachtete die Tafel, auf der in einer Ecke zwei separate Namen standen. Zwei Namen, zwei Verdächtige.

In einer Mordermittlung waren die Ermittler nur selten mit richtig guten Kandidaten gesegnet. Diese beiden hatten immerhin die erste Qualifizierungsrunde überstanden.

Helene Waaler und Morten Strømnes. Die berüchtigte Mörderin und der respektierte Lokalpolitiker. Sie hatte eindeutig das stärkere Motiv, wohingegen er zahlreiche Gelegenheiten gehabt hatte.

Beiden fehlte ein Alibi.

»Ene, mene, miste …«, murmelte Rachel.

»Du kennst ja meine Meinung«, sagte Arvid Arntsen, ohne von dem Bericht aufzusehen, der vor ihm auf dem Tisch lag. Eine aktuelle Übersicht von der Kriminaltechnik über alle Fingerabdrücke, die sie im Haus von Stig Waaler gefunden hatten, sowohl identifizierte als auch unbekannte. Von den beiden Verdächtigen stand niemand auf dieser Liste.

»Ja, die kenne ich«, sagte Rachel. »Aber wieso? Was deutet denn konkret auf Helene, abgesehen davon, dass dir diese Variante am besten gefällt?«

»Mir und allen anderen, meinst du wohl.« Arvid hob den Blick. »Sie hat diesen Typen gehasst, nur Tage vor dem Mord sind sie in der Öffentlichkeit aneinandergeraten, und sie ist verrückt. Ich finde, dass es ein Fehler war, sie aus dem Knast zu lassen, wenn man bedenkt, wie gefährlich sie ist. Bei Strømnes musst du ein Motiv rund um diese nervigen Anrufe und das Gebettel um Geld konstruieren. Bei Waaler geht es nur darum, wer sie ist. Skorpione stechen, Mörder morden.«

»Also so einfach?«

»Oft ist es so.«

»Aber selbst wenn du recht hast, müssen wir es immer noch beweisen. Und momentan können wir das nicht. Wir können sie nicht mit dem Tatort in Verbindung bringen. Im Gegensatz zu Morten Strømnes.«

»Ich weiß«, seufzte Arvid. »Was anderes als die Stiefelabdrücke hat sie uns nicht hinterlassen, und die sind sowieso wertlos, sofern wir die Stiefel nicht finden.«

»Sehr witzig«, kommentierte Rachel.

»Sie ist schlau. Die meisten dieser armen Teufel, die jemanden töten, wissen gar nicht, was sie da treiben. Sogar diejenigen, die etwas besser verdrahtet sind und hinter sich aufräumen, wissen nicht, wie und wonach wir suchen und welche Geräte uns zur Verfügung stehen. Sie allerdings weiß das schon. Wie? Aufgrund all dessen, was sie beim letzten Mal überführt hat.«

Rachel gefiel die Diskussion. Arvid war engagiert, er gab tatsächlich vernünftige Argumente von sich und nicht bloß voreingenommene Meinungen.

»Strømnes hat sich ja schnell hinter seinem Anwalt versteckt«, sagte sie. »Ich glaube nicht, dass er die ganze Wahrheit über sein Verhältnis zu Stig Waaler erzählt hat. Mir sind schon bessere Lügner begegnet. Helene war viel direkter. Und sie ist glaubwürdig.«

»Vermutlich, weil sie zu den besseren Lügnern gehört.«

Arvid prüfte, ob noch etwas in seiner Coladose war. Das war nicht der Fall. Er stand auf, um sich eine neue zu holen. Rachel stoppte ihn, noch ehe er die Türschwelle erreicht hatte. Gerade war eine neue Mail eingegangen. Ein Bericht aus der IT-Forensik in Bryn, wo sie Stig Waalers PC und seine Finanzen genau überprüft hatten.

»Das könnte vielleicht interessant sein«, sagte sie und winkte den Kollegen zu sich.

Arvid kam zurück an den Tisch.

»Die Fahnder sind Dateien, E-Mails, Weblogs und Bankgeschäfte durchgegangen. Daraus geht deutlich hervor, dass Stig Waaler in seiner Werkstatt nicht nur Autos repariert hat«, sagte Rachel.

Es war ein Wunder, dass ihm nicht das Finanzamt oder die Abteilung für Wirtschaftskriminalität im Nacken gesessen hatte. Er hatte sich eines simplen Systems bedient, bei dem er eingehende und ausgehende Rechnungen manipulierte, um die Betriebsausgaben künstlich aufzublasen und zahlreiche Bareinzahlungen zu vertuschen. Seine Finanzen waren derart faul, dass sogar gegen den Steuerberater ermittelt werden konnte, der diese kreative Buchführung abgezeichnet hatte.

»Wir haben es hier sowohl mit Steuerhinterziehung als auch mit Geldwäsche zu tun«, merkte Rachel an.

Sie blätterte weiter durch den Bericht und suchte nach Informationen über Morten Strømnes.

»Da ist er ja«, sagte sie schließlich. »Die haben Waalers Banktransaktionen der letzten fünf Jahre durchforstet, und Strømnes hat in unregelmäßigen Abständen verschiedene Summen an Waaler überwiesen.«

»Die privaten Kleinkredite, von denen er gesprochen hat«, sagte Arvid.

»Das sind weder Kleinbeträge noch Kredite. Alles in allem reden wir hier von etwas über zweihunderttausend Kronen, und das nur in den letzten fünf Jahren – da kann also noch mehr sein. Und nicht ein Öre ging in die umgekehrte Richtung. Hier sind auch Kopien verschiedener E-Mails angehängt. Von Waalers Seite war das pure Erpressung.«

Sie zeigte ihm eine der E-Mails:

Wir haben doch schon darüber gesprochen, Kumpel. Vergiss nicht, was ich in der Schublade liegen habe. Du schuldest mir so lange etwas, bis ich dir sage, dass du es nicht mehr tust.

Rachel sah Arvid an. Morten Strømnes ging in dem Wettkampf um die Täterschaft eindeutig in Führung. Auch was das Motiv anging.

KAPITEL 49

Als Harinder an der niedrigen Umzäunung des Grundstücks vorbeifuhr, sah er, wie sich vor dem Haus etwas bewegte.

Ein Mann mit einem Schraubenschlüssel in der Hand kniete hinter einer Triumph. Aus der Entfernung war schwer zu sehen, um wen es sich handelte.

Harinder stellte den Wagen ab und lief den kurzen Weg zu dem roten Haus hinauf. Der Mann hinter dem Motorrad starrte ihn mit einem Blick an, der bestenfalls als reserviert gelten konnte, während er sich mit einem Lappen die schmutzigen Hände abrieb. Ein American Staffordshire Terrier knurrte und versuchte, sich von dem Baum loszureißen, an den er gebunden war.

»Niels Lund?«, fragte Harinder.

Anhand der alten Fotos, die Harinder gesehen hatte, war er nicht wiederzuerkennen. Die langen blonden Haare waren verschwunden. Der üppige Bart war einer dünneren, grauen Variante gewichen. Der ehemals schlanke Gitarrist hatte reichlich zugelegt. Seine Arme waren übersät von Tätowierungen.

Harinder zeigte seinen Dienstausweis, während der Mann ihn weiter anglotzte.

»An Sie ist ja wirklich nicht leicht heranzukommen. Ich

frage mich, ob Sie wohl etwas Zeit haben, um mir ein paar Fragen zu beantworten?«

Lund spuckte auf den Boden.

»Fahren Sie meinetwegen zur Hölle«, entgegnete er. »Ich habe Ihnen nichts zu sagen. Ich weiß, dass Sie bei Inger-Lise waren, aber die Rüpel-Nummer zieht bei mir nicht. Wenn Sie nicht sofort verschwinden, lasse ich den Hund los.«

Er deutete auf die Birke, an die der Hund angebunden war.

»Haben Sie einen Anwalt, Lund?«, fragte Harinder.

»Nein. Wozu sollte ich?«

»Die Bedrohung von öffentlich Bediensteten ist strafbar«, sagte Harinder. »Genauso verhält es sich mit Lügen, wenn Sie unter Eid stehen.«

»Jetzt sagen Sie bloß nicht, Sie sind dieser Hündin auf den Leim gegangen«, sagte Lund. »Dann kennen Sie sie nicht so gut wie ich. Sie hat sich in all den Jahren nicht verändert. Sie hat ein paarmal bei mir im Bus gesessen, kann mir aber nicht mal in die Augen sehen. Helene hat sich immer nur für Leute interessiert, die ihr nützlich sein konnten. In dem Augenblick, in dem sich jemand als unnütz herausstellte, existierte er nicht mehr. Ich habe das im Laufe eines einzigen Abends am eigenen Leib erfahren.«

»Sind Sie in all den Jahren wütend auf sie gewesen?«

»Glauben Sie es oder nicht, aber ich habe kaum an sie gedacht, bevor sie entlassen wurde und wieder anfing, meinen Namen durch den Dreck zu ziehen. Meinen und auch den von anderen, die sich nicht mehr verteidigen können.«

Harinder kaufte ihm die Antwort nicht ab. Und dachte daran, was Christina ihm über die anonymen Briefe erzählt hatte, die in Helenes Briefkasten gelandet waren. Die trieften nur so vor Hass und Wut.

»Sie waren es, der die Drohbriefe in ihren Briefkasten gelegt hat«, sagte er. »Sie kommen jeden Tag durch Elvestad und müssen sogar diese Frau transportieren, die so viel Mist über Sie verbreitet hat. Die Sie einen Lügner und Schlimmeres genannt hat.«

Lund bestritt nichts davon.

»Es gibt Grenzen dafür, wie viel von diesem Dreck ich zu ertragen bereit bin«, sagte er. »Sie kann sich nicht einfach jeden Scheiß herausnehmen, ohne dass das Konsequenzen hat.«

»Sie hat achtzehn Jahre im Gefängnis verbracht. Ich glaube nicht, dass Sie sie über Konsequenzen belehren sollten.«

»Ist das vielleicht *mein* verdammter Fehler? Glauben Sie, dass sie die Einzige war, die unter dieser Geschichte gelitten hat? Wir anderen waren stets unter Verdacht. Die Gerüchte haben noch lange danach kursiert, sogar heute noch. Dass wir dabei mitgemacht hätten, als ihre Helfershelfer oder so ähnlich. Weil wir Metal-Rocker waren, fingen die Leute an, über Satanismus und Okkultismus zu faseln. Wie bei Varg Vikernes und seinen angezündeten Kirchen. Ich weiß nicht, wie oft ihr Scheißbullen uns in die Mangel genommen habt. Jedes Wort wurde uns im Munde umgedreht, als ob ihr uns überhaupt nie etwas geglaubt hättet.«

»Interessant«, meinte Harinder. »Menschen, die irrigerweise das Gefühl haben, dass ihnen nicht geglaubt wird, tun das in der Regel, weil sie wissen, dass sie nicht die Wahrheit sagen.«

»Haben Sie mich gerade einen Lügner genannt?«

»Helene hat Sie einen Lügner genannt, und ich glaube, dass sie recht hat«, entgegnete Harinder. »Ich glaube, dass Sie und Lasse ohne Helene weiter zum Hof gefahren sind. Sie waren wütend und pleite, und Sie wollten die Pillen zurückhaben, die Jonas Strømnes beschlagnahmt hatte. Einfache Angelegenheit, nicht wahr? Was ist passiert, als Sie dort angekommen sind, Niels? Gab es da eine Konfrontation?«

Doch Niels Lund hatte keine Lust mehr, weitere Fragen zu beantworten. Er griff nach dem Werkzeugkasten hinter dem Motorrad und warf ihn in Richtung seines Gegenübers.

Harinder konnte leicht ausweichen, allerdings protestierte sein neues Kniegelenk. Der Hund knurrte noch lauter und riss wie wild an der Leine. Niels Lund war kurz davor, das Motorrad zu besteigen.

Harinder stürzte nach vorn und versuchte, Niels' Arm zu packen, aber der ehemalige Rocker war ihm um zehn Zentimeter und mindestens dreißig Kilo überlegen. Als er zu einem Schlag ausholte, war es, als würde Harinder von einem Baumstamm getroffen. Gleich darauf ließ Lund einen Kopfstoß folgen. Nur gute Reflexe waren dafür verantwortlich, dass die breite Stirn des Hünen nicht mit Harinders Nasenbein kollidierte. Das wäre nämlich gebrochen wie ein Zweig.

Aber er wurde seitlich am Kopf getroffen und spürte den Aufprall. Er schwankte und musste das Gewicht auf das gesunde Knie verlagern. Mehr Zeit brauchte Lund nicht, um das Motorrad zu starten. Er schoss davon, ohne dass Harinder etwas dagegen tun konnte.

KAPITEL 50

Zusammen mit Arvid Arntsen und zwei Kriminaltechnikern erschien Rachel vor dem Haus von Morten Strømnes. Sie hatte einen Durchsuchungsbefehl in der Tasche. Der Polizeijurist hatte den Ausflug zu seiner Ferienhütte abgebrochen, um die Vollmacht kurzfristig auszustellen, als Rachel erläuterte, dass die Durchsuchung nicht bis Montag warten könne. Es bestand Verdunklungsgefahr.

»Ich rufe meinen Anwalt an«, sagte Morten Strømnes, der neben seiner Frau Jeanette an der Tür stand. Ihr Blick flackerte unruhig zwischen den Beamten hin und her.

»Unbedingt, aber Sie können uns nicht daran hindern, die Durchsuchung durchzuführen, während Sie auf ihn warten«, sagte Rachel. »Falls Sie versuchen sollten, uns zu hindern, werden Sie festgenommen.«

Strømnes verstand den Wink und trat aus der Türöffnung.

»Jansen soll sofort herkommen«, sagte Jeanette Strømnes. »So etwas ist doch wohl nicht erlaubt. Uns hier wie irgendwelche Ganoven zu behandeln ...«

»Es wäre hilfreich, wenn Sie etwas über die Zahlungen sagen könnten, die Sie an Stig Waaler geleistet haben«, sagte Rachel. »Wir wissen, dass er Sie erpresst hat. Das bedeutet, dass Sie Opfer eines Verbrechens geworden sind. Warum nicht die Fakten auf den Tisch legen?«

Rachel hatte versucht, ihm eine helfende Hand anzubieten. Und als er ihren Blick erwiderte, schien er geneigt, die Hand zu ergreifen. Aber dann schüttelte er den Kopf. Als ob er alle Möglichkeiten erwog, ohne dabei eine zu finden, die ihm gänzlich zusagte.

Rechtsanwalt Jansen wäre zufrieden, dachte Rachel. Es war der übliche Kampf: Ermittler sahen es gern, wenn Verdächtige so viel wie möglich redeten. Strafverteidiger zogen es vor, wenn ihre Mandanten den Mund hielten.

Rachel und die anderen drei verteilten sich auf das Haus und den Außenbereich. Sie ermahnte die Kollegen, ganz unvoreingenommen vorzugehen. Es ging darum, zu erkennen, was tatsächlich gefunden werden konnte, und nicht um das, was sie zu finden erwarteten.

Rachel begann im Schlafzimmer. Sie schoss ein paar Fotos, um den Zustand des Zimmers zu dokumentieren, ehe sie sich dem Inventar zuwandte. Das weiße Doppelbett füllte den halben Raum aus und war ordentlich gemacht, mit einer Tagesdecke über dem Bettzeug. Auf beiden Seiten gab es einen Kleiderschrank mit verspiegelten Schiebetüren. Vorhänge mit Blumenmuster hingen symmetrisch vor dem Fenster. Die Bewohner waren anscheinend ordnungsliebend, dachte Rachel.

Eine ordentliche Hausdurchsuchung bot immer die Chance, etwas zu finden, das verwendet werden konnte. Nicht unbedingt Beweise, aber vielleicht etwas, das die Hausbesitzer andere Menschen nur ungern wissen lassen wollten. Drogen, geschmuggelter Alkohol, exotische Pornographie an der Grenze zum Unerlaubten. Oder darüber hinaus. Nichts löste die Zunge eines Zeugen so gut wie der Fund von illegalen Objekten.

In dem einen Schrank hingen Anzüge und Hemden in einer Reihe, in den Schrankfächern lagen ordentlich gefaltete Kleidungsstücke übereinander. Rachel überprüfte die Fächer und suchte nach Verstecken.

Dann trat sie zu dem anderen Schrank, der überwiegend von Jeanette benutzt zu werden schien. Viele Schuhe, wie Rachel auffiel. Nicht ganz so viele, wie Imelda Marcos hatte, aber kein schlechter Versuch. Im hinteren Teil des Schranks sah sie drei übereinandergestapelte Schuhkartons. Bevor sie den obersten öffnete, schoss sie ein paar Fotos mit der Handykamera.

Der Karton war voller Bargeld. Rachel nahm sich die beiden anderen vor. Auch diese waren bis zum Rand mit Geldscheinen gefüllt.

In einem Land wie Norwegen, wo große Teile des Geldflusses durch elektronische Kanäle strömten, waren so große Geldsummen in bar schon verdächtig an sich. Aller Wahrscheinlichkeit nach handelte es sich um Schwarzgeld.

Die Geräusche im Flur verrieten Rachel, dass Rechtsanwalt Jansen eingetroffen war. Sie rief nach ihm und Morten Strømnes. Deutete auf die drei geöffneten Kartons und sah deutlich, dass Mortens Gesichtsfarbe ein paar Nuancen röter wurde.

Voller Neugier erschien auch Arvid Arntsen an der Schlafzimmertür.

»Es ist keineswegs illegal, Bargeld aufzubewahren«, erklärte Jansen.

»Natürlich nicht. Sofern Ihr Mandant die Herkunft nachweisen kann. Können Sie das, Herr Strømnes?«

Betont engagiert machte Rachel Fotos von den Geldvorräten, während Strømnes eine Erklärung hervorzubringen versuchte. »Ich habe Quittungen«, sagte er schließlich.

»Womöglich von der Trabrennbahn?«

»Ich muss doch wirklich sehr bitten«, empörte Jansen sich.

Rachel schenkte ihm keine Beachtung.

Einer der Kriminaltechniker stand vor der Schlafzimmertür und winkte Rachel zu sich. Er wollte, dass sie mit ihm kam.

Sie durchquerten das Haus und traten in den gepflegten Garten. Der Techniker führte sie zu einem Ölfass im hinteren Teil des Gartens, das zur Verbrennung von Gartenabfällen benutzt wurde. Er zeigte hinein und leuchtete mit einer Taschenlampe, damit sie besser sehen konnte. Dann fischte er ein paar dünne Fetzen heraus, die die Flammen überlebt hatten. Sie bestanden aus grünem Gummi, das an grauem Stoff klebte.

Rachel und der Techniker sahen einander an und ließen dann den Blick durch den Garten schweifen. Rachel entdeckte vier große Müllsäcke, die vor einem kleinen Schuppen standen. Abermals sah sie den Techniker an. Wortlos gingen sie zu dem Schuppen hinüber. Rachel machte Fotos, während ihr Kollege den Inhalt der Säcke nacheinander auf den Rasen kippte.

Morten Strømnes kam in den Garten geeilt.

»Was um alles in der Welt tun Sie denn da?«, verlangte er zu wissen.

Rachel und der Techniker stocherten in dem Abfall herum. Blätter, Zweige und Gras, die noch nicht verbrannt worden waren. Rachel vermutete, dass der Gartenabfall als

Tarnung für etwas anders diente. Als sie den dritten Sack leerten, fanden sie es.

Die verbrannten Reste eines grünen Gummistiefels.

KAPITEL 51

Niels Lund war verschwunden. Harinder musste den lokalen Polizeidistrikt verständigen, um nach ihm fahnden zu lassen. Gewalt gegen einen öffentlich Bediensteten reichte als Grund völlig aus. In der Zwischenzeit konnte er nichts anderes tun, als nach Elvestad zurückzufahren und einen Bericht über das Geschehnis zu verfassen.

Es war nicht gerade das Ergebnis, das er sich vorgestellt hatte, dennoch versuchte er, das Gute daran zu sehen. Er hatte nämlich etwas bekommen, und zwar mehr als nur die Schmerzen nach dem Kopfstoß. Für jemanden, der nicht reden wollte, hatte Niels ihm eine Menge Informationen gegeben. Das Interessanteste war die Tatsache, wie er reagiert hatte. Er hatte wie ein schuldiger Mann reagiert und das Gleiche getan, was auch dazu geführt hatte, dass der Verdacht im Jahr 2003 zunächst auf Helene gefallen war.

Er war abgehauen.

Wenn er mit seiner Triumph gefasst werden würde, hätte Harinder nun außerdem etwas, um ihn unter Druck zu setzen. Würde Niels an seiner alten Aussage festhalten?

Die Polizeistation Elvestad war für ein Wochenende ungewöhnlich betriebsam. Harinder fand die Ursache dafür, als er in der Küchenecke auf Rachel stieß.

Sie hatten Morten Strømnes des Mordes an Stig Waaler beschuldigt und festgenommen. Rachel versprach Harinder weitere Details, hatte im Augenblick aber nur Zeit, um ihre Teetasse aufzufüllen.

Harinder telefonierte mit dem Lensmannbüro in Stange, wo ihm die nach Niels Lund eingeleitete Fahndung bestätigt wurde. Der Beamte hatte Inger-Lise Lund gefragt, ob sie wisse, wohin sich ihr Bruder abgesetzt haben könnte, doch Harinder gegenüber kam er nicht umhin, sie als »wenig entgegenkommend« zu bezeichnen.

Er versprach, Bescheid zu geben, sobald er mehr erfuhr.

Als Abteilungsleiter Musæus kurz darauf anrief, rechnete Harinder schon mit noch mehr Zurechtweisungen, doch der Chef wollte nur hören, wie es ihm ging.

»Ich kann mich an Niels Lund erinnern«, sagte die Maus. »Wir haben uns ihn und seinen Kumpel in der Vernehmung damals ordentlich vorgeknöpft, und das hat ihm nicht gefallen.«

»Haben Sie jemals an ihm gezweifelt?«, musste Harinder fragen.

»Ein wenig vielleicht, wegen der Haltung. Aber er ist bei seiner Geschichte geblieben, und Opheim war überaus glaubwürdig. Er ist an jenem Abend nüchtern gewesen. Er hat klar und deutlich geantwortet und sich nicht in irgendwelchen Ausschmückungen ergangen, zu denen Lügner häufig neigen, wenn sie unsicher sind, ob ihre Geschichte gut genug ist.«

»Wohingegen Helene sich quergestellt hat und ständig Wutausbrüche hatte. Ja, ich weiß. Deren Geschichte hat sich schlichtweg besser verkauft. Allerdings wird sie dadurch nicht wahrer.«

»Fangen Sie gar nicht damit an«, warnte Musæus. »Es gab keinen Grund zu glauben, dass sie eine falsche Aussage gemacht haben. Die Beweise haben ihre Behauptungen mehr untermauert als die von Helene Waaler. Ich kann nicht die Verantwortung für etwas übernehmen, was sie im Nachhinein getan haben. Was gerade hier passiert ist, verändert nichts.«

»Ach, nein?«, fragte Harinder. »Denn ich glaube, dass beide lügen, und das verändert alles. Ich glaube, dass Sie eigentlich das Gleiche denken, sonst hätten Sie ja Ihr Samstagsspiel auf dem Golfplatz nicht unterbrochen und mich angerufen.«

»Die Golfsaison ist vorbei«, sagte Musæus. »Selbst wenn sie ein Stück des Weges gehen musste, hätte Helene Waaler immer noch genügend Zeit gehabt, zum Hof zu gelangen. Es kann mehrere Gründe dafür geben, warum die beiden die Wahrheit verdreht haben, falls sie das getan haben sollten. Sehr wahrscheinlich hatten sie Angst davor, selbst verdächtigt zu werden.«

»Sie haben mir einmal gesagt, unsere Arbeit bestünde nicht darin, etwas zu glauben, sondern darin, Fakten zusammenzutragen.«

»Richtig.«

»Das klingt sehr schön, aber Sie wissen, dass das nicht so einfach ist«, sagte Harinder. »Wie viele Entscheidungen werden im Laufe einer Ermittlung nicht aufgrund dessen getroffen, was wir glauben oder wen wir für glaubwürdig halten? Fakten allein sind nicht genug. Wir müssen sie auch interpretieren. Helenes Fingerabdrücke waren auf der Tatwaffe, aber es gab keine Schmauchspuren an ihren Händen. Wie Sie selbst in Ihrem Bericht geschrieben haben, kann es dafür mehrere Ursachen geben. Aber bereits an diesem Punkt interpretieren Sie. Eine der möglichen Interpretationen ist die, dass sie die Waffe nicht in *jener Nacht* abgefeuert hat. Sie gibt offen zu, die Waffe zu einem früheren Zeitpunkt zur Jagd benutzt zu haben.«

»Demnach soll es also Zufall sein, dass genau diese Waffe verwendet wurde?«

»Wie viele Schusswaffen standen in dem Waffenschrank?«

»Drei«, erwiderte Musæus.

»Und wie viele Pumpguns?«

Jetzt zögerte der Chef. »Eine.«

»Eine Schrotflinte und zwei Jagdgewehre«, sagte Harinder. »Der Schütze hat sich die praktischste Waffe ausgesucht. In keiner Weise zufällig.«

Musæus seufzte ergeben. »Ich will das jetzt nicht diskutieren, ich wollte nur wissen, ob mit Ihnen alles in Ordnung ist. Aber nichts, was Sie sagen, lässt mich über die Ereignisse auf dem Strømnes-Hof etwas anderes denken. Wenn Sie von Anfang an dabei gewesen wären, würden Sie mir zustimmen.«

»Da haben Sie vermutlich recht«, musste Harinder einräumen. »Es ist etwas anderes, wenn man mittendrin steht. Der Fall wirkte ja solide. Aber falls Niels und Lasse lügen, bedeutet dies, dass Helene die Wahrheit sagt. Und wenn ihre Aussage teilweise stimmte, was ist dann mit dem Rest? Sobald das blutige T-Shirt ins Spiel kommt, dessen Herkunft niemand erklären kann, merkt man, dass etwas faul ist.«

»Aber nur in Ihrer Vorstellung, Harinder«, sagte Musæus. »Ich tröste mich mit dem Gedanken, dass irgendwer in zehn Jahren in *Ihren* alten Fällen herumgräbt, auf der Suche nach dem kleinsten Fehler. Dann werden Sie verstehen.«

KAPITEL 52

Harinder versuchte, eine der beiden dazu zu überreden, das letzte Pizzastück zu nehmen, aber Rachel schüttelte den Kopf, und Savi hielt sich demonstrativ den Bauch. Der natürlich nicht ein weiteres Gramm Fett vertrug, dachte Harinder. Er fand, seine Tochter war zu dünn geworden.

Es war Samstagnachmittag, sie saßen am Tisch in dem wenig benutzten Esszimmer, das nach Reinigungsmitteln und Steinofenpizza roch. Die Putzhilfe war vorbeigekommen, um die neuen Schlüssel abzuholen, und hatte gleich die Gelegenheit zu einem Großputz genutzt.

Harinder räumte den Tisch ab, während Rachel erläuterte, was weiter im Fall Morten Strømnes passieren sollte. Am Montag würde er vier Wochen Untersuchungshaft antreten müssen. Rachels Aufgabe bestand nur noch darin, den abschließenden Bericht zu schreiben.

»Er hat natürlich alles abgestritten«, sagte sie. »Hat behauptet, er würde seine Gartenabfälle wegen der strengen Regulierung nicht so oft verbrennen, und dass es einfacher sei, sie zum Recyclinghof zu bringen. Jetzt wirft er uns vor, dass wir ihm Beweise untergeschoben haben.«

Harinder dachte, dass es genau das Gleiche war, was

Helene Waaler über die gegen sie verwendeten Beweise gesagt hatte.

»Ich muss gestehen, dass ich ziemlich überrascht bin«, sagte Harinder.

»Ja, du hast geglaubt, dass er es nicht war«, entgegnete Rachel.

»Manchmal irre ich mich. Beweise sind eben Beweise.«

»Stig Waaler hatte seit längerer Zeit Geld von ihm erpresst«, fuhr Rachel fort. »Wir können viele der Transaktionen zurückverfolgen, aber wir wissen nicht, wieso er das gemacht hat. Was hatte er gegen den Mann in der Hand?«

Harinder warf einen Blick auf Savi, die mehr mit ihrem Handy beschäftigt wirkte, als sich für das Gespräch zu interessieren.

»Du meinst, das könnte eine alte Geschichte sein?«

»Sie waren alte Bekannte. Nach der Zeit in der Werkstatt hat sich ihr Leben in verschiedene Richtungen entwickelt, dennoch hatten sie während der ganzen Jahre Kontakt. Und wie es scheint, wäre Strømnes auch gut ohne diesen Kontakt klargekommen.«

Harinder nahm Rachel mit ins Arbeitszimmer, um ihr zu zeigen, woran er gearbeitet hatte. Morten Strømnes nahm einen zentralen Platz an der Tafel ein. Zwischen ihm und den meisten anderen Namen, die Harinder aufgeschrieben hatte, gab es zahlreiche Verbindungslinien. Die letzten Striche, die er hinzugefügt hatte, führten zu den Namen der Geschwister Lund.

»Stig hat Helene gegenüber angedeutet, dass er an ihre Version der Ereignisse glaubte«, sagte er. »Hat er das bloß so dahingesagt, oder hatte er konkrete Informationen über den oder diejenigen, die den Mord begangen haben? Setz das in Verbindung mit der Tatsache, dass die beiden 2003 noch zusammengearbeitet haben und dass er Morten über mehrere Jahre erpresst hat.«

»Und dass er 2005 die Autowerkstatt zu sehr günstigen Bedingungen übernehmen konnte«, ergänzte Rachel.

»Eben. Wir wissen, was Morten an den Morden verdient hat. Er hat den Hof geerbt und konnte bei dem Lillevann-Projekt mitmachen. Und was das Verhältnis zu seinem Bruder anbetrifft, war das ja auch sehr ereignisreich. Von Geldstreitigkeiten bis hin zu Eifersucht. Und das Alibi mit der Ferienhütte in Trysil ist auch nicht so wasserdicht, wie Musæus es gern hätte.«

Harinders Finger bewegte sich zu dem Teil der Tafel, auf dem Georg Davidsens Name stand.

»Er ist ebenfalls interessant, sofern der Bau des Lillevann-Projekts die Ursache für all das war. Es war nämlich sein Projekt, von Anfang bis Ende.« Harinder zeigte auf die Namen von Lasse Opheim und Niels Lund. »Waren die in jener Nacht überhaupt in Strømnes? Und falls ja, was haben sie getan, was haben sie gesehen?«

Vor Gericht hatten Helenes Verteidiger exakt die gleichen Fragen gestellt. Um einen Freispruch für sie zu bewirken, mussten sie zwangsläufig auf andere Täterpersonen verweisen. Sie mussten Anlass zu berechtigtem Zweifel schaffen, also wurden die Geschütze auf die beiden Band-Kollegen gerichtet.

»Verständlich, aber ein taktischer Fehler«, sagte Harinder. »Christina hätte das nicht getan. Sie hätte natürlich ihre Glaubwürdigkeit in Zweifel gezogen, aber sie nicht als alternative Täter präsentiert. Beide wurden gründlich durchleuchtet, und es gab keine technischen Beweise, die sie mit dem Haus verknüpft hätten. Auch das Motiv ist dünn. Zwei Menschen zu töten wegen eines Beutels mit Pillen? Da muss es etwas anderes gegeben haben.«

»Christina hätte auf Morten getippt«, sagte Rachel.

Harinder nickte. »Einfach und offenkundig. Die Verteidigung hätte sich viel stärker auf sein Alibi einschießen sollen. Es hätte gar nicht bewiesen werden müssen, dass er sich aus der Hütte hätte schleichen können, ohne dass die Familie es merkte. Nur darauf hinweisen, dass es möglich gewesen wäre.«

Aber hätte das einen berechtigten Zweifel begründet? Vielleicht, wenn sie sich darauf geeinigt hätten, die Lücken in der Beweiskette gegen Helene besser auszunutzen. Aber diese Lücken waren ihnen gar nicht aufgefallen, weswegen Helene den Prozess nur hatte verlieren können.

»Für mich sieht es so aus, als ob du mehrere Möglichkeiten siehst, wie es passiert sein könnte, aber dir fehlt der Beweis«, sagte Rachel.

»Genau das ist das Problem«, musste Harinder zugeben. »Helenes Fall wird nicht eher wiederaufgenommen, bis handfeste Beweise dafür vorliegen, dass es jemand anderes getan haben muss. Da hilft es auch nicht, noch mehr Lücken zu finden – denn vorläufig sprechen die meisten Beweise noch immer gegen sie. Wusste Stig etwas? Wurde er deswegen umgebracht? Und was weiß Niels, oder meinetwegen auch Inger-Lise? Oder Georg Davidsen – der Mann, der mehr oder weniger alles erfährt, was im Distrikt geschieht. Falls sie etwas wissen, sind sie dennoch nicht bereit zu reden. Es steht ihren Interessen entgegen.«

Schuldig oder nicht, es war eine passende Lösung, dass Helene Waaler für die Morde verurteilt wurde. Ein Ergebnis, mit dem die allermeisten in der kleinen Gemeinschaft gut leben konnten. Und das einen gewissen Sinn ergab und auf geordnete Art und Weise einen endgültigen Schlussstrich unter die Tragödie zog. Als der Hof untergepflügt wurde und das neue Technologiezentrum auf dem alten Grund und Boden entstand, schien es, als ob alle Spuren der Vergangenheit fortgewischt worden waren. Und vielleicht wollten sie es ja auch so haben.

Harinder und Rachel wurden plötzlich von Savi unterbrochen, die in der Türöffnung stand und sich räusperte. Sie hielt ihr Telefon in der Hand.

»Papa, war da nicht so ein Typ namens Even Bakken in diesen Fall verwickelt, an dem du gearbeitet hast?«, fragte sie. »War er nicht auch in dieser Band oder so?«

»Stimmt. Was ist denn mit ihm?«, fragte Harinder.

»Laut den Nachrichten wird er vermisst.«

KAPITEL 53

Sie fuhren mit Rachels Wagen zum Hotel, um dort mit Roy Vestad zu sprechen. Gemäß den Nachrichten hatte Even Bakken am Freitagabend einen Auftritt in der Kneipe gehabt. Dort war er zum letzten Mal gesehen worden.

Harinder begriff, dass es sich um Evens Wagen handelte, an dem er vormittags auf dem Weg nach Stange vorbeigekommen war. Nichts ließ erkennen, dass die Polizei sein plötzliches Verschwinden als verdächtigen Fall behandelte. Auch der Polizeijurist äußerte sich entsprechend gegenüber der Presse: »Es gibt keinen Anlass, einen kriminellen Hintergrund zu vermuten«, sagte er. Es sei durchaus möglich, dass es sich nur um einen Zufall handele. So etwas passiere.

Dennoch war es auffällig, dass Even Bakken ausgerechnet jetzt verschwunden war.

Rachel hielt vor dem Haupteingang. Savi saß auf der Rückbank. Harinder hatte sie um diese Tageszeit nicht allein im Haus zurücklassen wollen. Auch wenn sie kein Kind mehr war, woran sie ihn ständig erinnerte. Aber der Angriff auf ihr Privatleben hatte ihn wachsam werden lassen.

Roy musste sie schon durch das Fenster gesehen haben, denn er kam ihnen entgegen. Harinder fiel auf, wie abgehackt die Bewegungen des alten Boxers geworden waren.

»Ich weiß, warum ihr hier seid«, sagte er. »Die Polizei ist heute schon mehrmals hier gewesen. Aber mehr, als ich bereits erzählt habe, kann ich euch auch nicht verraten.«

»Na ja, du kannst gern noch mal wiederholen, was du denen gesagt hast«, entgegnete Harinder. »Die haben dich doch bestimmt gefragt, ob du Even Bakken letzte Nacht von hier hast wegfahren sehen?«

»Haben sie, und ja, das habe ich. Der Vorteil beim Betrieb eines Motels und einer Kneipe ist der, dass man in aller Herrgottsfrühe aufstehen und sich abends erst spät hinlegen kann. In der Woche schließen wir um Mitternacht, und die Musik muss spätestens um elf Uhr aufhören. Bakken hat seine Gitarren eingepackt, den Rest seines Equipments aber liegen lassen. Er brauchte ja auch nicht alles mitzunehmen, weil er heute Abend eigentlich auch spielen sollte.«

Ein Schild an der Kneipentür informierte darüber, dass die Livemusik für diesen Abend abgesagt sei.

»Ist er dann sofort gefahren?«, fragte Harinder.

»Nein, er hat noch ein Mineralwasser getrunken, ehe er aufbrach. Muss kurz nach halb zwölf gewesen sein.«

»Und du hast ihn abfahren sehen?«

Roy nickte.

»Hast du vielleicht gesehen, ob ihm jemand gefolgt ist? Oder dass er vorher noch mit jemandem geredet hat?«

»Ich weiß nicht, ich habe nur gesehen, dass sein Wagen auf die Hauptstraße fuhr.«

Während Roy und Harinder sich unterhielten, sah Rachel sich auf dem Platz vor der Kneipe um. Sie zeigte auf eine Überwachungskamera direkt über der Eingangstür.

»Deckt die den Parkplatz ab?«, fragte sie.

»Nein, nur den Bereich direkt vor der Tür.«

»Gibt es hier noch weitere Kameras?«

Roy schüttelte den Kopf. »Nur diese hier.«

»Er hat auf halbem Weg nach Elverum auf einem Rastplatz angehalten«, sagte Harinder. »Eines der Hinterräder hatte einen Platten. Er hat nicht angerufen und um Hilfe gebeten?«

»Keine Anrufe«, sagte Roy. »Aber das mit dem Wagen kann schon stimmen. Als er losfuhr, ist mir aufgefallen, dass das Heck irgendwie leicht schräg herunterhing. Er hatte keinen Platten, aber gut möglich, dass da schon weniger Luft auf dem Reifen war.«

Harinder verspürte ein Gefühl zunehmender Unruhe. Vor seinem geistigen Auge sah er Even im Dunkeln und mit einem platten Reifen die Straße entlangfahren. Vielleicht war er erst weitergefahren und hatte gewartet, bis er den Rastplatz erreichte, ehe er anhielt, um das Problem zu lösen. Sehr wahrscheinlich hatte er ein Reserverad im Kofferraum gehabt. Aber der Reifen war nicht gewechselt worden. Und ebenso wenig schien er jemanden verständigt zu haben.

Roy fischte ein Zigarettenpäckchen aus der Tasche. Harinder war kurz davor, eine Kippe von Roy zu schnorren, ehe ihm einfiel, dass Savi im Wagen saß. Roy schien es schwerzufallen, die Zigarette mit seinen zitternden Händen anzustecken.

»Alles in Ordnung?«, fragte Harinder.

»Ja, das ist bloß die Krankheit. Du weißt doch, Parkinson.« Roy schüttelte den Kopf. »Zeit, in Rente zu gehen, vorausgesetzt ich finde jemanden, der hier übernehmen will. Langsam wird es mir zu viel. Von morgens bis abends arbeiten, hinter anderen herräumen, Schlägereien und

Streitigkeiten schlichten und obendrein noch ausgeschimpft zu werden, weil die Leute ihre Handys und Gummistiefel und Schlüssel verlegen. Und das allein nur in den
letzten zwei Wochen. Ich bin zu alt für so was.«

Harinder nickte verständnisvoll.

»Kennst du ihn gut?«, fragte er.

»Wen? Even?« Erneutes Kopfschütteln. »Er hat hier früher ein paarmal gespielt. Ich habe ihn über eine Website
gebucht. Er ist gut. Und außerdem wohnt er nicht weit weg
von hier, da kann er spontan einspringen, wenn jemand aus-
fällt.«

»Aber wusstest du, dass er zu dieser Band gehörte?«

Roy sah ihn fragend an. »Welche Band?«

»Die alte Band von Helene. Death of Utopia.«

Roys verwunderter Gesichtsausdruck verriet, dass er
keine Ahnung von dieser Verbindung hatte.

»Weißt du, was ich glaube?«, fragte Harinder, als er und
Rachel sich wieder in den Wagen setzten.

»Nein, was?«

»Dass Utopia wirklich tot ist.«

KAPITEL 54

Sonntag, 17. Oktober

Harinder fuhr auf die graue Villa am Ende der Allee zu. Er wollte Georg Davidsen ein paar Fragen stellen, und der Fabrikdirektor war damit einverstanden, ihn zu treffen, sofern das Gespräch bei ihm zu Hause und nach dem Kirchgang stattfand.

Ein junger Mann mit Stahlbrille und in Nadelstreifenanzug öffnete die Tür. Harinder konnte sofort sehen, dass es sich bei dem Mann um einen Rechtsanwalt handelte, war aber überrascht, als er sich als Victor Jansen vorstellte. Harinder kannte den Namen.

»Vertreten Sie nicht Morten Strømnes?«, fragte er.

»Nicht mehr«, erwiderte Victor Jansen. »Ich habe ihm einen erfahreneren Strafverteidiger empfohlen.«

»Jetzt arbeiten Sie also für Georg Davidsen?«

»Nein, wir sind verwandt.«

Er bat Harinder ins Haus. Der Eingangsbereich der grauen Villa war so groß wie das Wohnzimmer von Harinders Wohnung in Ila. Mit feinem Stuck an den Decken und Steinfliesen auf dem Boden. Ein weicher roter Teppich führte an der Treppe zum Obergeschoss vorbei. Das Fehlen jeglicher Geräusche, als sie sich durchs Wohnzimmer bewegten, stand in deutlichem Kontrast zu dem alten

Holzhaus auf dem Hügel, in dem es ständig knackte und knarzte.

Davidsen saß vornübergebeugt in einem Sessel und stützte die Hände auf seinem Stock ab. Er stand nicht auf, um Harinder zu begrüßen, sondern nickte ihm nur kurz zu.

»Ich hoffe, es macht nichts, wenn Victor unserem Gespräch beiwohnt?«, sagte er.

Als ob es eine andere Wahl gäbe.

»Kann ich Ihnen etwas zu trinken anbieten?«, fragte Davidsen und deutete gleichzeitig auf das lederne Dreiersofa mitten im Zimmer.

Harinder schüttelte den Kopf. Victor Jansen ließ sich außer Sichtweite von ihm in einer Ecke des Raums nieder.

»Jetzt bin ich wirklich neugierig, womit ich Ihnen helfen kann«, sagte der Direktor mit einem Anflug von Ungeduld in der Stimme.

»Es geht um eine Anschlussfrage im Zusammenhang mit der Ermittlung im Fall Stig Waaler«, sagte Harinder und blätterte demonstrativ in seinem Notizblock. »Er hat Sie am Freitag, dem 8. Oktober, zweimal angerufen, erst im Büro und später auf Ihrem Handy. Über Ihre Sekretärin haben Sie erklären lassen, es sei bei dem Anruf um eine Serviceleistung für einen Wagen gegangen.«

»Das hört sich richtig an«, sagte Davidsen.

»Welchen Wagen?«

Davidsen stutzte. »Wie bitte?«

»Auf Ihren Namen sind drei Fahrzeuge registriert. Ein Jaguar, ein Mercedes und ein elektrischer Volkswagen. An welchem von diesen sollte Stig Waaler den Service ausführen?«

»Ich weiß nicht.« Georg Davidsen machte eine wegwerfende Handbewegung. »Für so was … habe ich meine Leute.«

»Leute? Meinen Sie eigene Mechaniker, die Ihre Fahrzeuge pflegen?«

»Ist das relevant?«, warf Victor Jansen ein.

Harinder ignorierte ihn.

»Weshalb haben Sie Stig Waaler für einen Fahrzeugservice gebraucht, wenn Sie eigene Leute für so etwas haben?«, fragte er. »Und wieso haben Sie überhaupt erwogen, einen Mann anzuheuern, der noch vor wenigen Monaten versucht hat, Ihre Enkelin mit Nacktbildern zu erpressen?«

Davidsen versuchte sein Pokerface zu wahren, scheiterte aber. Sein Blick wanderte unruhig zwischen Harinder und dem jungen Anwalt hin und her.

»Lassen Sie mich Ihnen behilflich sein«, fuhr Harinder fort. »Es ging nicht um einen Wagen. Stig Waaler wollte Geld. Er hat damit gedroht, Helene Waaler zu erzählen, dass Sie ihr leiblicher Vater sind.«

»Ich wüsste gern, was genau Sie damit andeuten wollen, Herr Kommissar«, ertönte die Stimme des Anwalts aus der Ecke.

Georg Davidsen verzog angeekelt das Gesicht. »Dieser Waldschrat wurde mit den Händen in den Taschen anderer geboren«, sagte er. »Und Sie haben recht, ich hätte ihn nicht mal angeheuert, um die Klos zu putzen.«

»Ich glaube, du solltest nicht …«, setzte Jansen an, wurde aber von Davidsen mit einer Handbewegung zum Schweigen gebracht.

»Es geht hier nicht um den Mechaniker, an dem ist Singh überhaupt nicht interessiert.« Er blickte Harinder unverwandt an. »Es sind die Geschehnisse auf dem Bauernhof vor achtzehn Jahren, mit denen Sie sich beschäftigen. Glauben Sie allen Ernstes, ich hätte damit auch nur das Geringste zu tun?«

»Sie und ich kennen einander schon lange«, sagte Harinder.

»Korrekt.«

»Ich habe Sie noch nie gemocht, und das beruht ganz sicher auf Gegenseitigkeit.«

Der alte Mann setzte ein schiefes Grinsen auf. »Abermals korrekt.«

»Was Ihre Geschäfte angeht, so sind Sie rücksichtslos, doch ein Mann in Ihrer Position hätte durch die Verknüpfung mit so einer Geschichte weitaus mehr zu verlieren als zu gewinnen gehabt«, sagte Harinder. »Auch wenn Sie letztlich Ihr Immobilienprojekt durchziehen konnten, hätten Sie, abhängig von dem Verlauf der Ermittlungen, riskieren können, alles zu verlieren. Also nein, ich glaube nicht, dass Sie etwas damit zu tun hatten. Aber es ist schwer, Sicherheit zu gewinnen, wenn niemand reden will und alle nur damit beschäftigt sind, ihre Interessen zu schützen.«

Davidsen nickte bedächtig. Dann erhob er sich und trat an einen antiken Globus, der sich jedoch als Barschrank entpuppte.

»Sind Sie sicher, dass Sie nichts trinken wollen?« Als Harinder den Kopf schüttelte, schenkte er sich selbst ein Glas Mineralwasser ein. »Was Sie als Rücksichtslosigkeit bezeichnen, nenne ich Durchsetzungsvermögen. Aber ich habe nicht die Angewohnheit, Menschen von ihrem Grund und Boden zu vertreiben. Das Lillevann-Projekt war kein Egotrip. Es gab viele Beteiligte, und Sinn des Projekts war, dass es der ganzen Stadt und dem Distrikt zugutekommen sollte.«

»Wir betreiben Geschäfte, sind uns unserer gesamtgesellschaftlichen Verantwortung aber stets bewusst«, fügte Victor Jansen hinzu.

»Genau«, sagte Davidsen und setzte sich wieder. »Aber lassen Sie uns auf Ihre ursprüngliche Frage zurückkommen. Ja, Stig Waaler hat versucht, mich zu erpressen. Aber er hat sich verrechnet. Vor zwanzig Jahren hätte ich auf Klatsch und Gerüchte über eine uneheliche Tochter vielleicht noch etwas gegeben. Aber heute leben wir in anderen Zeiten. Niemand schert sich noch um solche Dinge.«

»Also *ist* Helene Ihre Tochter?«

Davidsen zuckte mit den Schultern. »Wer weiß? Es wurde niemals offiziell bestätigt. Aber Britt hat es behauptet, und sie war keine Lügnerin. Und ich bin nicht stolz auf diese Affäre, falls Sie das fragen möchten. Es war ein schwacher Augenblick, mehr nicht.«

»Schwacher Augenblick?« Harinder schnaubte. »Sie war neunzehn Jahre alt, und Sie haben Ihre Stellung ausgenutzt, um Sex mit ihr zu haben.«

»Das ist eine Lüge!«, sagte Davidsen, ohne den Blick zu heben. »Wie dem auch sei. Vier Jahre danach kam sie mit ihrer Kleinen angelaufen und behauptete, ich sei verantwortlich. Sie wollte sich von diesem Taugenichts Stig Waaler scheiden lassen und brauchte Geld. Sie betonte, dass sie mich eigentlich aus allem raushalten wollte, aber dass Waaler ihr ganzes gespartes Geld an sich genommen hatte.«

»Haben Sie ihr Geld gegeben?«

»Ich kam zu der Überzeugung, dass es das Beste sei.«

»Also alles unter den Teppich kehren und sich rauskaufen?«

»Ach, ersparen Sie mir doch diese Beleidigungen. Sie hat

bekommen, was sie wollte. Und das war auch das Letzte, was ich lange Jahre von einem von denen gehört habe. Jedenfalls bis 2003, als unsere Pläne für den Lillevann-Distrikt realisiert werden sollten. Sie kennen ja die Geschichte. Wir hatten es auf drei bestimmte Grundstücke abgesehen. Zwei der Eigentümer waren geneigt zu verkaufen, während der dritte – Jonas Strømnes – sich schlichtweg geweigert hat. Allerdings war er pleite. Er schuldete sowohl der Bank als auch seinem Bruder Geld, und er hatte Probleme, die Darlehen abzuzahlen. Er stand unter großem Druck. Eigentlich hatte er gar keine andere Wahl, als zu verkaufen.«

Zu diesem Zeitpunkt war Britt erneut zu Davidsen gekommen.

»Sie hat den Tatsachen ins Auge geblickt, anders als ihr Mann, aber sie wollte einen besseren Deal. Ich hatte das Gefühl, ihr etwas zu schulden, und gab ihr zweihundertfünfzigtausend Kronen aus meiner eigenen Tasche. Genug, um einen Teil der Schulden zu bezahlen und wieder etwas Luft zum Atmen zu bekommen, während wir eine Vereinbarung zusammengebastelt haben, mit der alle zufrieden sein konnten.«

»Und hat das funktioniert?«, wollte Harinder wissen.

Davidsen neigte den Kopf. »Eine Woche nach unserem Treffen wurden sie getötet.«

Harinder warf einen vorsichtigen Blick auf Jansen. Er war unsicher, ob er seine Gedanken vor dem Anwalt äußern sollte, der bis vor Kurzem noch Morten Strømnes vertreten hatte.

»Alle sagen, dass Jonas stur war. Indem Sie ihnen Luft zum Atmen verschafft haben, wie Sie das nennen, haben Sie aber auch riskiert, dass sich der Verkauf in die Länge zieht.

Falls Jonas sich auf die Hinterbeine gestellt und weitergekämpft hätte?«

»Die Möglichkeit hat natürlich bestanden. Aber ich konnte es mir leisten zu warten«, sagte Georg. »Im schlimmsten Fall hätten wir den Ausbau ohne das Strømnes-Grundstück beginnen müssen. Das hätte eine Verkleinerung des Projekts zur Folge gehabt, aber die Pläne lagen ja bereits vor. Und solche Hürden nimmt man dann, wenn man baut.«

»Hätten denn alle anderen an dem Projekt Beteiligten sich das Warten leisten können?«

Die Andeutung eines Lächelns erschien auf den Lippen des alten Mannes.

»Hinter der Lillevann-Gruppe standen viele Kleininvestoren«, erwiderte er. »Und nein, nicht alle hätten größere Verzögerungen oder Änderungen bewältigen können. Was ziemlich dumm ist, wenn Sie mich fragen. Man sollte eben kein Geld investieren, das man nicht hat.«

KAPITEL 55

Helene tauchte unter und hielt den Atem an. Erst, als sie es in ihrer Brust ziehen spürte, kam sie wieder hoch. Atmete tief in die Lunge hinein, ehe sie die Luft wieder entweichen ließ.

Nachdem sie so lange eingesperrt gewesen war, hatte sie gelernt, dass Freiheit ein knappes Gut darstellte, das man maximal ausnutzen musste, wenn die Gelegenheit dazu bestand. Sie konnte sich des Gefühls nicht erwehren, dass es nur eine Frage der Zeit war, bis sie sich wieder hinter verschlossenen Türen in Räumen mit Gittern vor den Fenstern befand. Zu viele Kräfte wurden gerade gegen sie mobilisiert.

Christina hatte nichts getan, um sie zu beruhigen.

Ihre Anwältin begriff anscheinend nicht, dass alles eine Bedeutung hatte. Nicht nur, wer sie war, sondern auch welche Rolle dies während der Ereignisse vor achtzehn Jahren gespielt haben könnte.

Helene schob die Hand über den Rand der Badewanne und griff nach dem Weinglas auf dem Fußboden. Aus der Anlage im Wohnzimmer dröhnte die Stimme einer jungen PJ Harvey.

»*I can hardly wait...*«

Sie tauchte erneut unter, und der Lärm in ihrem Kopf verstummte, so dass sie klarer denken konnte.

Plötzlich setzte die Musik aus.

Alles wurde dunkel.

Bevor der Strom ausfiel, hatte Helene ein Geräusch gehört, ein lautes Klicken. Vermutlich war die Sicherung herausgesprungen.

Sie stieg aus der Badewanne, stellte die Füße unsicher auf den Boden und stieß das Weinglas um. Fluchte, als der Wein herausfloss.

Sie zog ihren Bademantel über und verließ das Bad. Die ganze Wohnung war dunkel. Entweder lag es an der Hauptsicherung, oder die ganze Nachbarschaft stand ohne Strom da.

Der Schlüssel für das Sicherungsschränkchen lag in einer Schale auf der Kommode im Flur. Laut dem Vermieter war die Anlage vor ein paar Jahren modernisiert worden; die verschiedenen Stromkreise hatten separate Sicherungsschalter bekommen. Man musste sie nur wieder umlegen, um den Strom in Gang zu bringen.

Draußen auf dem Treppenabsatz brannte Licht. Helene sah, dass die Tür zum Sicherungskasten auf ihrer Seite angelehnt war.

Sie öffnete den Schrank und stellte fest, dass die Hauptsicherung herausgesprungen war, der rote Schalter. Sie legte ihn um. Sofort brannte in ihrer Wohnung wieder Licht, und die schweren Gitarrenriffs, die PJ Harvey begleiteten, waren zu hören.

Auf dem Weg in die Wohnung hörte sie Schritte, die schnell die Treppe herunterkamen. Aus dem Augenwinkel nahm sie wahr, dass jemand mit vollem Tempo auf sie zustürzte.

Instinktiv wollte sie so schnell wie möglich durch die Tür schlüpfen, aber die andere Person packte ihren Arm, bevor sie auch nur einen Schritt machen konnte. In der nächsten Sekunde traf sie ein Hieb gegen die Schläfe, ihr Kopf stieß an den hölzernen Türrahmen.

Ihr wurde schwarz vor Augen, aber Helene war noch bei Bewusstsein, als die andere Person sie über die Türschwelle und in die Wohnung hineinzerrte.

KAPITEL 56

»Sieh dir nur dieses kleine Wesen an. Ich habe einen *Bruder*.«

Harinder saß neben Savi auf dem Sofa und betrachtete das Handyfoto eines winzig kleinen Säuglings in einem Inkubator. Mitten am Sonntag und anderthalb Monate zu früh durch Kaiserschnitt auf die Welt gekommen. Es gab immer ein gewisses Risiko bei vorzeitigen Entbindungen, aber Savis Stiefvater hatte durchgegeben, dass es Mutter und Kind gut gehe und sie im Rikshospital in besten Händen seien. Er wusste, wovon er sprach, schließlich arbeitete er als Oberarzt in ebenjener Klinik.

Savi weinte Tränen der Freude und Erleichterung und freute sich darauf, das Neugeborene schon bald von allen Seiten zu verwöhnen. Die Konflikte mit der Mutter und dem Stiefvater waren vergessen. Das Baby änderte alles.

Der Stiefvater hatte bei seinen Berichten über das Kind so viel Herzlichkeit und Sentimentalität an den Tag gelegt, dass Harinder kurz davor war, den Kerl zu mögen.

Er hatte Savi versprochen, im Laufe des Nachmittags mit ihr nach Hause zu fahren, wenngleich ein Krankenhausbesuch vor dem Folgetag nicht infrage kam. Ihre Mutter wurde postoperativ behandelt und brauchte Ruhe.

Als Erstes ging Harinder in sein Arbeitszimmer und packte seine Sachen zusammen. Sein Chef hatte ihn für neun Uhr am Montagmorgen einbestellt, um über neue Arbeitsaufgaben zu reden. Darauf freute er sich so sehr wie auf einen Termin beim Zahnarzt.

Harinder war frustriert, weil er aufgeben musste. Er war so weit gekommen, wie er als Einzelperson hatte kommen können. Doch ihm fehlte ein Team. Alles, was weiter getan werden musste, erforderte Ressourcen. Wie etwa die Verbindung zwischen dem alten Fall und dem Verschwinden von Even Bakken aufzudecken. Oder die für den Hackerangriff verantwortlichen Personen zu finden. Und Morten Strømnes noch genauer unter die Lupe zu nehmen.

Morten war ehrgeizig gewesen, er hatte etwas im Leben erreichen wollen. Harinder sah einen Mann, der gleichsam an beiden Seiten des Tisches Platz genommen hatte. Einen Mann, der sich nicht scheute, die Schulden, die sein Bruder bei ihm hatte, als Druckmittel einzusetzen, um ihn zum Verkauf seines Bauernhofs zu zwingen, während er gleichzeitig größere Summen in den geplanten Ausbau des Geländes investiert hatte.

Eine Handlungsweise, die in scharfem Kontrast zu seinem Image als idealistischer Lokalpolitiker stand.

Das Problem dabei war, dass Georg Davidsen nicht seine übliche harte Linie gefahren war, als es um die Durchführung der Projekte ging, in die er involviert war. Britt Strømnes hatte wohl kaum erfolgreich an seine liebenswerte Seite appelliert oder damit gedroht, den Übergriff sowie die Tatsache, dass er nie die Verantwortung für seine Tochter übernommen hatte, an die große Glocke zu hängen.

Die zweihundertfünfzigtausend Kronen waren nicht nur

dafür gedacht, Britt und Jonas etwas Luft zum Atmen zu verschaffen. Sie waren auch ein Schlag in Mortens Gesicht, der vielleicht geglaubt hatte, seinen Bruder Jonas an den Eiern zu haben.

Hatte er befürchtet, dass der potenzielle Gewinn langsam dahinschmelzen könnte? Hatte er begriffen, dass er geliehenes Geld in ein gigantisches Projekt investiert hatte, das plötzlich Gefahr lief, in Verzug zu geraten, oder im schlimmsten Fall umgewandelt oder begraben werden würde? Hatte er gedacht, dass er sich seine Glücksspiele nicht mehr würde leisten können?

Dass er das Resultat sicherstellen müsste?

Harinder hatte die Papierbögen von der Wand genommen, seine Notizen zu einem Stapel geordnet und beides auf sein Laptop gelegt. Es war kurz nach fünf, jetzt wollte er Savi Bescheid geben, dass sie nach Hause fahren konnten.

Ein Anruf aus dem Elvestad Motor Hotel wollte es anders.

»Hier ist Roy Vestad. Ich bin ja nicht der Typ, der den Teufel an die Wand malen möchte, und ich weiß auch nicht, ob es überhaupt Sinn ergibt, die Polizei zu rufen ... Aber dann dachte ich, dass du ja Polizist bist und gestern hier warst und nach diesem verschwundenen Musiker gefragt hast ...«

»Sag einfach, worum es geht, Roy«, fiel Harinder dem Mann ins Wort.

»Da ist so ein Mann. Er hat Freitagabend hier eingecheckt, aber obwohl er für drei Tage bezahlt hat, hab ich ihn seitdem nicht mehr gesehen. Du hast mich doch gefragt, ob jemand am Freitag Even gefolgt wäre. Ich fand die Frage ziemlich seltsam. Denn warum sollte ihm jemand gefolgt sein? Aber dann ist mir eingefallen, dass ich tatsächlich einen Wagen gesehen habe, der kurz nach ihm den Parkplatz verlassen hat. Ein Toyota RAV4. Der gleiche Wagen, den dieser Gast fährt.«

»Wie heißt der denn?«

»Mikael Madsen.«

»Das hat bestimmt nichts zu bedeuten, Roy. Aber ich kann das mal überprüfen«, sagte Harinder.

Harinder bat Savi, die Tür fest verschlossen zu lassen, und fuhr dann hinunter zum Motel.

Roy Vestad wartete schon vor dem Haupteingang.

»Ich wollte hier wirklich keinen Stress machen«, sagte er.

»Aber das ist doch kein Stress«, entgegnete Harinder. »Hast du irgendwelche Details zu dem Gast, mehr als nur den Namen? Hat er im Voraus gebucht oder ist er einfach so aufgetaucht?«

»Er hat so ein Buchungsportal im Internet benutzt.«

»Im Voraus bezahlt?«

Roy nickte.

»Und sein Ausweis?«

»Wir sind hier nicht so formell«, sagte Roy und lächelte. »Aber er musste mir seine Kreditkarte geben, als er eingecheckt hat. Für den Fall, dass es Schäden im Zimmer gibt und so etwas.«

Roy ging ins Büro, um die Informationen über die Kreditkarte herauszusuchen, derweil Harinder wartete. Mit einem Ausdruck in der Hand kam Roy schließlich zurück. Harinder warf einen Blick darauf und rief Rachel an. Mit seinem provisorischen Handy hatte er keinen Zugang auf die Datenbanken der Polizei.

»Ich bin im Motel. Kannst du bitte mal einen Gast für mich überprüfen?«

»Was ist denn los?«

»Ach, vermutlich nur ein überängstlicher Gastwirt.«

»Warte kurz, ich wollte gerade unter die Dusche.«

Nach einem Augenblick Wartezeit gab Harinder ihr die Informationen durch. Er hörte, wie sie die Daten in den PC eingab.

»Mikael Madsen, geboren 12. November 1978«, las Rachel vor. »Laut Kreditkarte wohnt er in der Cort Adelers gate in Oslo. Beim Einwohnermeldeamt gibt es allerdings keinen Eintrag unter diesem Namen und Geburtsdatum. Er ist ein Geist.«

Da war also doch etwas.

»Kann ich mir sein Zimmer ansehen?«, fragte Harinder den Hotelmanager.

Er folgte Roy zu Zimmer Nummer 7. Roy zog den Schlüssel hervor. Seine Hand war so zittrig, dass er es kaum schaffte, den Schlüssel ins Schloss zu stecken.

Er streckte die Hand vor, um den Lichtschalter zu betätigen. Harinder sah sich den Raum erst von außen an. Er war klein und eingerichtet im Stil einer Blockhütte.

Harinder trat ein und schnüffelte. Es roch nach irgendeinem Putzmittel. Alles war sauber und aufgeräumt. Es gab keine persönlichen Gegenstände im Zimmer. Keine Schuhe, keine Kleidung und auch sonst nichts, was dem Gast gehören könnte.

»Du hast gesagt, er hat für drei Tage bezahlt?«

»Ja, aber heute ist er gar nicht hier gewesen. Das Zimmer

ist seit gestern unberührt, und seinen Wagen habe ich auch nicht gesehen.«

Mikael Madsen war anscheinend gefahren und wollte nicht wiederkehren. Er hatte alles mitgenommen. Dem Geruch nach zu urteilen, hatte er das Zimmer sogar gereinigt. Keine Putzhilfe war *so* genau.

Dieser Typ hatte keine Spuren hinterlassen wollen.

Harinder trat auf den Mülleimer zu. Er hockte sich davor und stocherte darin herum. Dann zog er ein zusammengefaltetes Magazin heraus, das er schon früher einmal gesehen hatte. Es war die zwei Wochen alte Ausgabe der Wochenendbeilage. Genau an der Stelle aufgeschlagen, wo ein Foto von Helene Waaler dem mehrseitigen Interview mit ihr vorangestellt war.

KAPITEL 57

Helene spürte, wie etwas ihre Kehle zuschnürte. Ihre Füße berührten den Stuhl, der unter sie gestellt worden war. Der alte Küchenstuhl stand wackelnd auf unsicheren Beinen. Sie registrierte die Anspannung ihrer Muskulatur. Der Schweiß tropfte an Stirn und Rücken herab.

Ein Ledergürtel war um ihren Hals geschlungen und mit dem Haken an der Decke verbunden, wo sonst die Lampe hing. Es gab nicht viel, was sie tun konnte. Wenn der Stuhl umkippte, würde sie an dem Gürtel hängen bleiben. Die Hände waren ihr mit einem ihrer Nylonstrümpfe auf dem Rücken gefesselt.

Sie war völlig hilflos.

Harinder versuchte Helene anzurufen, als er die Elvestad-brücke überquerte und auf das Zentrum zuhielt. Zum dritten Mal hintereinander wurde der Anruf direkt an die Mail-box weitergeleitet.

Möglicherweise überreagierte er, aber dieser Madsen-Typ gefiel ihm ganz und gar nicht. Sein Name schien nur ein Pseudonym zu sein, und er hatte am selben Abend in dem Motel eingecheckt, an dem Even Bakken verschwunden war. Um dann am nächsten Tag wieder zu fahren, obwohl er für drei Nächte bezahlt hatte. Und seine einzige Hinterlassenschaft war eine Ausgabe des Magazins, für das Helene interviewt worden war.

Falls es sich tatsächlich um denselben Mann handelte, der Even Bakken am Freitagabend hinterhergefahren war, konnte von einer zufälligen Verbindung nicht die Rede sein.

Die Suchmannschaften hatten Even noch nicht gefunden. Die Spuren führten in den Wald, doch die Spürhunde hatten nach der Überquerung eines Bachs die Fährte verloren. Nach zwei Tagen bestanden nur noch geringe Chancen, ihn lebend zu finden. Und der Einsatzleiter der Polizei konnte nicht länger bestreiten, dass Even womöglich Opfer einer kriminellen Handlung geworden war.

Abgesehen davon war Harinder sehr beunruhigt darüber, dass er Helene nicht erreichen konnte.

Zwei Gedanken schossen gleichzeitig durch ihren Kopf. Der eine war essenziell, der andere leicht absurd. Der erste lautete, dass sie nicht sterben wollte. Noch nicht, es gab noch so viel zu tun. Der zweite betraf den Gürtel ihres Bademantels, der dabei war, sich zu lösen, und sie wollte nicht, dass dieses Ungeziefer sie nackt sah.

Er musterte sie mit hartem Blick, während er in dem fadenscheinigen Ohrensessel saß und an einem Apfel nagte.

»Hast du irgendeine Ahnung, wie viel Scheiße du verzapft hast? Wie sehr andere Menschen deinetwegen leiden mussten?«, fragte er. »Wir hätten kein Wort darüber verloren, wenn du dein Maul gehalten und dich um deine eigenen Angelegenheiten gekümmert hättest, als du rausgekommen bist. Aber du *musstest* natürlich wieder eine dicke

Lippe riskieren. Musstest den alten Scheiß wieder ausgraben und neue Lügen und Anklagen verbreiten.«

»Ja, ihr Ärmsten …« Sie hatte Mühe zu sprechen. »Ihr hattet es wirklich schwer.«

Er stand auf und warf das Kerngehäuse des Apfels fort.

»Helene, dein Problem ist, dass dir die Selbsterkenntnis fehlt. Du denkst, du hast keine Fehler. Und wenn du doch mal etwas falsch machst, dann ist immer jemand anderes schuld«, sagte er. »Es war deine eigene Schuld, dass dieser Bulle sich auf dich eingeschossen hat. Du wolltest ja auf Leben und Tod unbedingt zurück zu diesem verfickten Bauernhof. Du hast die Pillen eingesteckt! Und nichts kann etwas an der Tatsache ändern, dass du deine Familie gehasst hast. Wie oft hast du noch gleich darüber gesprochen?«

»Du irrst dich.« Helene registrierte Krämpfe in den Füßen. Tränen schossen ihr in die Augen. »Ich habe sie nicht gehasst, nicht wirklich. Alles war nur so schwierig. Wenn du dich jemals um andere als dich selbst gekümmert hättest, könntest du das vielleicht verstehen.«

Der andere schnaubte. »Und davon hast du dich also selbst überzeugt?«

Hinter all den Schmerzen und der Angst spürte Helene Wut in sich aufkeimen.

»Willst du mich nicht endlich umbringen?«, fragte sie. »Denn ich weiß wirklich nicht, wie viel von diesem Bullshit ich noch ertragen kann.«

Er legte seine Hände auf den Stuhlrücken. Die Berührung reichte aus, um den Stuhl erbeben zu lassen.

Als er die Ramms gate erreichte, sah er schon Rachels Wagen vor den Häuserblocks stehen. Bevor er vom Motel losgefahren war, hatte er sie angerufen, um nachzuhören, ob sie glaubte, er sähe Gespenster am helllichten Tag. Die Einbrüche in seine Wohnung und das Haus auf dem Hügel hatten vielleicht dazu geführt, dass er voreilige Schlüsse zog. Doch Rachel hatte erwidert, dass es jedenfalls nicht schaden könne nachzusehen, ob mit Helene alles in Ordnung war. Im schlimmsten Fall wären sie umsonst gekommen.

Harinder sah hinauf zum ersten Stock im mittleren Häuserblock. In den Fenstern brannte Licht.

»Sieht so aus, als wäre sie zu Hause«, sagte er.

»Vielleicht hat sie den Ton an ihrem Handy ausgeschaltet. Oder sie steht unter der Dusche«, mutmaßte Rachel.

Sie traten auf das Treppenhaus zu. Drückten auf den entsprechenden Klingelknopf.

Keine Reaktion.

Durch die verglaste Haustür sah Harinder einen Mann die Treppe herunterkommen. Einen älteren Mann in flauschigem Wollpullover und Pantoffeln. Er öffnete die Tür und sah sie entnervt an.

»Sind Sie von der Polizei?«, fragte er. »Sind Sie hier wegen des Lärms im ersten Stock?«

Helene hörte die Türklingel.

Wandte den Blick von dem Mann vor ihr ab. Spürte die Hoffnung in sich aufkeimen, dass jemand zu ihrer Rettung eilte.

Als sie den Mann wieder ansah, hatte sich sein Blick verändert. Er wirkte entschlossener als vorher. Als ob das schrille Geräusch der Klingel ihm verdeutlicht hätte, dass die Zeit knapp wurde.

Er kippte den Stuhl nach hinten um. Egal, wie sehr Helene sich bemühte, ihre Füße hatten keinen Kontakt mehr zum Untergrund. Der Gürtel straffte sich.

Harinder und Rachel wechselten einen kurzen Blick, ehe sie sich wieder auf den Nachbarn konzentrierten.

»Was für ein Lärm?«, fragte Harinder.

»Lautes Geschrei und Möbel, die herumgeworfen werden«, sagte der Mann. »Ich habe gerade die Polizei verständigt.«

»Deshalb sind wir hier«, sagte Rachel. »Gehen Sie hoch und bleiben Sie in Ihrer Wohnung. Wir schicken später jemanden, der Ihre Aussage aufnehmen kann.«

Der Nachbar tat wie ihm geheißen. Rachel hielt die Haustür fest, damit sie nicht in Schloss fallen konnte.

»Wollen wir Verstärkung rufen?«, fragte Harinder.

»Ja, aber wir können nicht auf die warten – wir müssen da rein. Hast du deine Dienstwaffe dabei?«

Harinder schüttelte den Kopf. Die lag in seinem Schrank in Bryn. Er hatte die Waffe nach seiner Gesundschreibung noch nicht abgeholt. Der Gedanke war ihm gar nicht gekommen. Rachel verdrehte die Augen.

Sie eilte zurück zum Wagen, während Harinder die Tür festhielt und den Diensthabenden in der Polizeistation Elvestad anrief und um Verstärkung bat.

Rachel öffnete den Kofferraum und griff nach dem Kasten mit ihrer Dienstwaffe. Sie öffnete ihn, zog ihre Jacke aus und streifte sich ein Holster über die Schulter. Dann lud sie die Waffe und nahm eine Schutzweste aus dem Wagen. Sie hatte noch eine zusätzliche Weste, die sie Harinder zuwarf.

»Ich gehe voraus«, sagte sie, als gäbe es nicht das Geringste zu diskutieren.

Er nickte und folgte ihr die Treppe hinauf. Hielt angemessenen Abstand, so dass er verfolgen könnte, was sich vor Rachel ereignete.

Rachel trat an die Tür und stellte sich auf die rechte Seite, während Harinder links Position bezog. Sie klopfte nicht an und gab sich auch nicht als Polizistin zu erkennen. Stattdessen berührte sie vorsichtig den Türgriff. Es handelte sich um eine moderne Wohnungstür ohne Schnappschloss. Die Tür musste aktiv verschlossen werden. Falls es einen Eindringling gab, war nicht sicher, ob das geschehen war.

Jedenfalls könnten sie den Lärm vermeiden, der mit dem Einschlagen der Tür verbunden wäre.

Helene bekam keine Luft.

Der Stuhl lag umgestürzt auf dem Boden.

Sie kämpfte gegen die Panik an. Versuchte, ihre Hände freizubekommen, so dass sie den Gürtel packen konnte, der sie zu erwürgen drohte. Es war nur ein Nylonstrumpf, mit dem ihre Hände gefesselt waren, dachte sie. Und diese Strümpfe gingen andauernd kaputt.

Aber er hatte den Strumpf gut verknotet. Sie konnte nichts tun. Der Sauerstoffmangel ließ ihre Hände zittern. Langsam begriff sie, dass ihr die Zeit davonrannte.

Rachel stieß die Tür auf und rückte mit erhobener Waffe vor. Über ihre Schulter hinweg entdeckte Harinder einen kräftigen Mann, der drohend die Arme vorstreckte, als er die beiden näher kommen sah.

Roy hatte eine Beschreibung des Gastes abgegeben, der unter dem Namen Mikael Madsen eingecheckt hatte.

Aber er war es nicht.

Es war Niels Lund.

Harinder wandte den Blick von ihm ab und sah plötzlich Helene Waaler. Mit einem Gürtel um den Hals hing sie an einem Haken an der Decke. Ihre Hände waren auf dem Rücken gefesselt. Sie zuckte mit den Beinen, unter ihr lag ein umgestürzter Küchenstuhl.

Ihr Gesicht war blau angelaufen.

Rachel befahl Lund, die Hände über den Kopf zu heben und sich hinzuknien. Doch anstatt ihrer Anordnung nachzukommen, fluchte er und griff nach einem Gegenstand, den Harinder nicht sofort identifizieren konnte.

Im nächsten Moment ertönte der scharfe Knall eines Pistolenschusses.

Niels Lund brach auf dem Fußboden zusammen. An seinem rechten Bein war eine blutende Wunde zu erkennen. Er wand sich und stieß wütende Beschimpfungen aus, als Rachel sich hinunterbeugte, um ihm Handschellen anzulegen.

Harinder rannte zu Helene.

Er packte sie fest, um ihr Halt zu geben, aber das war nicht genug. Ihre Beine zuckten weiter wie wild, und sie war kurz davor zu ersticken.

Harinder streckte einen Arm nach dem umgestürzten Stuhl aus und achtete gleichzeitig darauf, Helene nicht loszulassen. Schließlich gelang es ihm, den Stuhl aufzurichten, er stellte sich auf die Sitzfläche und löste den Gürtel um Helenes Hals von dem Haken an der Decke.

Endlich konnte er sie befreien.

Sie sank herab in die Arme von Rachel, die sie auf dem Fußboden in die stabile Seitenlage brachte. Harinder befreite Helenes Hände und zog ihr den Bademantel fest um den Körper.

Helene hustete, was bedeutete, dass sie atmen konnte. Nach einer Weile schien sie besser Luft zu bekommen, und der Husten wurde zu Schluchzern. Sie klammerte sich an Harinder, der ihr behutsam über den Rücken strich.

KAPITEL 58

»Es kann vielleicht spät werden«, sagte Harinder, als er Savi anrief. »Es hat hier einen Vorfall gegeben. Rachel und ich mussten jemanden ins Krankenhaus begleiten. Kommst du die nächsten Stunden allein zurecht?«

»Du meinst, ohne die Ghostbusters zu rufen? Fahren wir denn trotzdem später nach Hause?«

»Mal sehen. Vielleicht erst morgen früh. Kannst du damit leben?«

»Komm einfach so bald wie möglich zurück«, bat Savi. »Okay, bis später.«

Er drückte die geschnorrte Zigarette aus und ging zurück in das Krankenhausgebäude. Rachel saß im Gang und schrieb Nachrichten auf dem Handy. Die Festnahme von Niels Lund würde gemäß dem Standardverfahren bei Waffengebrauch von der Innenrevision untersucht werden. Erst musste ein detaillierter Bericht über die Ereignisse des Abends verfasst werden, am nächsten Tag warteten lange Vernehmungen, bei denen sie beide voraussichtlich alle Entscheidungen bis zu Rachels Schuss mit der Dienstwaffe erklären mussten.

Nach Harinders Einschätzung hatte Rachel alles richtig gemacht. Lund war bedrohlich erschienen und hatte zwischen ihnen und einer weiteren Person gestanden, die sich in akuter Lebensgefahr befand. Wenn Rachel nicht gehandelt hätte, wäre Helenes Leben wahrscheinlich nicht mehr zu retten gewesen.

Harinder hoffte, dass die Innenrevision diese Sichtweise teilte.

»Lund ist nicht ernsthaft verletzt«, sagte Rachel, als er sich neben sie setzte. »Er hat zwar etwas Blut verloren, aber der Schuss hat keine Komplikationen verursacht.«

»Du bist eine gute Schützin«, meinte Harinder.

Er selbst verabscheute Schusswaffen. Wollte sie weder in der Hand halten noch in seiner Nähe haben. Er absolvierte die obligatorischen Prüfungen, wenn es nötig war, verbrachte auf dem Schießplatz aber keine Minute länger als unbedingt erforderlich.

»Was ist denn mit diesem Mikael Madsen?«, fragte Rachel. »Sollten wir ihn verfolgen, oder ist er nur ein Typ, der da zufällig aufgetaucht ist?«

»Nur zufällig aufgetaucht mit einer Kreditkarte unter falschem Namen und auf der Durchreise in Elvestad, während all das andere passiert ist? Nein, die Sache verfolgen wir. Er hat alle Merkmale eines Profis, genau wie derjenige, der bei mir und bei Christina eingebrochen ist. Ich will wissen, wer er ist.«

Eine Ärztin trat auf Harinder zu.

»Die Patientin möchte gern mit Ihnen reden«, sagte sie.

Helene stand unter ärztlicher Beobachtung. Sie war stark mitgenommen und hatte ein Beruhigungsmittel bekommen. Ihre Stimme klang heiser, an ihrem Hals war ein durchgehender roter Streifen zu sehen. Davon abgesehen hatte sie nur ein paar Schrammen.

»Danke«, sagte sie und streckte die Hand aus. Harinder ergriff sie.

»Du musst mir nicht danken«, sagte er.

»Ich tue es aber trotzdem. Jetzt hast du mich noch einmal gerettet, genau wie damals auf dem Schulhof.« Sie grinste schief. »Was passiert denn jetzt mit Niels?«

»Wenn er hier herauskommt, wartet gleich die Untersuchungshaft. Er wird wegen Mordversuchs, grober Körperverletzung und Bedrohung angeklagt. In nächster Zeit brauchst du keine Angst davor zu haben, dass er dir noch mal etwas antut.«

»Er war so wütend. Verbittert und voller Hass«, sagte Helene. »Als hätte ich sein Leben zerstört, wobei in der Realität er es war, der mit seinen Lügen dazu beigetragen hat, das meine zu zerstören. Aber in seinen Augen bin *ich* die Lügnerin, und er wollte, dass ich das zugebe. Dass ich allein für die Geschehnisse verantwortlich war. Als ob ihm das eine Art Frieden verschafft hätte. Das klingt jetzt vielleicht seltsam, aber auf mich wirkte das so, als hätte er nicht die leiseste Ahnung, was damals wirklich passiert ist.«

Seltsam, vielleicht. Aber dies war ein Mann, der vor Gericht sehr genaue Zeitangaben gemacht hatte, während mehrere Zeugen ausgesagt hatten, dass er unter Drogen gestanden habe. Harinder hatte schon lange Probleme damit gehabt, das eine mit dem anderen in Einklang zu bringen.

»Könnte es sein, dass er bloß die Erklärung seines Kumpels übernommen hat und davon ausging, dass die der Wahrheit entsprach?«

Helene nickte. »Vielleicht. Er hat immer schon Lasse vertraut, und Lasse war sehr geschickt darin, allem Ärger aus dem Weg zu gehen. Es hat ihm nichts ausgemacht, der Polizei glatt ins Gesicht zu lügen. Niels hat allerdings abgestritten, eine falsche Aussage gemacht zu haben. Doch andererseits hat er auch bestritten, dass er mich im Auto auf dem Weg nach Hause geschlagen hat, obwohl die blauen Flecken immer noch da waren, als die Polizei mich festnahm.«

Rationalisierung, dachte Harinder. In vielerlei Hinsicht waren Niels' Träume und Ambitionen nach den Morden zu Asche zerfallen. Einen Abend spielt er auf einem Konzert in Oslo, und am nächsten Tag ist er in einen Mordfall verwickelt. Und das waren dann seine fünfzehn Minuten Ruhm. Er hatte doch ein Rockstar werden sollen. Stattdessen wohnte er bei seiner Schwester in einem kleinen Zimmer und fuhr einen Linienbus, während er sich vor seinen Gläubigern versteckte.

»Ich habe die Wahrheit gesagt, Harinder«, meinte Helene. »Er und Lasse haben mich nicht nach Hause gefahren. Und obwohl er es nicht zugeben will, hat er gelogen.«

»Ich weiß.«

Ihre Augen leuchteten auf. »Dann glaubst du mir?«

»Alles, was ich gefunden habe, untermauert deine Aussage«, erwiderte er. »Betrachtet man die technischen Beweise in einem anderen Licht, kommt man zu einer anderen Schlussfolgerung. Deshalb ja, ich glaube dir. Ich gehe nicht davon aus, dass du deine Familie umgebracht hast.«

Der Wagen hält vor der Garage.

Ein Baum steht ein wenig im Schussfeld, aber er hört die Schritte im Kies. Und das rostige Tor, das laut quietscht, als der andere es aufstößt.

Er muss warten, bis die Zielperson zur Vorderseite des Hauses kommt. Das verschafft ihm Zeit, sie genau ins Visier zu nehmen. Eine schnelle Berechnung, um sich der Größe und der Geschwindigkeit des Ziels anzupassen.

Er atmet ruhig ein.

Spürt, dass er bereit ist.

Der Kopf des Polizisten ist genau im Zentrum des Zielfernrohrs.

KAPITEL 59

Harinder fuhr Rachel zurück ins Hotel. Ein langer hektischer Tag näherte sich dem Ende, beide waren erschöpft und mitgenommen. Rachel noch mehr als Harinder, zu allem Überfluss standen ihr bald anstrengende Gespräche mit der Innenrevision bevor.

»Es wird schon gut gehen«, meinte Harinder, als sie sich vor dem Stasjonshus trennten. »Du hast in Notwehr gehandelt. Niemand kann etwas anderes behaupten.«

»Ich weiß nicht«, sagte Rachel. »Das ist jetzt das zweite Mal in zwei Jahren, dass ich eine Dienstwaffe abgefeuert habe. Zweimal mehr, als es die meisten anderen im Laufe eines ganzen Berufslebens tun. Die werden mich fragen, wieso ausgerechnet ich? Lag es an der Situation, oder bin ich das Problem? Die werden alle meine Handlungen heute Abend genauestens unter die Lupe nehmen. Das weißt du doch, Harinder.«

»Du hast ein Leben gerettet. Und das wird auch die Innenrevision in den Mittelpunkt stellen.«

»Hallo? Bist du mal einem von dieser Truppe begegnet?«

Harinder grinste. Das war er. Er war nicht naiv, wollte Rachel aber Mut machen.

Sie umarmte ihn zum Dank, ehe sie aus dem Wagen

stieg. Das passierte nicht oft und sagte etwas darüber, wie sie sich gerade fühlte. Normalerweise war sie kein Typ für so etwas.

»Wir sehen uns morgen«, sagte er.

Dann legte er die kurze Strecke zwischen dem Hotel und dem Haus auf dem Hügel zurück. Spürte dabei, wie erschöpft er war. Seinen Augen fiel es nicht leicht, den Scheinwerfern zu folgen, die durch die Dunkelheit schnitten.

Er stellte den Wagen ab und ging auf das Haus zu, wo Savi ihn an der Tür erwartete. So etwas hatte sie nicht mehr getan, seit sie als kleines Mädchen am Fenster gestanden und sich auf seine Rückkehr vom Dienst gefreut hatte. War sie ängstlich?

»Ich dachte, du liegst schon im Bett«, sagte er.

»Papa, so spät ist es noch nicht.«

»Nein? Mir kommt es so vor, als ob der Tag schon eine Ewigkeit dauert.«

Der kindische Versuch zu demonstrieren, dass er trotzdem noch nicht todmüde war, führte dazu, dass er über die Treppenstufe vor der Haustür stolperte. Im selben Moment spürte er einen kräftigen Luftzug über seinem Kopf und hörte einen Knall.

Er wusste sofort, dass es sich um den Widerhall eines Gewehrschusses handelte. Das Projektil, das ihn knapp verfehlt hatte, traf die Wand neben der Tür. Holzsplitter rieselten auf den Boden hinab.

Savi schrie erschrocken auf.

»Geh ins Haus!«, rief Harinder.

Er stieß seine Tochter durch die Tür und versuchte gleichzeitig, die Schussbahn zwischen ihr und dem Angreifer zu blockieren.

Sie schafften es gerade über die Türschwelle, ehe der nächste Schuss kam. Harinder konnte nicht sehen, wo er landete. Savi und er verloren das Gleichgewicht und stürzten beide zu Boden. Schnell deckte er ihren Körper mit seinem ab. Dann streckte er das Bein aus und schloss die Tür mit einem Tritt.

»Alles in Ordnung?«, fragte er.

»Ja …«

Er hörte, dass sie einen Schock erlitten hatte, sie atmete schwer.

Von draußen ertönte ein neuer Schuss. Das Projektil drang durch die solide Haustür, und dieses Mal konnte Harinder sehen, welchen Weg es nahm. Zwar mehrere Zentimeter über ihre Köpfe hinweg, doch weit entfernt von einem sicheren Abstand.

»Wir können hier nicht bleiben.«

»Okay …«

Er nahm ihre Hand, und zusammen robbten sie über den Fußboden zur Treppe hin. Er schob sie vor sich her und merkte deutlich, wie die Schüsse ihr zusetzten. Sie war ganz steif, ihre Augen blickten verzweifelt umher. Das Gesicht war leichenblass.

»Wir müssen nach oben und uns von den Fenstern fernhalten«, sagte er.

Mit zitternden Händen kramte er sein Handy hervor.

Er wählte Rachels Nummer, während sie sich gleichzeitig mit geduckten Köpfen die Treppe hochkämpften. Besser Rachel als die Notrufnummer – sie würde die Räder schneller in Bewegung setzen können.

»Wir werden beschossen!«, sagte er, als sie an den Apparat ging.

»Was sagst du da?«

»Der Schütze ist auf der Vorderseite des Hauses. Ruf Verstärkung und greif nicht ein, bevor die da sind! Keine Alleingänge. Verstanden? Er wird dich sehen, bevor du ihn findest.«

Er zog Savi hinter sich her und die Treppe hinauf. Sie krochen durch den Flur in Richtung des hinteren Schlafzimmers. Die Fenster dort befanden sich auf der Rückseite des Hauses. Der Schütze konnte zwar seine Position wechseln, aber solange sie sich nicht am Fenster zeigten, würde er kaum auf sie zielen können.

Vergeblich rüttelte er an der Türklinke. Dann fiel ihm ein, dass er die Tür verschlossen hatte, und suchte in seinen Taschen nach dem Schlüssel.

»Hilfe ist unterwegs«, sagte er sowohl zu sich selbst als auch zu Savi. »Rachel ist nicht weit weg. Die Polizeistation wird Streifen losschicken und die Bereitschaftstruppe verständigen. Die werden den Schützen schon verjagen. Hörst du?«

Savi gab keine Antwort.

Endlich bekam er die Tür auf. Sie krochen hinein und blieben zwischen den mit Laken zugedeckten Möbeln liegen. Harinder atmete schwer. Sein Herz pochte wie wild. Er rückte näher an Savi heran.

»Alles wird gut«, sagte er und strich ihr eine Haarsträhne aus dem Gesicht.

Sie nickte und versuchte, sich zu einem Lächeln zu zwingen.

»Papa?«

»Ja, mein Schatz?«

»Ich habe Angst.«

»Ich weiß. Ich habe auch Angst, aber es ist bald vorbei. Rachel und die anderen kommen gleich.«

Erst in diesem Augenblick fiel ihm die Verfärbung am unteren Rand ihres T-Shirts auf, gleich über der Hüfte. Der dunkle Fleck schien immer größer zu werden, je länger er ihn anstarrte.

»O nein …«

Savi versuchte, die Stelle mit der Hand zu bedecken. Das Blut drang zwischen ihren Fingern hervor.

»Nein, nein, nein.«

Er musste gegen die Panik ankämpfen. Legte das Handy auf den Boden, wählte abermals Rachels Nummer und versuchte gleichzeitig, das Laken von einem der Stühle herunterzuziehen. Er schaltete den Handy-Lautsprecher ein und rollte das Laken zusammen, um Savis Wunde damit zu verbinden.

»Wir brauchen Hilfe. Sofort!«, rief er, sobald die Telefonverbindung stand. »Wir brauchen einen Rettungswagen! Savi ist verletzt! Hörst du?«

»Wir kommen«, sagte Rachel.

Er verband die Wunde, so gut es ging, und knotete das Laken fest zusammen. Savis Gesicht war noch blasser geworden.

»Du musst durchhalten. Du hast Rachel gehört. Hilfe ist unterwegs.«

Sie nickte kaum merklich. Er legte einen Arm um seine Tochter und zog sie an sich. Küsste ihre Stirn und streichelte ihre Wangen. Er sprach auf sie ein, um sie wach zu halten, sah aber, dass ihr die Augen zufielen.

»Bleib bei mir«, sagte er. »Du musst wach bleiben, okay? Bleib einfach hier bei mir.«

Er hörte selbst, wie brüchig seine Stimme klang. Er musste sich zusammennehmen, ruhig bleiben und vor ihr verbergen, dass er Todesangst um sie hatte.

Die Schüsse draußen waren verstummt. Er hörte Automotoren und rufende Stimmen.

»Papa?«, flüsterte Savi. »Mir ist kalt.«

KAPITEL 60

Sieben Monate später
Donnerstag, 12. Mai

Die Verhandlung wurde nach der Mittagspause fortgesetzt. Die Richter nahmen ihre Plätze wieder ein. Der Vorsitzende bestätigte die Anwesenheit aller Parteien und forderte dann Christina auf, mit der Beweisführung der Verteidigung fortzufahren. Schnell warf sie einen Blick auf die vollbesetzte Publikumsgalerie, wo Vertreter aller großen Medienhäuser saßen.

Dann rief sie ihren nächsten Zeugen auf.

Kommissar Ivan Moreno trat in den Zeugenstand. Er war einer der beiden Personen, auf deren Befragung sich Christina besonders gefreut hatte.

Helene blickte sie an und lächelte aufmunternd. Sie trug einen dunklen Rock mit einer weißen Bluse. Ihr Haar war hinten zu einem lockeren Knoten gebunden, ihr Gesicht dezent geschminkt. Sie wirkte mehr als ansehnlich. Weitaus gepflegter als bei ihrem Prozess vor achtzehn Jahren.

Nachdem die Kommission einer Wiederaufnahme im Fall Strømnes zugestimmt hatte, waren Christina und Helene lange davon ausgegangen, dass der Staatsanwalt nichts gegen einen Freispruch einzuwenden hätte. Stattdessen hatte sich die Anklagebehörde für eine Neuauflage des Strafverfahrens entschieden. Auch wenn dies keine ideale

Situation war, ließ es sich doch als Sieg betrachten. Der Beschluss der Kommission bedeutete nämlich, dass die neuen Beweise das ursprüngliche Urteil entkräfteten.

»Kommissar Moreno, waren Sie 2003 an den kriminaltechnischen Untersuchungen auf Hof Strømnes beteiligt?«

»Nein, ich habe erst 2008 bei der Kripo angefangen.«

»Aber Sie haben sich mit dem ursprünglichen Fallmaterial beschäftigt?«

»Ja.«

»In welchem Zusammenhang?«

»Durch eine andere Ermittlung, bei der ich für die Kriminaltechnik verantwortlich war. Der Mord an Stig Waaler in Elvestad im Oktober letzten Jahres.«

»Und im Zuge dieser Ermittlung haben Sie etwas gefunden, das in Verbindung mit dem Mordfall 2003 stand, wie sich zeigte?«, fragte Christina.

»Das ist richtig«, bestätigte Moreno.

»Könnten Sie dem Gericht freundlicherweise erläutern, worin dieser Fund bestand?«

Jetzt war es wichtig, Moreno die Beweisführung ohne unnötige Unterbrechungen durchführen zu lassen.

Ein Bildschirm wurde in Position gerollt, so dass alle Beteiligten verfolgen konnten, was Moreno zu zeigen hatte. Als Erstes tauchte das Foto einer blauen Arbeitsjacke von der Firma Blåkläder auf dem Schirm auf.

»Im Zusammenhang mit den Untersuchungen am Tatort haben wir diese Jacke in einer Abstellkammer im Haus des Mordopfers gefunden«, sagte Moreno. »Ich hatte Blutspuren auf der Vorderseite entdeckt und habe die Jacke daher zur weiteren Analyse ins Labor geschickt.«

Er zeigte eine Nahaufnahme des unteren Teils. Im Bereich zwischen Jackenstoff und Reißverschluss waren kleinere Blutflecken zu sehen, von denen einige mit bloßem Auge erkannt werden konnten.

»Ohne jetzt zu sehr in technische Details zu gehen, haben wir zunächst enzymatische Tests durchgeführt, um herauszufinden, ob sich eventuell noch mehr Blut auf der Jacke befand und ob dieses menschlich war«, fuhr Moreno fort. »Außerdem haben wir Proben genommen, um die Blutgruppe festzustellen und um abwägen zu können, ob sich ein DNA-Profil erstellen ließ.«

Das nächste Foto war mit einem Farbfilter aufgenommen, um die Blutspuren hervorzuheben. Die Flecken um den Reißverschluss waren noch besser erkennbar. Die Aufnahme zeigte auch Reste mehrerer Blutstropfen, die sich am unteren Rand befanden und ohne technische Hilfsmittel nicht zu sehen waren.

»Wir sehen hier die Reste eines Spritzmusters.«

»Können Sie dem Gericht erklären, was mit dem Begriff Spritzmuster gemeint ist?«, fragte Christina.

»Das entsteht, wenn Blut mit einer gewissen Kraft und Geschwindigkeit von einem Ort auf einen anderen übertragen wird. Das spezifische Muster verrät uns etwas über die Kraft, die Entfernung und die Richtung.«

Christina nickte vielsagend, um die Bedeutung dieses Punktes bei den Richtern sacken zu lassen.

»Was hat sich bei der Blutanalyse ergeben?«

»Dass es human ist, also das Blut eines Menschen, und dass es von jemandem mit der Blutgruppe B positiv stammt.«

»Was ist mit DNA?«

»Es ist schwierig, ein vollständiges DNA-Profil zu gewinnen, wenn wir es mit älteren Funden zu tun haben, die durch äußere Faktoren wie Temperatur und Feuchtigkeit beeinflusst wurden. Da reicht es dann oft nur für ein sogenanntes Teilprofil. Aber auch dieses beinhaltet eine Reihe von Merkmalen, wie etwa das Geschlecht, woraus wir bestimmte Informationen ableiten können. Besonders, wenn es Vergleichsproben gibt.«

»Haben Sie diese Proben mit anderen verglichen?«

»Ja. Nach Aufforderung haben wir die Proben mit den DNA-Profilen der beiden Mordopfer im Fall Strømnes 2003 verglichen«, sagte Ivan Moreno. »Und entdeckten eine Übereinstimmung mit der Blutgruppe und anderen Merkmalen bei einem der Opfer.«

»Bei welchem der Opfer?«

»Jonas Strømnes.«

Obwohl die Informationen im Vorfeld der Verhandlung zum Teil an die Presse durchgesickert waren, registrierte Christina das Geraune im Saal.

»War das Ihr einziger Fund?«, fragte sie weiter.

»Nein«, erwiderte Moreno. »In dem Verschlag haben wir auch ein Paar Doc-Martens-Stiefel gefunden.«

Ein weiteres Foto zeigte die Stiefel samt der Sohlen.

»Wir fanden eine Übereinstimmung im Register für Schuhabdrücke. Die Abdrücke stammen vom Tatort im Jahr 2003. Sie wurden im Eingangsbereich, im Flur und im Wohnzimmer sichergestellt.«

»Das heißt, der Eigentümer der Stiefel muss sich auf dem Strømnes-Hof aufgehalten haben?«, fragte Christina.

»Korrekt. Dabei ist wichtig zu unterstreichen, dass wir die Abdrücke zeitlich nicht einordnen können.«

»Wir verstehen«, sagte Christina auf eine Art, die den Eindruck hinterließ, als ob sie verstünde, was er *eigentlich* meinte. »Angenommen, Stig Waaler war in der Mordnacht vor Ort. Sagen wir, dass er vor Jonas Strømnes stand und ihm mit einer Pumpgun in die Brust schoss. Hätte das die Blutspuren auf seiner Jacke erklärt?«

»Das wäre mit dem Muster vereinbar, ja.«

Christina tat, als müsste sie ihre Notizen konsultieren, während sie Morenos Worte beim Publikum sacken ließ. Die wichtigste Schlussfolgerung in der Zeugenaussage.

Dann überließ sie Moreno dem Vertreter der Staatsanwaltschaft, der einige Fragen hinzufügte.

»Kommissar Moreno, die Verteidigung deutet an, dass Stig Waaler am 13. September 2003 die tödlichen Schüsse auf dem Strømnes-Hof abgefeuert hat. Stimmen Ihre technischen Funde mit dieser Schlussfolgerung überein?«

»Es ist äußerst wahrscheinlich, dass derjenige, der diese Jacke trug, Jonas Strømnes erschossen hat«, sagte der Techniker. »Allerdings können wir nicht mit Sicherheit sagen, dass Waaler im Besitz dieser Jacke war, auch wenn wir sie bei ihm zu Hause gefunden haben. Er war ein großer Mann, der Größe XXL trug, die Arbeitsjacke ist aber nur L.«

»Und die erwähnten Schuhabdrücke, waren die auch im ersten Stock, wo das andere Opfer gefunden wurde?«

»Nein.«

»Wie erklären Sie sich das?«

»Damit, dass es zwei Schützen gewesen sein könnten, einer oben und einer unten«, sagte Moreno. »Ich weiß nicht, ob diese Möglichkeit 2003 überhaupt erörtert wurde, der Konsens schien aber der gewesen zu sein, dass es nur eine Täterperson gab, weil bei beiden Opfern dieselbe Waffe zum Einsatz kam. Die neuen Funde machen das jedoch weniger wahrscheinlich.«

»Aber können irgendwelche dieser Funde Helene Waaler als Täterperson für wenigstens einen der Morde *ausschließen*?«

»Nein, das können sie nicht.«

»Danke, Herr Kommissar.«

Christina starrte auf ihre Unterlagen und musste sich ein Grinsen verkneifen. Wenn der Staatsanwalt tatsächlich glaubte, den Ball ins Tor geschossen zu haben, dann allerdings ins eigene. Er konnte weder Morenos Expertise noch den DNA-Fund angreifen und versuchte daher, die Situation zu retten, indem er es so darstellte, dass Helene zumindest eines der Opfer getötet hatte.

Aber so lautete die Anklage nicht.

Sie würde dafür sorgen, dass das Gericht während des gesamten Prozesses daran erinnert werden würde.

KAPITEL 61

Montag, 16. Mai

In den Monaten, die seit Harinders letztem Besuch an seinem Arbeitsplatz in Bryn vergangen waren, hatte sich wenig verändert. Dieselben Personen eilten auf dem Weg zu den immer gleichen Besprechungen durch die Gänge. Wie üblich stand irgendwo ein Betriebstechniker auf einer Trittleiter, um den einen oder anderen Defekt in dem Neubau zu reparieren. Und wie immer schien das ganze Haus zu wackeln, wenn ganz in der Nähe einer der vielen Güterzüge vorbeidonnerte.

Die einzige Veränderung hatte es hinter dem Schreibtisch gegeben, der normalerweise Abteilungsleiter Eystein Musæus gehörte. Auf seinem Platz saß eine Frau mit kupferrotem Haar, das zu einem Pferdeschwanz gebunden war. Die Messingknöpfe an ihrer Uniformjacke glänzten. Polizeiinspektorin Veronika Milde war vorübergehend mit der Leitung der Abteilung beauftragt worden, während Musæus aufgrund des monatelangen Drucks vonseiten der Presse einen »erweiterten Urlaub« angetreten hatte.

Harinder kannte sie gut genug, um zu wissen, dass ihr Nachname irreführend war.

»Scheint ja morgen einen schönen Nationalfeiertag zu geben«, meinte sie. Obligatorischer Smalltalk.

»Das sagen sie immer, und dann regnet es trotzdem.«

Milde lächelte kurz. »Und, sind Sie bereit, wieder zu arbeiten?«

»Ich bin hier.«

Zwischen Krankschreibungen und Beurlaubungen hatte Harinder seit Oktober kaum gearbeitet. Mit Ausnahme der einen oder anderen Gastvorlesung über Ermittlungstechniken an der Polizeihochschule hatte er in diesem Jahr noch keine Polizeiarbeit geleistet. Er hatte den Punkt erreicht, an dem es darum ging, eine Entscheidung zu fällen: entweder an den Arbeitsplatz zurückkehren oder sich eine völlig andere Beschäftigung suchen.

Das Problem war, dass er nicht wusste, was er sonst tun sollte. Auf die Polizeiarbeit verstand er sich ausgezeichnet, alles andere gab er nur vor zu können.

»Wie schon am Telefon erwähnt, schlagen wir vor, dass wir Sie bis auf Weiteres in der Cold-Case-Einheit unterbringen«, sagte Milde. »Das bedeutet weniger Arbeitsbelastung, was vermutlich wünschenswert ist, und der Sektionsleiter hat gesagt, dass er jemanden mit Ihrer Expertise sehr zu schätzen weiß.«

Cold-Case-Einheit war der informelle Name der Abteilung für ungelöste ernste Fälle. Karrieremäßig war es ein Rückschritt. Aber eine andere Tätigkeit war derzeit nicht absehbar.

»In Ordnung«, sagte Harinder, der nicht streiten wollte. »Aber am meisten interessiert mich, wie es denn mit der Jagd auf den Schützen läuft.«

Mildes Gesichtsausdruck wirkte bedrückt.

Sie waren von der Hypothese ausgegangen, dass der Mann, der auf Savi und Harinder geschossen hatte, identisch mit demjenigen war, der unter dem Namen Mikael Madsen im Elvestad Motor Hotel eingecheckt hatte.

Mittels Überwachungsaufnahmen hatten sie seinen Wagen ins Visier genommen, einen weißen Toyota RAV4 mit schwedischen Kennzeichen. Die Nummernschilder gehörten ursprünglich zu einem ähnlichen Wagen, der in der Nähe des Flughafens Göteborg Landvetter auf einem Langzeitparkplatz gestanden hatte.

Die Kripo-Ermittler, die den Hack bei Harinder und Christina untersucht hatten, waren die Aufnahmen der Überwachungskameras in der Nachbarschaft durchgegangen und hatten zu dem Zeitpunkt, an dem der erste Angriff auf den Router stattgefunden hatte, ebenjenen Wagen entdeckt.

»Es muss doch *irgendwelche* Spuren von ihm geben«, fuhr Harinder fort. »Es sind sieben Monate vergangen. Er kann sich doch nicht einfach in Luft aufgelöst haben.«

»Ich verstehe ja Ihre Ungeduld, aber glauben Sie mir: Die ganze Einsatzgruppe ist mindestens genauso erpicht darauf, ihn zu schnappen, wie Sie.«

»Das möchte ich doch stark bezweifeln.«

Der Smalltalk über das Wetter am 17. Mai hatte Harinder erneut daran erinnert, dass Savi eigentlich in diesem Jahr ihr Abitur machen sollte. Sie hätte in einem dieser klappernden Busse sitzen sollen, von denen ständig die Rede war. Glücklich und in Partystimmung, bald fertig mit der Schule und nur noch mit ein paar Prüfungen vor sich, die sie garantiert glanzvoll bestanden hätte.

Sie hätte so vieles tun sollen, was aktuell jedoch nicht zur Debatte stand.

Harinder grub seine Finger in die Armlehnen, um seine Gefühle nicht zu zeigen.

»Das Problem ist, dass Mikael Madsen oder wer immer er sein mag, schlichtweg keine weiteren Spuren hinterlassen hat«, sagte Veronika Milde. »Der Wagen war gestohlen, das Hotelzimmer klinisch gereinigt. Seine Kreditkarte war in Kroatien ausgestellt und mit einer willkürlichen Adresse verbunden. Und sie wurde nur zweimal benutzt – für ein Fährticket von Kopenhagen nach Oslo und für das Motel in Elvestad. Anscheinend gibt es eine Verbindung nach Dänemark, die wir über Europol und die dänische Polizei verfolgen.«

Harinder war ungeduldig, er kannte die Fakten. Madsen hatte nach den Schüssen die Patronenhülsen mitgenommen und war über einen der Waldwege entkommen, bevor die Polizei Gelegenheit hatte, die Gegend abzuriegeln. Vermutlich hatte sich Madsen schon auf dem Weg zur schwedischen Grenze befunden, noch ehe sich ein Helikopter an der Suche beteiligen konnte.

Even Bakken blieb ebenfalls verschwunden. Die Spuren endeten im Wald, und trotz einer umfassenden Suchaktion war er nicht wieder aufgetaucht. Falls es eine Leiche gab, war sie gut versteckt worden.

Milde erhob sich, trat vor den Schreibtisch und setzte sich auf die Kante. »Wir werden nicht eher aufgeben, bis wir ihn geschnappt haben, das verspreche ich«, sagte sie.

»Wie viele Schritte bist du gegangen?«
»Fünfzehn.«
»Wie? Nicht mehr? Bist du faul geworden, oder was?«
Sie streckte ihm die Zunge raus und grinste.
Harinder grinste zurück. Sie gingen an der Rückseite des Krankenhauses entlang, wo der Fjord im Sonnenlicht

glänzte. Ein paar Möwen schrien, während sie über das Ufer flogen. Bei Nesodden war ein Frachtschiff zu sehen, das Container geladen hatte. Harinder hob einen Kiefernzapfen auf und schleuderte ihn schwungvoll fort. Er verschwand zwischen den Bäumen, die sich von Sunnaas zum Fjord hinunterzogen.

Entgegen ihrer sonstigen Gewohnheit ließ Savi ihn den Rollstuhl schieben. Normalerweise wollte sie so viel wie möglich eigenhändig schaffen. Jetzt allerdings brauchte sie eine kleine Verschnaufpause. Das Reha-Programm war ziemlich anspruchsvoll. Die Aufschrift »Erholungsheim« war auf den Schildern vor dem Krankenhaus auch nirgendwo zu sehen.

Savi würde ihren neunzehnten Geburtstag hier in Sunnaas verbringen. Sie hatte alles durchgemacht, von Operationen und Infektionen über Rückschläge bis zu Enttäuschungen. Sie hatte eine Niere verloren. Aber nicht ein einziges Mal hatte er sie klagen oder bittere Worte aussprechen hören. Sie konzentrierte ihre Kräfte auf die Wiedererlangung eines normalen Lebens.

Die Prognosen waren gut. Jedenfalls ließ sich nichts gegen ihre Einstellung vorbringen.

»Wie ist es denn, wieder bei der Arbeit zu sein?«, fragte sie.

»Es ist eine Veränderung.«

»Wow, man kann deinen Enthusiasmus ja förmlich spüren.« Sie griff nach den Rädern und hielt den Rollstuhl an. Blickte auf und sah ihm in die Augen. »Ist es meinetwegen?«

»Nicht nur«, erwiderte er. »Abgesehen davon, mir alte und verstaubte Fälle anzusehen, weiß ich nicht, womit ich mich sonst beschäftigen sollte. Vermutlich wollen die, dass ich so wenig wie möglich tue. Es ist noch nicht vergessen, dass ich letztes Jahr die falsche Seite gewählt habe.«

»Aber Helene wurde doch unschuldig verurteilt, oder nicht?«

»Ich glaube schon, ja.«

»Wie kann man da die falsche Seite wählen?«

Harinder musste lächeln. Dass er recht behalten hatte, machte die Dinge in vielerlei Hinsicht schlimmer. Unter anderem schien es einen populären Abteilungsleiter den Job gekostet zu haben. Und obwohl ihr Verhältnis mitunter turbulent sein konnte, hatte Harinder einen Alliierten in Musæus. Einen, der es bei seinen Kapriolen nicht allzu genau nahm.

So gesehen hatten sie sich beide im eigenen Netz verfangen. Harinder wusste, dass er von seinen Kollegen noch lange Zeit schief angesehen werden würde.

KAPITEL 62

Mittwoch, 18. Mai

Christina machte sich bereit, während Abteilungsleiter Eystein Musæus im Zeugenstand Platz nahm. Er trug eine Uniform und war frisch rasiert, hatte den Rücken durchgestreckt und strahlte Autorität aus.

Nach ein paar Tagen Pause in Verbindung mit dem Nationalfeiertag wurde das Verfahren fortgesetzt. Christina hatte beschlossen, sich von der erzwungenen Unterbrechung keinesfalls den Wind aus den Segeln nehmen zu lassen.

Sie begann die Befragung ganz unverfänglich. Ließ Musæus von sich selbst und seinem Background berichten, ehe sie seine Aufmerksamkeit auf den Strømnes-Fall lenkte.

»Haben Sie Kenntnis von den Funden, die Kommissar Ivan Moreno hier vor dem Wochenende präsentiert hat?«, fragte sie.

»Das habe ich«, bestätigte Musæus.

»Moreno ist der Ansicht, die neuen Funde würden auf zwei Täterpersonen hindeuten und nicht auf nur eine. Haben Sie etwas Derartiges während Ihrer Ermittlungen erörtert?«

»Das haben wir, ja, aber es gab keine technischen Beweise, die diese Annahme untermauerten«, sagte er und fügte dann rasch hinzu: »Zum damaligen Zeitpunkt.«

»Verändert das Ihre Interpretation des Tathergangs in der Nacht auf den 13. September 2003?«

»Nun, offensichtlich. Aber es verändert nicht das Fazit. Es bedeutet nur, dass die Angeklagte während der Tat nicht unbedingt allein gewesen ist.«

Christina lächelte geduldig. »Lassen Sie uns später noch mal darauf zurückkommen. Haben Sie Stig Waaler im Zusammenhang mit Ihren Ermittlungen vernommen?«

»Ja, das war ja naheliegend. Er hatte früher mit einem der Opfer zusammengelebt und war der Vater der Hauptverdächtigen«, sagte Musæus.

»*Vermeintlicher* Vater«, korrigierte Christina. »Wie oft wurde er befragt?«

»Zweimal.«

»Stand er zu irgendeinem Zeitpunkt unter Tatverdacht?«

»Nein.«

»Warum nicht?«, wollte Christina wissen. »Er war doch zuvor schon wegen Körperverletzung verurteilt worden und hatte ein problematisches Verhältnis zu seiner Ex-Partnerin und ihrer Tochter, meiner Mandantin. Alles ist ausreichend dokumentiert.«

»Das stimmt, aber er hatte für die Mordnacht ein Alibi«, sagte Musæus. »Und abgesehen von dem lange zurückliegenden Verhältnis war da auch kein Motiv erkennbar.«

»Wer hat ihm das Alibi gegeben?«

»Seine damalige Freundin.«

Christina nickte vielsagend. »Wie können Sie erklären, dass eine Jacke und ein Paar Stiefel, die heute mit der Mordtat verknüpft werden können, in einem Verschlag in seinem Haus landeten?«

Sie ging davon aus, dass der Kripo-Chef darüber nachgedacht haben musste, doch ihm schien eine Antwort schwerzufallen. Statt abzuwarten, fuhr Christina fort.

»Unter Berücksichtigung des heutigen Kenntnisstands, ist es da wahrscheinlich, dass Stig Waaler in jener Nacht auf dem Bauernhof der zweite Schütze gewesen ist?«

»Ich weiß nicht, wie *wahrscheinlich*, aber ich vermute, dass es möglich ist«, erwiderte Musæus.

Seine Antworten erschienen seltsam störrisch. Christina gefiel das.

»Möglich«, wiederholte sie. »Haben Sie Stig Waaler aufgefordert, seine Schuhe abzuliefern, um sie mit den Abdrücken im Haus der Opfer abzugleichen?«

»Nein.«

»Haben Sie seine Hände oder seine Bekleidung auf Schusswaffenspuren untersucht?«

»Nein.«

»Haben Sie seine Bekleidung auf Blutspuren oder anderes biologisches Material untersucht?«

»Nein.«

»Warum nicht?«

»Weil er nicht …«

»Weil er nicht verdächtig war«, beendete Christina den Satz für ihn.

Sie zeigte auf die Anklagebank, wo Helene saß. »Weil sie bereits eine Verdächtige *hatten*. Sie hatten Beweise, die anscheinend auf sie deuteten, und damit waren Sie zufrieden. Als Stig Waaler also aussagte, dass er keine Kenntnis von den Morden hatte, haben Sie ihm geglaubt. Als er sagte, dass er in jener Nacht mit seiner Freundin zu Hause gewesen war, haben Sie ihm geglaubt. Weil das gelegen kam im Hinblick auf die Ermittlungsspuren, denen Sie folgten.«

»Frau Verteidigerin, es gibt keinen Grund, den Zeugen zu quälen«, sagte der Vorsitzende.

Christina entschuldigte sich halbherzig. Musæus schien empört zu sein. Aber sie war noch nicht fertig.

»Heute wissen wir, dass es Beweise gibt, die Stig Waaler trotz seines Alibis mit den Morden verknüpfen. Gleichzeitig deuten Sie an, dies bedeute lediglich, dass meine Mandantin die Morde nicht allein begangen hat. Angesichts dessen, was Sie über die Geschichte zwischen Helene und Stig Waaler wissen, halten Sie es für wahrscheinlich, dass die beiden die Morde *gemeinsam* begangen haben?«

Der Zeuge räusperte sich beklommen. »Es sind schon seltsamere Dinge geschehen.«

»Ist das so?«, fragte Christina. »Wo hat Stig Waaler zum damaligen Zeitpunkt gearbeitet?«

»Er war Automechaniker bei MOS Auto in Elvestad.«

»Wer war Inhaber der Werkstatt?«

»Morten Strømnes.«

Wieder nickte Christina vielsagend. »Der Mann, der den Strømnes-Hof geerbt hat. Der lange mit seinem Bruder um die Zukunft des Hofs gestritten hat. Der, kurz gesagt, finanziell am meisten von den Morden profitiert hat.«

Sie blätterte in ihren Unterlagen, bis sie den Ausdruck der E-Mail fand, aus der hervorging, dass Stig Waaler Morten Strømnes erpresst hatte. Die E-Mail war auch der zentrale Beweis in dem parallelen Strafverfahren in Elverum, wo Morten Strømnes wegen Ermordung seines ehemaligen Mitarbeiters Stig Waaler angeklagt war.

»Die Beweise zeigen, dass Morten Strømnes über lange Jahre hinweg mehrere hunderttausend Kronen Erpressungsgelder an Stig Waaler gezahlt hat. Außerdem hat er ihm

2005 die Firma MOS Auto zu überaus günstigen Konditionen überlassen. Da muss Waaler doch etwas Ernsthaftes gegen ihn in der Hand gehabt haben, oder nicht?«

»Wir haben Strømnes genau unter die Lupe genommen. Er hatte ein Alibi, und es gibt keinerlei Spuren, die vermuten lassen, dass er in jener Nacht auf dem Bauernhof war.«

»Aber ist das nicht genau das Gleiche, was Sie gerade über Stig Waaler gesagt haben und das durch neue Beweise entkräftet wurde?«

Musæus schüttelte den Kopf. »Das ist nicht so einfach …«

»Ach, nein? Morten Strømnes behauptet, mit seiner Frau und seinen Schwiegereltern in der Ferienhütte in Trysil gewesen zu sein. Das liegt nur etwa eine Autostunde von Elvestad entfernt. Meinen Sie nicht auch, dass er möglicherweise im Laufe der Nacht zum Tatort und wieder zurück gefahren sein kann, ohne dass die Familie etwas gemerkt hat? Ist das so undenkbar?«

Die Antwort erfolgte mit Verzögerung. »Ich *vermute*, dass es denkbar ist.«

»Wessen Entscheidung war es, Morten Strømnes und Stig Waaler so früh als Verdächtige ausscheiden zu lassen?«

»Das war meine Entscheidung.«

»Ihre Entscheidung«, wiederholte Christina. »Genauso wie es Ihre Entscheidung war, den Aussagen von Niels Lund und Lasse Opheim Glauben zu schenken. Oder wie es Ihre Entscheidung war, dass der Wagen, den der Nachbar Tore Evaldsen in jener Nacht hörte, keine Relevanz für die Ermittlungen hatte. Oder dass meine Mandantin ein blutdurchtränktes T-Shirt weggeworfen haben soll, das sie tatsächlich gar nicht getragen hat. Sie haben viele Entscheidungen getroffen, die negative Folgen hatten. Entscheidungen, die Helene Waaler achtzehn Jahre Gefängnis für zwei Morde beschert haben, die sie nicht begangen hat. Entscheidungen, die sie das halbe Leben gekostet haben. Die ihr die Jugend gestohlen haben.«

Sie starrte Musæus an, der ihren Blick nicht erwiderte. Er wirkte, als wäre er um zehn Zentimeter geschrumpft.

Der Vorsitzende beschwerte sich abermals über Christinas Rhetorik.

Die Presse schrieb fleißig mit.

Der Staatsanwalt sah aus, als wollte er erst gar nicht wieder aufstehen.

KAPITEL 63

Donnerstag, 19. Mai

Harinder parkte auf dem Platz zwischen der Tankstelle und dem länglichen weißen Holzgebäude, in dem das Sør-Østerdal-Amtsgericht untergebracht war.

Mit seinem Dienstausweis um den Hals passierte er den Haupteingang und schlüpfte still und leise in Saal 1, in dem die Verhandlung stattfand. Morten Strømnes saß mit seinem Verteidiger auf der Anklagebank, während eine ältere Frau gerade von ihren nachbarlichen Beziehungen zu dem verstorbenen Stig Waaler berichtete.

Strømnes würde in Kürze von der Staatsanwaltschaft in die Mangel genommen werden. Die Kriminaltechniker hatten die in seinem Garten gefundenen Überreste der verbrannten Gummistiefel mit den Schuhabdrücken in Übereinstimmung bringen können, die in der Mordnacht bei Stig Waaler hinterlassen worden waren. Zu seiner Verteidigung hatte er behauptet, die Stiefel niemals gesehen zu haben, und dass jemand sie absichtlich in seinen Gartenabfällen versteckt haben musste.

Keine gute Verteidigung. Schon gar nicht für einen Mann, der seine Glaubwürdigkeit schon im Vorfeld der Verhandlung ruiniert hatte. Zweifelhafte geschäftliche Transaktionen, Schwarzgelder, die Erpressungsgeschichte mit dem Mordopfer – die wiederum zu Verbindungen mit den Strømnes-Morden führten. Die Medien suhlten sich in den Einzelheiten. Offen wurde darüber diskutiert, welche Rolle Morten eigentlich bei den Morden an seinem Bruder und seiner Schwägerin gespielt hatte.

Ein tiefer Fall für den ehemaligen Bürgermeisterkandidaten.

Bald neunzehn Jahre lang hatte Helene Waaler hartnäckig ihre Schuld geleugnet, und kaum jemand hatte ihr geglaubt. Jetzt war es Morten, der lautstark seine Unschuld beteuerte. Die Stimmung in der Bevölkerung hatte sich gedreht.

Sogar sein alter Förderer Georg Davidsen hatte ihm den Rücken gekehrt. Nachdem der Fabrikdirektor einem DNA-Test zugestimmt hatte, war er schließlich bereit, Helene als seine leibliche Tochter anzuerkennen. Harinder deutete das als Zeichen, dass Davidsen eine vollständige Rehabilitierung Helenes erwartete.

Die alte Nachbarin konnte berichten, dass Gemeinderatsmitglied Strømnes im Laufe der Jahre Stig Waaler mehrmals einen Besuch abgestattet hatte. Außerdem hatte sie die beiden Männer des Öfteren lautstark streiten hören, zuletzt ein halbes Jahr vor Waalers Ermordung. Die Staatsanwaltschaft hatte die Beweisaufnahme abgeschlossen, jetzt ging es um das Aufzeigen von Motiv und Möglichkeiten.

Harinder verfolgte das Geschehen auf der Anklagebank. Er sah, wie Morten Strømnes und sein Anwalt die Köpfe zusammensteckten und vertraulich miteinander redeten, während die Zeugin aussagte. Strømnes griff nach seinem Wasserglas und nahm einen Schluck, ehe er plötzlich einen schnellen Blick über die Schulter warf. Als ob er spürte, dass jemand ihn anstarrte.

Er fing Harinders Blick auf, der ihn unverwandt und regungslos ansah.

Falls Morten der Hauptverantwortliche für die Morde auf Hof Strømnes war, bedeutete dies, dass er aufgrund der erneuten Ermittlung am meisten zu verlieren hatte. Die Logik sprach dafür, dass er derjenige gewesen war, der Mikael Madsen angeheuert hatte, um Christina und Harinder zu überwachen. Was wiederum hieß, dass er zum Teil verantwortlich für Savis Zustand war.

Harinder wollte ihn das keinesfalls vergessen lassen. Aus diesem Grund besuchte er regelmäßig die Verhandlungen. Nur um sich zu zeigen, so dass Morten daran erinnert wurde, dass die Abrechnung noch auf ihn wartete.

Als die Nachbarin ihre Aussage beendet hatte, verkündete der Richter eine Stunde Mittagspause. Harinder verließ den Saal mit den anderen Zuschauern. Er war nicht hungrig und begnügte sich daher mit einem Kaffee. Nach der Pause folgte er wieder der Verhandlung, bevor er sich schließlich in den Wagen setzte, um nach Hause zu fahren.

Er überquerte die Glomma und fuhr den Hamarveg entlang, als Rachel sich meldete. Sie hatte Neuigkeiten, die ihn veranlassten, am nächsten Kreisverkehr zu wenden und wieder zurückzufahren.

Sieben Monate nach seinem Verschwinden schien es, als ob Even Bakken endlich gefunden worden wäre. Am Boden eines Brunnens hinter einer verlassenen Kate zwischen Elverum und Hernes.

KAPITEL 64

Rachel wartete vor einem verfallenen Holzhaus am Ende eines fast völlig überwucherten Waldwegs. Harinder parkte hinter einem Dienstwagen und zwei Kleintransportern, die neben den Überresten eines ehemals weiß gestrichenen Lattenzauns standen. Sobald er aus dem Wagen gestiegen war, wurde er von Kriebelmücken umschwärmt. Der Geruch von Jauche drang in seine Nase. Es gab in der Gegend mehrere Bauernhöfe.

»Hast du schon zu Mittag gegessen?«, fragte Rachel. Sie hatte ihr bislang schulterlanges Haar etwas gekürzt. Ein ungewohnter Anblick.

»Nein. Wieso?«

»Umso besser«, entgegnete sie.

Sie führte ihn über den alten Hof und vorbei am Haus, wo Kriminaltechniker zusammen mit einer Abordnung des Rechtsmedizinischen Instituts Untersuchungen durchführten. Harinder sah den Steinbrunnen, in dem sie Bakken gefunden hatten. Er lag dicht am Waldrand, neben einem baufälligen Schuppen. Sie hatten die Leiche aus dem Brunnen geborgen, was, wie Harinder wusste, eine zeitraubende und anstrengende Arbeit gewesen sein musste. Dabei galt es nicht nur, den Körper heraufzuholen, sondern auch, nicht noch mehr Beweismaterial zu zerstören, als es die Natur bereits getan hatte.

Der Tote lag auf einer Bahre, die auf einer weißen, sterilen Unterlage ruhte. Ein männlicher und voll bekleideter Körper von etwa hundertachtzig Zentimetern Größe. Dieselbe Kleidung, die Even Bakken getragen hatte, als er zuletzt gesehen worden war. Braune Stiefel, blaue Jeans und ein schwarzes Hemd mit Western-Krawatte. Ein verdreckter Cowboyhut lag in einem Beweisbeutel neben der Bahre.

Harinder war es nicht möglich, das Gesicht des Mannes wiederzuerkennen, mit dem er zuletzt im Storhamar-Oberstufenzentrum gesprochen hatte. Die Überreste seiner Haut erschienen grau und fahl. Die dunklen Augenhöhlen waren leer. Der Fäulnisprozess war so weit fortgeschritten, dass der Geruch den der Jauche nicht zu überdecken vermochte. Der Anblick allerdings war so wenig einladend, dass Harinder sich beinahe erbrochen hätte.

Ein Bestandteil seiner Arbeit, den er nicht vermisst hatte.

»Wie ist er gefunden worden?«, fragte Harinder. »Hier scheinen ja nicht gerade viele Menschen zu wohnen.«

»Die Gemeinde ist Eigentümerin des Grundstücks, und sie planen eine Neuregulierung. Die haben einen Ingenieur rausgeschickt, um den Zustand des Brunnens zu untersuchen. Er hat die Leiche entdeckt.«

Eine zufällige Überprüfung. Ohne diese hätte Even Bakken noch jahrelang in dem Brunnen liegen können.

Die formelle Identifizierung stand noch aus. Der Rechtsmediziner schätzte, dass die Leiche zwischen sechs und acht Monaten dort gelegen haben musste. Seine Vermutung würde gegebenenfalls nach der Obduktion bestätigt werden. Auch zur Todesursache würde sich dann womöglich etwas sagen lassen können.

»An Schädel, Schultern und Brust haben wir oberflächliche Verletzungen feststellen können, aber die können auch entstanden sein, als man ihn in den Brunnen geworfen hat. Bis auf den Grund sind es jedenfalls ein paar Meter«, meinte der Rechtsmediziner.

Harinder war klar, dass Bakken nicht erschossen, nicht erstochen und auch nicht erschlagen worden war, weil man sonst Blutspuren auf dem Rastplatz entdeckt hätte, wo sein Wagen abgestellt war.

Doch Even Bakken hatte ebenso wenig seinen Wagen zurückgelassen und war dann fast zwanzig Kilometer gewandert, um sich danach in den Brunnen zu stürzen.

Nachdem einige Wochen vergangen waren und Even nicht wieder auftauchte, war Harinder überzeugt gewesen, dass er tot war. Sein plötzliches Verschwinden konnte unmöglich geplant gewesen sein. Even hatte an zwei aufeinanderfolgenden Tagen einen Auftritt im Elvestad Motor Hotel. Als er am Freitagabend gefahren war, hatte er sein Equipment dort gelassen, weil er plante, am nächsten Tag wiederzukommen.

Sein Auftritt war zeitlich mit Mikael Madsens Hotelaufenthalt zusammengefallen. Der Motelbetreiber meinte sogar, ohne es beschwören zu wollen, dass Madsen hinter Even hergefahren sei, als dieser den Ort verließ.

Harinder konnte sich vorstellen, wie alles abgelaufen war.

Während Even Bakken auf der Bühne stand und Johnny Cash mimte, ging Madsen hinaus und stach in den linken Hinterreifen. Nicht so tief, dass alle Luft auf einmal entweichen könnte, sondern so, dass sie sich nach und nach aus dem Reifen verflüchtigte. Even hatte es möglicherweise gar nicht bemerkt, als er sich nach dem Konzert ans Steuer setzte, aber nach ein paar Kilometern musste er verstanden haben, dass etwas nicht in Ordnung war. Da er die Strecke kannte, fuhr er dann weiter bis zu dem Rastplatz, wo er anhielt, um den Reifen zu überprüfen.

Gleichzeitig war Madsen ihm in einem gewissen Abstand gefolgt und wartete darauf, dass Even anhielt.

Womöglich hatte er sogar seine Hilfe angeboten.

Harinder bezweifelte, dass Even die Gefahr ahnte, bis Madsen dann zuschlug. Auf dem Rastplatz gab es keine Anzeichen eines Kampfes. Madsen musste schnell und effektiv gehandelt haben. Es herrschte später Abend, die Strecke war nicht viel befahren, gleichwohl bestand immer die Gefahr, dass ein Wagen an dem Rastplatz vorbeikam. Madsen hatte Blut vermeiden wollen. Vielleicht ein Würgegriff von hinten? Genug, um die Sauerstoffzufuhr zu unterbrechen und Bewusstlosigkeit und Tod im Laufe kurzer Zeit zu bewirken.

Sobald das passiert war, hatte Madsen die Leiche in seinen Toyota verfrachtet.

Danach war er zu diesem verlassenen Ort gefahren, um sich dort des Toten zu entledigen.

So viel zum Tathergang.

Doch was war die Ursache?

Warum musste Even Bakken sterben?

Wo war die Verbindung zwischen ihm und Mikael Madsen?

Was hatte Even gewusst, und wieso war er dadurch zu einer Bedrohung geworden?

»Der Täter ist nicht aufs Geratewohl hierhergefahren«, sagte Harinder. »Er muss den Ort von früher gekannt haben. Er muss gewusst haben, dass niemand mehr hier lebte und dass die Leiche in dem Brunnen liegen konnte, ohne unmittelbar entdeckt zu werden.«

»Das ergibt Sinn«, sagte Rachel. »Ich werde mal den Background dieses Ortes überprüfen. Ehemalige Eigentümer und so weiter. Vielleicht gibt es ja eine Verbindung zu irgendwem, der für uns von Interesse ist.«

Harinder nickte.

Die Kriminaltechniker machten sich bereit, die Leiche zum Rechtsmedizinischen Institut in Oslo zu bringen. Harinder warf einen letzten Blick auf Even, ehe der Reißverschluss des Leichensacks zugezogen wurde.

KAPITEL 65

Harinder nahm ein paar Kopien der Fallunterlagen aus einer Schublade im Flur und legte sich unter dem Licht der Stehlampe aufs Sofa. Es war mitten in der Nacht, aber er war hellwach.

Das Auftauchen von Even Bakkens Leiche hatte zu weiteren Fragen geführt, aber auch ein paar Antworten gebracht. Jedenfalls hatten sie jetzt mehr Informationen über den mutmaßlichen Mörder. Dinge, die sie zuvor nur hatten vermuten können, mussten jetzt in einem neuen Licht betrachtet werden.

Basierend auf Zeugenaussagen hatte Harinder eine Phantomzeichnung Madsens anfertigen lassen. Die zeigte einen Mann mit dunkler Brille sowie blondem Haar unter einer Schiebermütze. Eine feine Narbe zierte die rechte Seite der Nase, darüber hinaus gab es keine besonderen Merkmale.

Der Mann war ein Gespenst, aber nicht irgendeines. Er musste sich im südlichen Teil von Østerdalen gut auskennen.

Nach sieben Monaten verspürte Harinder noch immer Wut und Rachegefühle ob der Tatsache, dass Savi verletzt worden war. Aber Madsen zu finden bedeutete auch, Antworten zu bekommen. Und alle diejenigen zur Verantwortung zu ziehen, die damit etwas zu tun hatten.

Harinder blätterte durch die Fallunterlagen, bis er auf den Zeitungsartikel mit Even Bakken stieß, in dem dieser private Fotos vom letzten Konzert von Death of Utopia teilte. Er erinnerte sich an die Begegnung mit dem ehemaligen Schlagzeuger. Ein sympathischer Familienvater. Jetzt stand seine Witwe mit drei kleinen Kindern da, die ohne ihren Vater aufwachsen mussten.

Was hatte den Mord ausgelöst?

Es musste mehr dahinterstecken als nur eine zufällige Begegnung im Elvestad Motor Hotel an einem Freitagabend im Oktober. Entweder war die Begegnung gar nicht zufällig, oder es war etwas passiert, wodurch sich Madsen zum Handeln gezwungen fühlte.

Die Schlussfolgerung war indes die gleiche: Die beiden Männer hatten einander gekannt.

Anstatt ins Büro nach Bryn zurückzukehren, wo keine eiligen Arbeitsaufgaben warteten, fuhr er an diesem Morgen aus der Stadt hinaus.

Der erste Halt galt einem grünen Einfamilienhaus nahe der Festung Christiansfjeld in Elverum, wo ihn eine von den Umständen gezeichnete Witwe ins Wohnzimmer führte und Kaffee servierte. Sieben Monate lang hatte sie sich auf das Schlimmste vorbereitet, gleichwohl war es etwas völlig anderes, die Bestätigung zu erhalten. Nur eines ihrer drei Kinder hatte in der Zwischenzeit mit der Schule begonnen. Drei kleine Kinder aufzuziehen war schon eine Herausforderung, wenn man zu zweit war.

Er zeigte ihr die Phantomzeichnung von Mikael Madsen.

Sie hatte sie schon zuvor einmal gesehen, aber mitunter half ein wiederholter Versuch. Doch sie schüttelte immer noch den Kopf.

Danach zeigte er ihr ein altes Werbefoto von Death of Utopia. Vier schwarz gekleidete junge Menschen auf der Jagd nach dem großen Durchbruch. Helene Waaler trug ein Netzhemd, das kaum ihre kleinen spitzen Brüste verbarg.

»Kannten Sie Even, als er in der Band gespielt hat?«

Sie nickte. »Wir waren damals noch nicht zusammen, aber unsere Familien kannten einander. Nach den Morden hatte er eine schwere Zeit. Viel Aufmerksamkeit und viel Gerede. Er hat nicht gern darüber gesprochen.«

»Was ist mit den anderen? Kannten Sie die?«

»Helene nicht, aber ich wusste, wer Lasse und Niels waren«, sagte sie. »Die waren ganz schön wild, als wir noch jünger waren. Even eigentlich auch.«

»Und sagt Ihnen der Name Mikael Madsen etwas? Hatte Even einen Freund, der so hieß?«

Sie musste nachdenken. »Wir hatten einen Lehrer, der Madsen hieß. Aber er hatte einen anderen Vornamen. Außerdem war er ein Stück älter. Das ist der Einzige, der mir da einfällt.«

Harinder nickte. Er bedankte sich für den Kaffee und fuhr weiter. Zuerst nach Hernes und zum Fundort, der einsam und verlassen dalag und an dem lediglich die Absperrbänder an die zurückliegenden Ereignisse erinnerten.

Noch immer kreisten Harinders Gedanken um die Rockband. Eine mittelmäßige Band, die 2003 im Laufe einer Septembernacht in einen Mordfall verwickelt wird. Vier Bandmitglieder, die vier verschiedene Schicksale erleiden. Zwei von ihnen waren tot. Einer saß eine siebenjährige

Haftstrafe wegen Mordversuch und Körperverletzung ab, und das vierte Mitglied stand abermals vor Gericht und hoffte, endlich vom Vorwurf des Doppelmords freigesprochen zu werden.

Harinder fuhr weiter und suchte einen der in der Nähe liegenden Bauernhöfe auf. Dachte, dass es schlau wäre, sich ein paar der lokalen Geschichten anzuhören, die die Menschen vielleicht erzählen konnten.

Ein älterer Bauer starrte ihn von seinem Traktorsitz misstrauisch an, konnte aber ein paar Minuten für ein Gespräch entbehren.

»Haugenbakken?«, sagte er und kratzte sich das Kinn. So lautete der Name der alten Kate. »Da wohnt schon seit vielen Jahren niemand mehr. Nicht seit die alte Bertha tot ist, und das ist lange her. Die Gemeinde hat das Grundstück übernommen.«

»Hatte sie keine Familie?«, fragte Harinder.

Der Bauer schüttelte den Kopf. »Einen Neffen, aber der ist früh gestorben. Autounfall, wenn ich mich richtig erinnere. Ob's da andere Verwandte gibt, weiß ich nicht. Bertha hat nie geheiratet.«

»Sie hieß nicht zufällig Madsen mit Nachnamen?«, fragte Harinder.

»Nein.« Der Bauer schüttelte den Kopf und machte Anstalten, seinen Traktor wieder in Bewegung zu setzen. »Sie hieß Opheim.«

KAPITEL 66

Harinder geriet in den Berufsverkehr, als er zurück nach Oslo kam. Er schickte Rachel eine Nachricht und bat sie, im Kripo-Gebäude auf ihn zu warten. Er musste dringend mit ihr reden.

Rachels Arbeitsplatz befand sich in dem Flügel, wo die taktische Ermittlungsabteilung untergebracht war. Sie sah von ihrem PC auf und blickte ihn abwartend an, als er hereinkam und einen Stuhl vor ihren Schreibtisch stellte.

»Ich weiß, wieso Even Bakken ermordet wurde«, sagte er.

»Dir auch einen guten Tag«, entgegnete Rachel. »Hat das etwas mit der Frage zu tun, wo du den ganzen Tag gewesen bist?«

»Du brauchst nicht mehr zu überprüfen, wem die Kate gehört hat. Ich habe mit einem Nachbarn gesprochen, die Besitzerin war Bertha Marie Opheim. Und ja, sie ist mit Lasse Opheim verwandt. Seine Tante, um genau zu sein. Ich habe doch *gesagt*, dass Madsen den Ort nicht zufällig ausgewählt haben kann, und das hat er auch nicht.«

»Und welche Verbindung gibt es zwischen Opheim und Madsen?«, fragte Rachel.

»Die beiden sind ein und dieselbe Person«, sagte Harinder.

»Hast du getrunken?«

»Nein. Lasse Opheim muss noch am Leben sein. Angeblich ist er ins Meer gestürzt, aber seine Leiche wurde nie gefunden. Überaus passend für einen Mann, dem der norwegische Nachrichtendienst im Nacken saß und der eine Bande Waffenschmuggler verpfiffen hat. Wenn wir ihn mit dem verknüpfen, was wir über Madsen wissen, kann er auch in weitere kriminelle Aktivitäten verwickelt sein. Der Boden unter den Füßen muss ihm langsam zu heiß geworden sein.«

Harinder rekapitulierte den Tag im vergangenen Oktober, als er versucht hatte, in Elvestad mit Inger-Lise Lund zu reden. Die SMS, die sie erhalten und die ihre Einstellung gegenüber Harinder plötzlich verändert hatte, und parallel dazu Madsen, der jede seiner Bewegungen genau überwachen konnte.

»Sie wollte nicht sagen, von wem die SMS kam, aber sie und Lasse Opheim haben eine gemeinsame Tochter. Und wenn er ihr geschrieben hat, bedeutet dies, dass sie alles weiß. Es war nicht nur ihr Bruder, den sie beschützen wollte, als sie sich weigerte zu reden, sondern auch ihren Freund.«

»Oder sich selbst«, warf Rachel ein. »Wenn das stimmt, was du sagst, dann macht sie sich schuldig wegen Mitwisserschaft.«

Harinder nickte. »Opheim ist natürlich ein gewisses Risiko eingegangen, indem er sich in seinen heimatlichen Gefilden aufhielt, aber vermutlich hat er auch entsprechende Vorsichtsmaßnahmen ergriffen. Schief gegangen ist es dann nur an dem Freitag, als er im Elvestad Motor Hotel eingecheckt hat. Und an diesem Punkt kommt Even Bakken ins Spiel.«

Das Motel lag ruhig und abgeschieden, also musste Opheim gedacht haben, dass es gut geeignet war, um sich nahe bei denen aufzuhalten, die er unter Beobachtung halten wollte. Keine Überprüfung des Ausweises beim Check-in, keine Leute, die er kannte. Nur zufällig daherkommende Fremde.

»Aber dann musste Even auftauchen und alles ruinieren. Ein Auftritt in der Kneipe, und wem steht Even plötzlich gegenüber? Seinem ehemaligen Kumpel aus der Band, der offiziell seit fünf Jahren tot war. Er war bestimmt sehr überrascht.«

Opheim hatte kein weiteres Risiko eingehen wollen. Even war ein unvorhergesehenes Problem, das er schnell lösen musste, denn garantiert hätte Even irgendjemanden von der Begegnung erzählt.

»Deine Theorie ist interessant«, sagte Rachel. »Aber wie beweisen wir das?«

KAPITEL 67

Freitag, 20. Mai

Der Vollzugsbeamte in der Haftanstalt Ullersmo führte Harinder in den Besucherraum. Kinderzeichnungen an den Wänden durchbrachen die Gefängnismonotonie. Es gab eine Sofaecke und Bücherregale, und an den Fenstern hingen Vorhänge, die die Gitter draußen verbargen. Tische und Stühle waren angeordnet wie in einem Café.

Niels Lund kam in den Raum. Harinder war klar, dass Lund nur widerwillig zugestimmt hatte, sich mit ihm zu treffen, aber die wenigsten Gefangenen sagten Nein zu einem Besuch.

»Was wollen Sie? Wenn Sie mir weiter mit Fragen zu diesem Scheißfall auf die Nerven gehen wollen, dann verschwenden Sie Ihre Zeit. Ich habe nichts mehr dazu zu sagen.«

»Ich würde gerne über Ihren Kumpel reden, Lasse Opheim«, sagte Harinder.

»Wieso das? Der Mann ist tot.«

»Was Sie nicht sagen.« Harinder starrte sein Gegenüber durchdringend an. »Wie kommt es dann, dass er im letzten Herbst in Elvestad war? Wir wissen, dass er den Flugzeugabsturz nur inszeniert hat. Das sollte Ihnen und Ihrer Schwester doch eigentlich bekannt sein.«

Niels Lund verzog keine Miene. Allerdings widersprach er Harinder auch nicht.

»Reden Sie mit mir, dann könnte es sein, dass wir Ihre Schwester nicht auch noch quälen müssen«, sagte Harinder. »Sie hat doch sicher schon mit genug Dingen zu kämpfen, oder nicht?«

Harinder hatte nicht vor, Inger-Lise ungestraft davonkommen zu lassen, falls sich herausstellte, dass sie ihren Freund unterstützt hatte, allerdings musste er Niels etwas anbieten, damit der zur Zusammenarbeit bereit war.

»Warum musste Lasse so tun, als ob er tot wäre?«

Niels seufzte und lehnte sich mit vor der Brust verschränkten Armen zurück.

»Er bekam Probleme mit ein paar Motorradgang-Typen, die er verpfiffen hatte. Die haben ihn und seine Familie bedroht«, sagte Lund. »Außerdem hatte er wegen einer Bewährungsstrafe seine Sicherheitsfreigabe verloren und bekam daher keine weiteren Beraterverträge vom Militär. Da kam einiges zusammen. Er kann mitunter etwas paranoid sein und hatte den Verdacht, dass irgendwelche Behörden hinter ihm her waren. Da hat er es vorgezogen zu verschwinden.«

»Haben Sie noch Kontakt miteinander?«

»Eigentlich nicht. Bis sich die Dinge wieder beruhigen, ist es so am sichersten.«

»Aber Sie wussten, dass er zurückgekommen war?«

»Ist ja nicht so, dass ich da vorher informiert werde oder so«, sagte Niels. »Eines Tages ist er plötzlich in meinem Linienbus aufgetaucht. Wir haben uns unterhalten, während ich an der Endstation in Rena Pause gemacht habe.«

»War das bevor oder nachdem wir beide miteinander zu tun hatten?«

»Vorher.«

»Und das war das einzige Mal, dass Sie sich unterhalten haben?« Niels schüttelte den Kopf.

»Worüber haben Sie geredet? Über Helene, nehme ich an?«

Lund gab keine Antwort und starrte nur weiter die Tischplatte an.

»Er hat Sie auf Helene angesetzt«, sagte Harinder. »Bis zu diesem Tag haben Sie sich damit begnügt, Drohbriefe in Helenes Briefkasten zu werfen. Aber Lasse hat Sie dazu angestachelt, die Drohung ernst werden zu lassen. Hat er Ihnen gesagt, wann und wo Sie das machen sollen? Er hat Sie zu Helene geschickt, so dass die Polizei erst mal mit Ihnen beschäftigt war. Und das hat ihm wiederum ermöglicht, sich um mich zu kümmern, ohne dabei sonderlich gestört zu werden. Zwei Fliegen mit einer Klappe.«

»Davon weiß ich nichts«, sagte Niels.

»Er hat Sie manipuliert, Niels. Bestimmt nicht zum ersten Mal, vermute ich. Er ist eher der stille Typ, der keine unnötige Aufmerksamkeit auf sich zieht. Er ist der helle Kopf in dieser Konstellation. Wussten Sie, was er vorhatte, oder hat er Sie hintergangen?«

»Hey, Sie reden hier über meinen Kumpel!«

»Was ist mit Even? War er nicht auch ein Kumpel?«

Harinder hatte Fotos vom Fundort der Leiche mitgenommen und legte sie auf den Tisch. Niels verzog das Gesicht, als er sie ansah. Er ließ den Kopf sinken und starrte mit einem Blick, den Harinder schon viele Male zuvor gesehen hatte, auf seine Füße. Offenbar wurde ihm die Reichweite seiner Handlungen langsam klar.

»Ich weiß nichts darüber …«, sagte er. »Ich bin kein Mörder. Und das mit Helene … ich wollte sie eigentlich nur erschrecken. Ich wollte, dass sie aufhörte, in aller Öffentlichkeit diesen Dreck über mich zu verbreiten. Ich hatte schon genug Probleme, da musste sie mir nicht noch weitere bescheren. Ich habe die Besinnung verloren.«

»Was hat sie gesagt, das Sie als ungerecht empfunden haben?«, fragte Harinder. »Sie und Lasse haben Helene geopfert. Sie hätten die Wahrheit sagen und Helene ein Alibi geben können, aber Sie haben beschlossen, das nicht zu tun. Wieso? Weil Sie nicht in die Sache verwickelt werden wollten?«

»Ich weiß verdammt nochmal nicht, was damals passiert ist!«, sagte Niels. »Es war ein langer Tag, und ich war high, okay? Ich weiß nicht mehr, wo wir sie abgesetzt haben oder wie spät es war. Wir wollten eigentlich zu mir, aber sie ist im Wagen völlig durchgedreht. Hat mich angeschrien, dass ich ein Loser sei und dass sie Schluss mit mir mache, und dann hat sie verlangt, nach Hause auf den Hof gebracht zu werden. Vielleicht sind wir die ganze Strecke mit ihr dahingefahren oder vielleicht auch nicht – ich erinnere mich an gar nichts!«

»Warum haben Sie das nicht einfach ausgesagt?«

Niels sagte kein Wort, aber die Antwort war klar. Er hatte seinem Kumpel nicht widersprechen wollen.

»Wie kann ich mit Lasse in Kontakt kommen?«, fragte Harinder. »Jetzt sagen Sie bloß nicht, Sie wüssten es nicht – Sie haben ja schon genügend Lügen erzählt. Sie sind sein ältester Freund und der Onkel seiner Tochter, also wissen Sie es.«

Niels zögerte, als fände er, schon entgegenkommend genug gewesen zu sein.

»Wenn Sie mir nicht antworten, ist Inger-Lise die Nächste, die ich frage. Und überhaupt bin ich schon nahe daran, sie wegen Beteiligung an einem Mord festzunehmen.« Harinder hielt Daumen und Zeigefinger in die Höhe, um anzudeuten, wie nahe. »Denken Sie an Ihre Nichte. Was wird mit ihr passieren, wenn beide Eltern im Gefängnis landen?«

Niels starrte ihn böse an. »Sie sind ein Arschloch, wissen Sie das?«

»Nur wenn ich muss«, entgegnete Harinder.

»Sie können ihn nicht einfach anrufen. Sie müssen eine Nachricht in einem Café hinterlassen. Sobald er kann, nimmt er dann Kontakt zu Ihnen auf.«

»Und wo ist dieses Café?«

KAPITEL 68

Kopenhagen, Montag, 23. Mai

Sie warteten auf einer Bank in der Nähe des Kanals. Es war Frühling, in den Straßen wimmelte es von Menschen. Leicht bekleidete Jogger und Spaziergänger, die die sommerlichen Temperaturen zu schätzen wussten.

Einen Block weiter lag das Café Ernst.

Harinder und Rachel mussten Abstand halten. Allein, dass sie dort sitzen konnten, war der Höflichkeit der dänischen Polizei geschuldet. Hinzugezogen würden sie nur, wenn die Dänen bei der Identifizierung von Lasse Opheim alias Mikael Madsen Hilfe benötigten.

Kommissar Rasmussen, ihr Ansprechpartner in Kopenhagen, war für den Tipp sehr dankbar. Opheims Alias war den Dänen bereits bekannt. Dieser und andere, die er verwendet hatte, waren alle mit demselben Spitznamen verknüpft: Houdini. Der Norweger wurde verdächtigt, diversen verbrecherischen Handlungen nachzugehen, von Datenkriminalität bis zum illegalen Verkauf von Waffen.

Jetzt warteten sie darauf, dass der Mann bald auftauchte.

Opheim nutzte das Café auf der anderen Straßenseite, um Post und andere Lieferungen abzuholen. Der Inhaber war ein alter Bekannter der Polizei.

Bevor er losgefahren war, hatte Harinder mit Christina

gesprochen. Er stand in dem laufenden Verfahren auf der Zeugenliste und hatte versprochen, rechtzeitig am nächsten Tag zurück zu sein.

Außerdem sollte Niels Lund aufgerufen werden, um eine modifizierte Zeugenaussage abzugeben. Für Christina und Helene war das natürlich von viel größerer Bedeutung als Harinders mögliche Ausführungen im Gerichtssaal.

Wenn einer der Schlüsselzeugen aus dem ursprünglichen Fall plötzlich seine Aussage änderte, musste das für das Anliegen der Staatsanwaltschaft wie ein Todesstoß sein.

»So gesehen brauchen wir Opheim gar nicht«, sagte Christina. »Seine Erklärung fällt ja angesichts der von Lund in sich zusammen. Und wenn wir darauf hinweisen können, was für ein Typ er ist, bleibt von seiner Glaubwürdigkeit nichts mehr übrig.«

»*Du* brauchts ihn möglicherweise nicht, ich allerdings schon«, sagte Harinder.

»Das weiß ich, du darfst mich nicht missverstehen. Aber glaubst du wirklich, dass du ihn zum Reden bringen kannst, falls du ihn findest?«

»Wir müssen versuchen, ihn davon zu überzeugen, dass eine Zusammenarbeit in seinem Interesse ist. Er ist ja kein Idealist. Für ihn geht es darum, zu überleben. Sein Spitzname lautet nicht umsonst Houdini, er findet nämlich immer einen Ausweg.«

Rachel und er erhoben sich, um die Beine zu strecken. Suchten einen Kiosk auf, wo sie etwas zu essen und zu trinken kaufen konnten.

Der Leiter der dänischen Einsatzgruppe meldete, dass ein Mann in der Prinsessegade, auf den die Beschreibung passte, sich gerade in Richtung auf das Café Ernst zubewegte. Er trage beige Chinos, einen grauen Blazer und ein schwarzes Basecap.

Harinder erhob sich abermals von der Bank. Trat einen Schritt näher, um besser sehen zu können. Blieb an einem Baum stehen und achtete darauf, den von den Dänen vorgegebenen Rahmen nicht zu verletzen.

Dann sah er Opheim.

Abgesehen von den Haaren war er viel leichter wiederzuerkennen als seine alten Kumpel Even Bakken und Niels Lund. Er wirkte wie ein Mann, der Sport trieb und auf sich achtete. Noch immer war er schlank. Sein Gesicht hatte jungenhafte Züge.

»Er ist es«, bestätigte Harinder über Funk.

Rachel zupfte an seinem Ärmel.

»Bleib hier«, sagte sie leise. »Lass die Dänen ihren Job machen.«

Opheim näherte sich dem Eingang des Cafés.

Jemand brüllte ein Kommando.

Opheim fuhr zusammen. Er drehte sich um und sah uniformierte und bewaffnete Polizisten aus drei verschiedenen Richtungen auf ihn zustürmen.

Ohne zu zögern, zog er eine Waffe hervor und begann, um sich zu schießen.

Das Geräusch der Schüsse durchdrang die frühlingshafte Ruhe. Lautes Krachen gefolgt von Schreien und Rufen. Überrumpelte Polizeibeamte, die plötzlich beschossen wurden. Panische Fußgänger, die sich unverhofft im Kreuzfeuer befanden.

Opheim rannte los.

Er lief am Kanal entlang, auf Harinder und Rachel zu.

Immer noch feuerte er Schüsse ab. Die Polizei zögerte

wegen all der Zivilisten in der Nähe, das Feuer zu erwidern. Einer der Beamten lag verletzt auf der Straße.

Rachel starrte Harinder an.

»Sieben Monate ohne dich und kein einziger Schuss«, sagte sie. »Und sobald du zurück bist ...«

Opheim lief zur nächsten Straßenecke, fort von der Stelle, wo Rachel und Harinder Deckung gesucht hatten. Er rannte weiter in die Freistadt hinein. Die klickenden Geräusche seiner Pistole verrieten, dass ihm die Munition ausgegangen war.

Harinder sprang aus seinem Versteck hervor. Er rannte los, um Opheim den Weg abzuschneiden, während er sich gleichzeitig nach der dänischen Bereitschaftspolizei umdrehte.

»Lasse!«

Seinen eigentlichen Namen zu hören, schien Opheim zu verwirren. Er blickte zur Seite und verlor an Tempo. Harinder hechtete ihm nach und riss ihn von den Füßen.

Opheim trat um sich und rollte zur Seite. Doch Harinder hatte ihn so lange aufgehalten, dass die dänischen Kollegen aufholen konnten. Zwei Beamte waren bei ihm, ehe er Gelegenheit hatte, wieder aufzustehen. Sie warfen sich auf ihn und verpassten ihm zum Dank für das Chaos eine Abfolge von Schlägen und Tritten.

Als sie fertig waren, war vom Widerstand des Norwegers nicht mehr viel zu spüren.

KAPITEL 69

Lasse Opheim wurde in der Polizeistation Station City am Halmtorv festgehalten. Die Dänen wollten sich allein mit ihm unterhalten, bevor die norwegischen Gäste Zutritt erhielten. Harinder und Rachel saßen auf dem Gang und tranken Kaffee, der genauso schlecht war wie der im Kripo-Gebäude in Bryn.

Kommissar Rasmussen kam zu ihnen heraus.

»Was sagt er?«, fragte Harinder.

»Überhaupt nichts. Aber er will mit euch reden«, sagte Rasmussen. »Ihr habt dreißig Minuten. Viel Glück.«

Opheim saß allein in einem kreideweiß gestrichenen Vernehmungsraum, der anscheinend über die neueste technische Ausrüstung verfügte. Bild- und Tonaufnahmen wurden mittels Bewegungssensoren gesteuert. Opheims eine Hand war mit Handschellen an den Tisch gefesselt. Eine halb volle Flasche Orangenlimonade stand vor ihm. Von dem Zusammenstoß mit der Bereitschaftstruppe hatte er Kratzer und blaue Flecken davongetragen.

Harinder setzte sich ihm gegenüber an den Tisch. Starrte ihn lange an, um sich seine volle Aufmerksamkeit zu sichern.

»Sie haben danebengeschossen«, sagte er schließlich.

Opheim kniff die Augen zusammen und wandte den Blick ab.

»Sieht aus, als hätten Sie eine Abreibung bekommen, aber für einen Mann, der 2016 bei Stord in den Tod gestürzt ist, wirken Sie erstaunlich fit.«

Jetzt verzog Opheim ein wenig das Gesicht.

»Erzählen Sie uns von Elvestad«, sagte Harinder. »Obwohl Sie ein eigenes Interesse an der Sache hatten, sind Sie nicht auf eigene Faust dorthin gefahren. Jemand hat Sie darum gebeten. Wer?«

»Beweisen Sie es.«

»Niels arbeitet mit uns zusammen. Die Mutter Ihrer Tochter ist die Nächste. Sie muss mit uns reden, wenn sie nicht ins Gefängnis kommen will.«

Opheim starrte ihn böse an. »Bullshit.«

»Niels hat uns von dem Café erzählt und wie wir am besten an Sie herankommen. Er hat uns auch von der Begegnung im Linienbus nach Rena berichtet. Er ist, um es milde auszudrücken, wenig begeistert von der Art, wie Sie ihn benutzt haben. Sie haben ihn überzeugt, endgültig mit Helene abzurechnen. Sie haben die Aufmerksamkeit in eine andere Richtung gelenkt, während Sie sich darauf vorbereitet haben, den Job auszuführen, um den Sie gebeten wurden. Sie haben Ihren ältesten Freund geopfert.«

Opheims Maske bekam Risse. Harinder registrierte ein schwaches Kopfschütteln.

»Dann kennen Sie ihn schlecht«, sagte Opheim. »Überzeugen musste ich ihn meist nur, damit er die Finger von dummen Geschichten lässt.«

Aus dem Augenwinkel bemerkte Harinder ein anerkennendes Lächeln von Rachel. Teile und herrsche. Das ging nur selten schief.

»Wie gesagt, Sie haben danebengeschossen«, sagte Harinder. »Was mich betrifft, wohlgemerkt. Stattdessen haben Sie meine Tochter getroffen. Eine junge Frau, die nichts mit der Sache zu tun hat und die immer noch im Rollstuhl sitzt.«

Opheim hatte keine andere Antwort als ein resigniertes Schulterzucken. *Shit happens.* Harinder musste sich sehr zurückhalten.

»Verfolgen Sie den Prozess? Das Wiederaufnahmeverfahren?«, fragte er.

»Nein.«

»Sind Sie nicht neugierig auf den Ausgang?«

»Ich kann eh nichts daran ändern.«

»Nein, diese Chance haben Sie verspielt. Was ist in jener Nacht passiert, Lasse? Ich meine: Was ist wirklich geschehen? Niels hat zugegeben, dass er sich an nichts mehr erinnern kann. Was ist mit Ihnen? Was versuchen Sie so verzweifelt zu vertuschen? Was ist wichtig genug, um dafür zu töten?«

Lasse Opheim nahm einen Schluck aus der Limo-Flasche. Er legte die Ellbogen auf den Tisch und sah Harinder in die Augen.

»Wenn ihr wollt, dass ich rede, dann müsst ihr mir schon was richtig Gutes anbieten.«

»Vergessen Sie es«, mischte Rachel sich ein. »Leute, die auf die Polizei schießen, bekommen keinen Deal. Was Sie bekommen, ist die maximale Gewichtung sämtlicher Anklagepunkte und die härteste Strafe, die das Gesetz vorsieht. In Dänemark bedeutet das lebenslänglich. Falls Sie uns hingegen etwas anbieten, kann das zu Ihrem Vorteil ausgelegt werden. In der Situation, in der Sie sich gerade befinden, werden Sie alles Wohlwollen nötig haben, das Sie bekommen können.«

»Wie ich bereits sagte, Niels arbeitet mit uns zusammen«, fuhr Harinder fort. »Und dann ist da Inger-Lise, die an ihre Tochter denken muss. Sie weiß viel über Sie und darüber, was Sie getan haben. *Sie* kann einen Deal bekommen.«

»Die Dänen haben Sie geschnappt. Das bedeutet, dass wir die einzigen Freunde sind, die Sie in dieser Polizeistation haben«, sagte Rachel.

Lasse Opheim sah erst Rachel und dann Harinder an. Er war ein zäher Typ, der in Kriegsgebieten operiert hatte. Dennoch war es für niemanden leicht, von zwei Seiten gleichzeitig attackiert zu werden. Seine Ex-Freundin und deren Bruder waren Opheims Achillesferse.

»Inger-Lise hat nichts Böses getan«, sagte er. »Ich will, dass Sie mir versprechen, sie in Ruhe zu lassen. Sie hat es nicht leicht, und die Kleine braucht sie. Lassen Sie sie nicht für etwas büßen, was ich getan habe.«

Harinder sah zu Rachel, die schnell nickte. Er entschuldigte sich, verließ den Raum und rief den Polizeijuristen bei der Kripo in Oslo an, um ihm die Situation zu erläutern. Opheim hätte sich ohne Unterstützung seiner Freundin nicht so lange versteckt halten können. Da sie die Polizei nicht verständigt hatte, war sie der Mitwirkung schuldig. Allerding war nicht sie diejenige, für die sich die Polizei primär interessierte.

Als Harinder zurück in den Vernehmungsraum kam, registrierte er den erwartungsvollen Blick Opheims.

»Vorausgesetzt, dass Sie alle Karten auf den Tisch legen, werden wir bei Inger-Lise von einer Anklageerhebung absehen. Sie sollten uns also etwas Brauchbares anbieten«, sagte Harinder.

Nach einem Augenblick des Zögerns nickte Lasse Opheim.

»Die Nacht auf den 13. September 2003«, sagte Harinder. »Haben Sie, wie stets behauptet, Helene Waaler zurück zum Strømnes-Hof gefahren?«

»Nein.«

»Warum nicht?«

»Weil sie gar nicht da sein sollte.«

Harinder blickte Opheim fragend an. »Was meinen Sie damit?«

»Wollen Sie die kurze oder lange Version hören?«

»Sieht es so aus, als hätten wir es eilig?«

»Okay. 2003 habe ich in Teilzeit als Mechaniker bei MOS Auto gearbeitet«, sagte Lasse. »Ich hatte meinen Wehrdienst absolviert und war mir nicht sicher, was ich als Nächstes machen wollte. Morten Strømnes hat mir einen Job besorgt. Falls Sie es nicht wissen sollten, er ist mit meiner Tante verheiratet, Jeanette. Die waren immer nett zu mir. Zu dieser Zeit herrschte ein Konflikt zwischen Morten und seinem Bruder.«

»Das wissen wir«, sagte Harinder.

»Was Sie vielleicht nicht wissen, ist, dass Jonas ein richtiges Arschloch war«, fuhr Lasse fort. »Ich habe mit eigenen Augen gesehen, wie er Morten herumkommandiert hat und wie er sich über Jeanettes Nervenprobleme und ihre Art zu sprechen lustig gemacht hat. Unter anderem. Laut Morten sollte das immer schon so gewesen sein. Jonas wollte die ganze Zeit der Beste sein. Und wenn man den Geduldsfaden von jemandem lange genug strapaziert, reißt er irgendwann.«

»Und das ist Ihrer Meinung nach geschehen, Mortens Geduldsfaden ist gerissen?«

Lasse Opheim nickte. »Morten hatte genug. Das Benehmen seines Bruders kostete ihn nicht nur viel Geld, sondern führte auch dazu, dass seine Beziehung zu Jeanette und ihren Eltern – meinen Großeltern – immer schwieriger wurde. Sein Unternehmen war in Gefahr. Irgendwas musste getan werden.«

Neben seinem Job hatte Lasse bei Death of Utopia gespielt und durch den Verkauf von Haschisch und Amphetamin zusätzliches Geld verdient. Er war ein junger Mann mit Verbindungen.

»Eines Tages kam Morten zu mir und fragte, ob ich ihm eine Schusswaffe besorgen könnte.«

KAPITEL 70

Sie erreichten Elverum kurz nach Mitternacht.

Lasse sah auf die Uhr und stellte fest, dass er pünktlich war. Abgesehen von den beiden auf dem Rücksitz war die Fahrt von Oslo gut verlaufen. Helene hatte seit Verlassen des Veranstaltungsorts nur gehässige Kommentare gemacht. Niels und sie hatten zu viel intus und stritten jetzt darüber, wer die Schuld für das »Desaster« in Oslo trug.

Lasse hatte eigentlich keine Ahnung, worüber sie sich zankten. Er fand, dass es einigermaßen gut gelaufen war. Im Gegensatz zu den anderen war er sich bewusst, dass sie eine beschissene Band waren, die mit zweitklassiger Ausrüstung spielte.

Für ihn war das völlig in Ordnung. Die Band war nicht sein Leben, nur ein Zeitvertreib, bis ihm etwas anderes einfiel. Anders als Niels träumte er nicht von einer Karriere als Rockstar.

Er hielt vor dem Haus, in dem Even in Elverum ein Zimmer im Souterrain mietete. Sie wechselten einen schnellen Blick, ehe der Schlagzeuger aus dem Wagen sprang. Ein schiefes Lächeln, das die Erleichterung darüber ausdrücken sollte, endlich von den beiden auf dem Rücksitz wegzukommen.

»Wir sehen uns«, sagte Lasse, ehe er sich zu Niels und Helene umdrehte und sie bat, für einen Augenblick das Maul zu halten. »Schafft ihr es, die fünfzig Meter bis zum Haus zu laufen, oder muss ich euch bis vor die Tür fahren?«

Helene starrte ihn an. Ihre Pupillen waren groß und verliehen ihr einen wilden Gesichtsausdruck. Lasse musste an den Cocktail aus Alkohol und Drogen denken, den sie im Laufe des Abends in sich hineingeschüttet hatte.

»Spinnst du, oder was?«, fragte sie. »Ich übernachte hier nicht. Nicht bei diesem verfickten Loser. Auf gar keinen Fall! Ich will nach Hause!«

»Dann wünsch ich einen schönen Spaziergang«, sagte Lasse.

»Bring mich jetzt nach Hause. Es ist mitten in der Nacht!«

»Ich fahr jetzt nicht mehr zu dem verdammten Bauernhof und wieder zurück«, sagte Lasse, obwohl genau das der Plan war.

Aber der Plan lautete auch, dass er das allein tun sollte.

Helene gab nicht auf, und am Ende bekam sie sogar Unterstützung von Niels.

»Fahr sie doch nach Hause, dann werden wir sie endlich los«, sagte sein Kumpel mit schleppender Stimme.

Lasse nickte und ließ den Motor wieder an. Er fluchte in sich hinein, fragte sich, wie er das Durcheinander lösen sollte. Er konnte Helene nicht zum Strømnes-Hof fahren. Nicht jetzt, da er schon verabredet hatte, sich dort mit Morten zu treffen.

Als Morten beschlossen hatte, mit seinem Bruder abzurechnen, hatte Lasse gedacht, dass es am besten wäre, ihn bei der Planung zu unterstützen. Dass er Lasse gebeten hatte, eine Schusswaffe zu besorgen, zeigte nur, dass sein angeheirateter Onkel die Konsequenzen nicht richtig durchdacht hatte. Denn wenn er eine fremde Waffe benutzte, würde das Ganze wie beabsichtigt aussehen. Viel besser war es, eine Waffe zu verwenden, die sich bereits auf dem Hof befand. Da konnte es so aussehen, als hätte es einen Einbruch gegeben, der aus dem Ruder gelaufen war.

Würden die Bullen das glauben? Vielleicht nicht, aber es ging darum, was sie beweisen konnten.

Es war wichtig, dass niemand anderes als Jonas verletzt würde und dass Morten nichts Unüberlegtes tat, was womöglich zu seiner Verhaftung führte. Sie hatten den besten Zeitpunkt gewählt, einen Abend, an dem Jonas mit Sicherheit allein sein würde.

Britt war bei einem Handballturnier in Moss. Helene hatte ein Konzert in Oslo und hätte laut Plan bei ihrem Freund übernachten sollen.

Lasse hatte keine Zeit, den Beziehungstherapeuten zu spielen. Ohnehin bezweifelte er, dass es etwas nutzen würde. Gleichzeitig wagte er nicht, Helene aus dem Wagen zu werfen, während sie sich noch in Elverum befanden. Sie hätte sich leicht eine alternative Fahrgelegenheit beschaffen können.

Andererseits konnte er auch nicht Morten anrufen und ihn warnen. Mobiltelefone hinterließen Spuren.

Also fuhr er los.

Sie befanden sich auf einem wenig befahrenen Abschnitt, etwa fünf Kilometer von Strømnes entfernt, als sich eine Gelegenheit bot. Nach einer kurzen Pause waren Helene und Niels erneut aneinandergeraten. Und dieses Mal mit Körpereinsatz. Sie ohrfeigte ihn, und er schlug zurück. Der

Wagen wackelte dermaßen stark, dass Lasse Probleme hatte, ihn unter Kontrolle zu halten.

Er machte eine Vollbremsung am Straßenrand. Stieg aus, öffnete die hintere Tür und zerrte Helene aus dem Wagen. Sie widersetzte sich und traktierte ihn mit ihren Fäusten und den langen Fingernägeln. Kurzerhand stieß er sie in den Straßengraben und war kurz davor, ihr zum Abschied noch einen Tritt zu verpassen. Stattdessen nahm er ihren Gitarrenkasten aus dem Wagen und warf ihn ihr hinterher.

Niels bekam einen Schluckauf vor lauter Lachen.

Helene brüllte und verfluchte sie beide.

Jetzt hatte Lasse ein Problem weniger. Das verbleibende – Niels – streckte sich auf dem Rücksitz aus. Den hatte er nun für sich allein und bekam gar nicht mit, dass sie weiter in Richtung Elvestad fuhren und nicht zurück nach Elverum. Lasse warf seinem Kumpel einen Joint zu, den dieser sich begeistert anzündete.

Im schlimmsten Fall könnte er Niels einfach mitmachen lassen, dachte er. Sie hatten schon viel zusammen angestellt und einander immer gedeckt. Er könnte ihn mit dem Speed locken, das dieser idiotische Jonas beschlagnahmt hatte und das eines der Dinge war, über die Niels und Helene sich im Wagen gestritten hatten.

Aber das war gar nicht nötig. Als er auf den Weg einbog, der unter anderem zum Strømnes-Hof führte, war Niels schon völlig weggetreten. Es war unmöglich, ihn wach zu bekommen.

Es war jetzt Viertel nach eins. Der Hof lag in völliger Dunkelheit und Stille. Er hielt den Wagen unten beim Nachbarhof an, schaltete den Motor aus und wartete.

Zehn Minuten später sah er die Lichter eines anderen

Wagens. Ein weißer Toyota-Kleintransporter, der an der Einfahrt zum Strømnes-Hof parkte.

Lasse stieg aus, um Morten entgegenzugehen, der in einer blauen Arbeitsjacke aus dem Toyota kletterte. Eigentlich war er mit Jeanette und den Schwiegereltern in der Ferienhütte. Aber Jeanette nahm immer eine Beruhigungspille, ehe sie sich hinlegte. Sie schlief fest, das Schlafzimmer ihrer Eltern ging nach hinten raus, niemand würde merken, dass er ein paar Stunden nicht da war.

»Wir müssen den Plan ändern«, sagte Lasse. »Helene ist hierher unterwegs. Sie hat noch eine ganze Strecke vor sich, falls sie niemanden findet, der sie mitnimmt. Aber im Prinzip kann sie jeden Moment hier auftauchen, deshalb schlage ich vor, dass wir abbrechen.«

Das war nicht das, was Morten hören wollte.

»Ich hab ihm schon zu viel Zeit gegeben«, sagte er. »Wir können das nicht länger hinauszögern. Wenn es nicht heute Nacht passiert, weiß ich nicht, wann wir wieder eine Gelegenheit dazu bekommen.«

Lasse begriff, was er meinte.

»Okay. Dann richten wir uns nach der Situation«, sagte er.

KAPITEL 71

Montag, 23. Mai

Anstatt in Kopenhagen zu übernachten, nahmen sie den Abendflug zurück nach Oslo. Harinder musste am nächsten Tag vor Gericht erscheinen, und für einen weiteren Verbleib gab es ohnehin keinen Grund. Lasse Opheim hatte alles auf den Tisch gelegt, was er über die Morde auf dem Strømnes-Hof zu erzählen hatte. Was weiter geschehen würde, war Sache der Juristen.

Harinder lehnte sich zurück und streckte die Beine aus. Rachel und er hatten Plätze am Notausgang bekommen.

Wie sie jetzt wussten, hatte Morten Strømnes den Hof seiner Familie aufgesucht, um Jonas umzubringen. Er war an einen Punkt gekommen, an dem er keinen anderen Ausweg mehr sah. Der Hass auf seinen Bruder hatte sich mit der Befürchtung vermischt, große Summen durch eine Investition zu verlieren, aus der womöglich gar nichts wurde.

Irrtümlich hatte er geglaubt, dass seine Schwägerin verreist war. Er wusste nicht, dass Britt auf der Reise zum Handballturnier krank geworden war und beschlossen hatte, umzukehren und nach Hause zurückzufahren.

Die Frage war, ob vielleicht alles anders gekommen wäre, wenn Morten sich nicht mit einem kaltblütigen Zyniker wie Lasse Opheim zusammengetan hätte.

Morten wusste, wo sich der Waffenschrank befand, und er wusste, wo sein Bruder die Schlüssel aufbewahrte, nämlich an derselben Stelle wie seinerzeit ihr Vater. Allerdings war es Opheims Vorschlag gewesen, eine falsche Fährte auszulegen. Während er und Morten zum Wohnhaus gingen, hatte Lasse bereits Helene im Hinterkopf, die, wie er wusste, am Straßenrand entlang auf den Hof zustapfte.

»Offen gestanden war ich mir nicht sicher, ob Morten es schaffen würde abzudrücken«, hatte Opheim ausgesagt. »Ich stand jedenfalls bereit, für den Fall, dass er kneifen würde. Aber er hat abgedrückt. Als Jonas herunterkam und uns beide entdeckte, hat Morten ihm direkt in die Brust geschossen. Und ehrlich gesagt, wirkte er völlig schockiert über das, was er da getan hatte.«

Allerdings nicht so schockiert wie einen Augenblick später, als sie Geräusche aus dem oberen Stockwerk hörten und plötzlich Britt von der obersten Treppenstufe auf sie heruntersah.

»Morten ist regelrecht erstarrt. Ich versuchte, irgendwie in Kontakt mit ihm zu kommen, doch er stand bloß da und glotzte sie an. Vollständig paralysiert. Mir wurde klar, je länger wir dort standen, desto näher kamen wir einer langen Gefängnisstrafe. Das kam für mich absolut nicht infrage. Sie war eine Zeugin, und ich wusste, was getan werden musste. Und da Morten außerstande war zu handeln, musste ich das übernehmen.«

Lasse Opheim hatte Morten die Flinte aus der Hand gerissen und auf Britt geschossen, allerdings so nachlässig und ungenau, dass er nur ihren Arm traf. Britt war zu Boden gestürzt, aber dann losgekrochen, um aus dem Schussfeld zu gelangen.

Lasse lud das Gewehr durch, ehe er um Jonas' Leiche herumging, genau darauf achtend, wohin er trat, um ja keine Spuren zu hinterlassen. Er rannte die Treppe hinauf und holte Britt ein. Sorgte dafür, dass der nächste Schuss die ganze Sache beendete.

»Haben Sie gezögert?«, hatte Harinder ihn gefragt. »Haben Sie sich überhaupt eine Sekunde Zeit genommen, um darüber nachzudenken, was Sie da taten?«

Opheim hatte seinen Blick erwidert, ohne zu blinzeln.

»Ich zögere selten.«

Auf dem ganzen Weg zurück nach Gardermoen klang Opheims Antwort wie ein Echo in Harinders Kopf nach. Eine Antwort, die kalte Schauder hervorrufen konnte. Das war der Mann, der eine unschuldige Lehrerin hingerichtet hatte, weil sie zur falschen Zeit am falschen Ort war. Der seinen alten Kumpel umgebracht und dessen Leiche in einen Brunnen geworfen hatte. Der Mann, der Savi angeschossen hatte.

Er zögerte in der Tat nicht.

»Was war mit Stig Waaler?«, fragte Harinder. »Was war eigentlich seine Rolle?«

Der neue Tathergang, den Christina vor Gericht durchboxen wollte, lautete, dass Stig Waaler einer der beiden Täter gewesen war. Opheims Geständnis allerdings pulverisierte diese Theorie.

»Ich habe Morten gesagt, er solle seine Klamotten loswerden, ehe er wieder zurück zur Hütte in Trysil fuhr«, sagte Opheim. »Er hat das Zeug in die Mülltonne an der Bushaltestelle geworfen, direkt gegenüber der Werkstatt. Nicht gerade professionell. Stig muss ihn dabei beobachtet haben. Er war nachts oft unterwegs, ist irgendwo eingebrochen, hat Autos geklaut oder Diebesgut herumtransportiert. Als die Neuigkeiten bekannt wurden, muss er zu der Mülltonne gegangen sein, um das zu suchen, was Morten weggeworfen hatte.«

»Hat er auch versucht, Sie zu erpressen?«, wollte Harinder wissen.

»Er wusste nichts von mir.« Lasse lächelte kalt. »Aber wenn er es bei mir versucht hätte, wäre sein Leben noch kürzer ausgefallen.«

KAPITEL 72

Dienstag, 24. Mai

Der Platz vor dem Gericht war dem Chaos, das im Inneren des Gebäudes herrschte, bei Weitem vorzuziehen. Es war teilweise bewölkt und warm. Harinder saß auf den Treppenstufen vor der mit Fauskemarmor verkleideten Außenwand, die zum C. J. Hambros plass zeigte, und überlegte, zum Monsoon Palace hinunterzuschlendern, dem Restaurant seines Schwagers, um dort ein spätes Mittagessen einzunehmen.

Er warf einen Blick auf die Online-Zeitungen auf seinem Handy. Die neusten Nachrichten aus dem Saal 327 im Osloer Gerichtsgebäude bestimmten natürlich die Schlagzeilen. Große Buchstaben, Hintergrundmaterial und Kommentare von verschiedenen Beobachtern.

»FREISPRUCH!«, schrieb *VG*. Die Gerichtszeichnung von Helene, die darunter zu sehen war, war im Laufe des Prozesses häufig abgedruckt worden.

Die Schlagzeile war nicht ganz korrekt. Das Gericht war zu keinem Beschluss gekommen. Als der Vertreter der Staatsanwaltschaft zu Beginn des Tages das Wort ergriffen hatte, tat er es nur, um zu verkünden, dass die Anklage auf Basis neuer Beweise fallen gelassen werde. Das Geständnis von Lasse Opheim hatte Wirkung gezeigt.

Christina Sandberg, die gemeinsam mit ihrer Mandantin im Gerichtsgebäude noch immer die Fragen der Presse beantwortete, kündigte eine gigantische Schadensersatzforderung an. Noch immer richtete sich ihr Zorn gegen die Entscheidung der Staatsanwaltschaft, einen neuen Prozess zu führen, anstatt das ursprüngliche Urteil aufheben zu lassen.

Dagbladet schrieb, der größte Justizirrtum in der Geschichte Norwegens sei nun ein Faktum.

Harinder war froh, dass er nicht für die Staatsanwaltschaft arbeitete.

Die Stimmung an seinem Arbeitsplatz war indes auch nicht viel besser. Bei der Jagd nach einem Sündenbock stand Abteilungsleiter Eystein Musæus an vorderster Front der Kandidatenreihe. Ein rechtschaffener Mann, der in einer schwierigen Ermittlung vom Tunnelblick erfasst worden war.

Endlich trat die Hauptperson in Begleitung ihrer Anwältin und eines Schwarms von Journalisten und Fotografen aus dem Gebäude. Helene wirkte froh und gleichermaßen erschöpft. Sie wischte sich mit einem Taschentuch über die Augen, während sie zu lächeln versuchte.

Ihr Blick fiel auf Harinder.

Er nickte ihr kurz zu. Sie hatten sich geeinigt, später miteinander zu reden, sobald sich das Chaos gelegt hätte. Christina gab ein paar letzte Kommentare ab, ehe sie ihre Mandantin zu einem wartenden Wagen begleitete.

In Elverum entspann sich unterdessen ein anderes Gerichtsdrama. Der Prozess gegen Morten Strømnes wurde von den Nachrichten aus Oslo überschattet. Die Presse schrieb, er sei als Hauptverantwortlicher für den Doppelmord im Jahr 2003 identifiziert worden. Und dass er außerdem ein Attentat auf einen Kripo-Beamten in Auftrag gegeben habe, infolgedessen die achtzehnjährige Tochter des Polizisten schwer verletzt wurde.

Während Helene Waaler von aller Schuld befreit war, wurde Morten Strømnes nun als Schurke shakespeareschen Ausmaßes dargestellt.

Vertreten von seinem Anwalt versuchte Strømnes, sich offensiv gegen die Vorwürfe zu wehren.

»Die Aussagen kommen von einem Mann, der wegen ernsthafter Verbrechen im Gefängnis sitzt und seine frühere Aussage revidiert hat, um seine eigene Situation zu verbessern«, erklärte der Rechtsanwalt. »Dieser Mann hat keinerlei Glaubwürdigkeit. Mein Mandant bestreitet vehement, sich in der Nähe des Strømnes-Hofs aufgehalten zu haben, als sein geliebter Bruder und seine Schwägerin getötet wurden. Hierzu hat er sich auch früher schon äußern müssen, und heute wie damals hat er mehrere glaubwürdige Zeugen, die seine Erklärung bestätigen können.«

Die »glaubwürdigen Zeugen« waren natürlich niemand anderes als seine Frau und die Schwiegereltern in Trysil. Letztere waren schon lange tot, und was hatte seine Frau eigentlich mitbekommen?

Ungeachtet dessen machte Harinder sich Sorgen, ob die Anklagebehörde wirklich genug gegen den Lokalpolitiker in der Hand hatte. Welche Beweise gab es eigentlich, abgesehen von den Aussagen des Psychopathen Opheim?

Je mehr er darüber nachdachte, desto schwächer wurde sein Appetit.

Er war noch wach, als die SMS einging. »Kann ich kurz vorbeikommen?«

Er entschied sich für eine kecke Antwort. »Wenn du unbedingt musst.«

Keine zehn Minuten später klingelte es an der Tür. Er wartete an der Türöffnung, während sie heraufkam. Ihre hohen Absätze hallten im Treppenhaus wider. Sie trug sommerliches Weiß, ein kurzes Kleid, das im Kontrast zu ihren schwarzen Haaren stand. Er sah einen Flaschenhals aus der farblich passenden Handtasche herausragen. Eine ungeöffnete Flasche Champagner.

»Du hast eine tolle Party verpasst«, sagte Christina, trat ein und legte ihm die Arme um den Hals. Ihre Lippen schmeckten nach süßem Wein, ihr Atem roch einen Hauch nach Zigarren. »Und vermisst wurdest du auch. Helene hat das Gefühl, dir gar nicht genug gedankt zu haben.«

»Das ist lieb. Hast du mir eine von deinen Zigarren übrig gelassen?«

Christina grinste und tippte ihm mit dem Zeigefinger an die Stirn. »Du hast keine Erlaubnis zu rauchen.«

Alle hatten sich gegen ihn verschworen.

Nach der Zeit in Elvestad hatten sie damit begonnen, sich im Zuge der Prozessvorbereitungen öfter zu treffen. Zu Beginn rein professionell, doch nach einer Weile waren viele Mittagessen und Kaffeestündchen daraus geworden, die sich schließlich in Abendessen verwandelten, bis sie dann gemeinsam frühstückten.

Ganz unkompliziert war es nicht. Besonders natürlich wegen Rachel. Ab wann war es gestattet, die Ex deiner besten Freundin zu daten? Nach zwei Jahren? Niemals? Selbstverständlich war es zu Reibereien zwischen ihnen gekommen.

»Du kannst ja vögeln, wen du willst, aber erspar mir bitte die Details«, hatte Rachel schließlich gesagt. Auf eine

Weise, die verdeutlichte, dass sie das Thema nicht mehr zu erörtern wünschte.

Harinder verzichtete darauf, den Champagner zu öffnen. Ihm war nicht nach Feiern zumute. Sie gingen ins Schlafzimmer. Er schob alle Gedanken beiseite und konzentrierte sich lieber auf ihr weißes Kleid. Und auf die Freude, es ihr auszuziehen.

Danach schliefen sie, doch es dauerte nicht lange, bis die düsteren Gedanken sich wieder meldeten und ihn aus dem Schlaf rissen.

Er blieb ruhig liegen, lauschte dem regelmäßigen Takt ihres Atems und spürte den warmen Körper neben seinem. Nach einer Weile merkte er, wie ihre Fingerspitzen über seine Brust strichen.

»Woran denkst du?«, fragte sie.

»Du bist doch Strafverteidigerin. Wie hoch ist die Chance, dass Morten Strømnes verurteilt wird?«

»Für die Morde auf dem Strømnes-Hof oder für die Beteiligung an dem Attentat auf Savi und dich?«

»Beides.«

»Wie ehrlich soll ich sein?«

»Absolut ehrlich.«

»Okay. Wir reden über fast zwanzig Jahre zurückliegende Morde, bei denen sich die Anklage auf nicht mehr als die Zeugenaussage eines zynischen Mörders stützt. Lasse Opheim hat einen der Morde gestanden, schiebt aber die Hauptverantwortung auf Morten Strømnes. Opheim erscheint als der dezidiert kaltblütigere der beiden, ein Mann, vor dem die Gesellschaft beschützt werden muss. Wäre ich die Generalstaatsanwältin, würde ich den Mann nicht mal mit der Zange anfassen.«

»Obwohl er glaubwürdig ist?«

»Vergiss nicht, dass es vor Gericht nicht nur um wahr oder unwahr geht, sondern auch darum, was sich beweisen lässt. Kann sein, dass sie sich gezwungen sehen, allein wegen der Schwere der Tat Anklage zu erheben, aber sie werden verlieren. Die Verteidigung hat die besseren Argumente.«

»Und die Schüsse letztes Jahr?«

»Geschossen hat Opheim. Solange sie nicht beweisen können, dass er mit Strømnes in Kontakt stand und Geld dafür erhalten hat, wird wohl bloß Opheim dafür verurteilt werden.«

Das war genau die Antwort, die Harinder befürchtet hatte.

»Du kannst das Gesetz nicht umgehen«, fügte Christina hinzu. »Und das Gesetz sagt: Beweise es oder verzieh dich.«

Beide arbeiteten auf ihre Weise an einer Bewahrung des Gesetzes, aber das Gesetz reichte nicht immer aus. Harinder wusste das bereits, doch zum ersten Mal hatte er das Gefühl, dass es kaum auszuhalten war.

»Aber für den Mord an Stig Waaler werden sie ihn doch wohl drankriegen, oder?«, fragte er.

»An der Stelle wäre ich nicht so gern seine Verteidigerin. Die letzte Anklage untermauert nur seine Motive. Genau damit hat Waaler ihn die ganzen Jahre erpresst. Daher ja, man wird ihn verurteilen. Also gibt es doch eine Art von Gerechtigkeit, oder was meinst du?«

»Ja«, sagte Harinder. »Das ist eine Art von Gerechtigkeit.«

EPILOG

Harinder hatte gedacht, dass er ein für alle Mal mit dem Ort fertig wäre. Als sein alter Freund das Haus auf dem Hügel verkaufte und seinen Wohnsitz endgültig an die Küste Thailands verlegte, verband Harinder nur noch die Vergangenheit mit Elvestad.

Und die Vergangenheit konnte ihn mal.

Nur noch eine letzte Sache, dachte er und fuhr auf den Platz vor dem Elvestad Motor Hotel. Ein letztes Detail, das überprüft werden musste. Das Puzzleteil, das noch fehlte.

Roy Vestad wartete draußen vor der Rezeption auf ihn. Der ehemalige Boxer hielt einen Umschlag in seinen leicht zitternden Händen.

»Wie ich sehe, hast du das Hotel noch immer nicht verkauft«, bemerkte Harinder.

»Ich arbeite daran«, entgegnete Roy, während er sich auf der Motorhaube des Qashqai abstützte.

»Konntest du ihn erreichen?«

»Konnte ich, und er war genauso verblüfft wie ich über die Anfrage. Also, ich meine, so eine kleine Sache. Er hatte das alles schon vergessen. Und eine Angelegenheit für die Polizei war das seiner Meinung nach auch nicht.«

»Das ist es auch nicht. Aber konnte er uns helfen?«

»Das musst du selbst beurteilen.«

Roy überreichte ihm den Umschlag. Harinder öffnete ihn und betrachtete den Farbausdruck des Fotos, der darin lag. Gute Auflösung mit klar erkennbaren Details.

»Perfekt«, sagte er. »Danke, Roy. Das ist genau das, was ich brauche.«

Harinder überquerte die grüne Brücke und fuhr den vertrauten Hügel hinauf. Als er oben ankam, sah er, dass sich etwas verändert hatte. Die komplette Einfahrt war asphaltiert worden. Ein solider Stahlzaun umgab das Grundstück. Das neue Tor war hoch und mit einer Überwachungskamera ausgestattet.

Auch am Haus selbst war viel getan worden. Die neue Besitzerin hatte die Fassade renoviert, die undichten Dachziegel ausgetauscht und neue Fenster eingebaut. Das Gerüst hinter dem Haus zeigte, dass die Arbeit noch nicht beendet war.

Helene kam ihm entgegen, als er das Tor durchfuhr und vor der neuen Garage parkte. Sie war lässig gekleidet, ihr Gesicht ein einziges großes Lächeln. Die Person, die er vor einem Jahr kennengelernt hatte, war kaum wiederzuerkennen. Genau wie das Haus hatte auch sie ein solides Upgrade erfahren. Das Etikett »Mörderin« klebte nicht länger an ihrer Stirn. Sie hatte sich das Recht erworben, mit erhobenem Kopf dazustehen, ohne von einer belastenden Vergangenheit niedergedrückt zu werden. Sie war wiedergeboren.

»Was meinst du?«, fragte sie und deutete stolz auf ihr neues Haus. »Schon als ich es zum ersten Mal gesehen habe, dachte ich: ›Hier könnte ich wohnen. Es ist sozusagen wie für mich geschaffen.‹«

»Ganz deiner Meinung«, sagte Harinder. »Ich bin nur erstaunt, dass du es kaufen durftest. Mein alter Freund sagte immer, dass ein Davidsen dieses Haus nie in die Finger bekommen dürfte. Eine alte Geschichte.«

»Hehe, vielleicht dachte er ja, dass ich keine typische Davidsen bin?«

Helene war das Kuckuckskind im Davidsen-Clan. Dass Georg die Vaterschaft anerkannt hatte, bedeutete noch lange nicht, dass ihm die Sache gefiel.

Helene nahm Harinders Hand und führte ihn ins Hausinnere. Mit großen Augen starrte er auf die Fenster im Obergeschoss. Verspürte Unbehagen, weil er wieder zurück war.

Sie zeigte ihm alles, ehe sie es sich in der modernisierten Küche gemütlich machten. Nicht nur die Fassade war renoviert. Helene hatte die Wände gestrichen und in den meisten Räumen neuen Fußboden verlegt. Fliesen und Parkett, die beim Betreten nicht knarrten. In der Küche hatte sie vor dem hohen Fenster eine Arbeitsplatte eingebaut. Ein Kaffeetisch mit Aussicht, wie in einer Bar.

Sie schaltete die Kaffeemaschine ein und kochte Espresso für Harinder und sich selbst. Einen doppelten für ihn.

»Ich bin froh, dass du gekommen bist«, sagte Helene. »Ich wünschte, ich hätte während des Verfahrens mehr von dir gesehen.«

»Ich war ziemlich beschäftigt«, sagte Harinder.

»Nach allem, was du für mich getan hast, will ich mich auch gar nicht beschweren. Aber ich habe das Gefühl, dir mehr zu schulden, als ich jemals zurückzahlen kann.«

»Du schuldest mir gar nichts. Ich habe nur meine Arbeit gemacht.«

»Ich glaube, wir beide wissen, dass das nicht stimmt. Christina, Rachel und du, ihr habt mir das Leben gerettet. Und das ist nicht übertrieben. Zum ersten Mal kann ich jetzt nach vorne blicken. Ich kann *Pläne* schmieden.«

»Was ist mit Morten?«, fragte Harinder. »Er wird des Mordes an seinem Bruder beschuldigt, aber Christina bezweifelt, dass er verurteilt wird.«

Helene nickte nachdenklich. »Was passieren wird, kann ich nicht kontrollieren. Wir werden den Kampf um Gerechtigkeit für Mama und Jonas fortsetzen, aber das Wichtigste ist, dass die Wahrheit ans Licht gekommen ist. Wenn er für den Mord an Stig verurteilt wird, bekommt er jedenfalls seine Strafe. Ist das genug? Nein, aber es ist *etwas*.«

»Und was ist genug? Das, was Stig bekommen hat?«

»Natürlich nicht, so habe ich das nicht gemeint.«

»Aber wieso solltest du es nicht so meinen?«, fragte Harinder. »Es ist doch ganz natürlich, so zu denken, nach allem, was er dir angetan hat und was durch Stigs Verhalten noch bestärkt wurde. Du warst der willkommene Sündenbock. Morten hat sich dumm und dämlich verdient, während du achtzehn Jahre für etwas im Gefängnis warst, das du nicht getan hast. Was wäre die passende Strafe für so etwas, falls es eine gäbe?«

Helene sagte nichts. In ihrem Blick lag Unsicherheit.

»Worüber reden wir hier eigentlich, Harinder?«, fragte sie.

»Verbrechen und Strafe. Was sonst?«, sagte er mit einem Lächeln. »Ich glaube, du hast lange geahnt, wie das alles zusammenhing. Jedenfalls in groben Zügen. All die langen einsamen Nächte in der Zelle. Du wusstest, dass du unschuldig warst, und das Einzige, was du hattest, war Zeit.

Du konntest alles verfolgen und beobachten, wie die Dinge sich entwickelten. Wer langfristig an den Morden verdiente. Der Schuldige musste jemand sein, der sich auf dem Hof auskannte und der wusste, wo sich der Waffenschrank befand, nicht wahr? Insofern ja, du wusstest es.«

Helene glitt von ihrem Barhocker, trat an die Kaffeemaschine und füllte die Tassen erneut.

»Worauf willst du hinaus?«, fragte sie.

»Ich glaube, dass du Stig Waaler umgebracht und dafür gesorgt hast, dass Morten die Schuld dafür zugeschoben bekam.«

Helene musterte ihn lange, ohne etwas zu sagen.

»Das ist ein ernsthafter Vorwurf. Um nicht zu sagen enttäuschend, da er von dir kommt. Nach allem, was wir zusammen durchgemacht haben. Was würde Christina sagen, wenn sie dich so reden hörte?«

Harinder tat, als hätte er die Frage nicht registriert. Grundlegende Vernehmungstaktik: Lass dein Gegenüber nicht die Richtung des Gesprächs bestimmen.

»Ich höre nicht, dass du es bestreitest«, sagte er.

Ihre Augen verengten sich. »Echt jetzt?«

»Ermittler sind seltsame Kreaturen«, fuhr Harinder fort. »Manchmal beißen wir uns an den banalsten Details fest. Die werden dann auf der Festplatte abgespeichert, könnte man sagen, und dann holen wir sie wieder hervor, wenn wir später eine Verknüpfung finden.«

Aus der Jackentasche zog Harinder den zusammengefalteten Umschlag, den er von Roy bekommen hatte. Er merkte sofort, dass Helene sich dafür interessierte.

»Sagt dir der Name Trond Magnestad irgendwas?«, fragte er.

»Anfang Oktober letzten Jahres hat er zwei Tage im Elvestad Motor Hotel übernachtet. Er ist Rentner. Begeisterter Wanderer und Angler. In der Regel kommt er einmal im Jahr in die Gegend. Ihm gefallen die Wälder hier. Aber bei seinem letzten Aufenthalt hatte er ein blödes Erlebnis. Er konnte seine Gummistiefel nicht finden, als er nach dem Frühstück zurück in sein Zimmer kam. Er hat überall gesucht, aber sie waren einfach verschwunden. Er beklagte sich bei Roy und meinte, dass jemand sie mitgenommen haben müsste. Er konnte es sich gar nicht erklären, wieso jemand in sein Zimmer einbrechen und ein Paar Gummistiefel stehlen sollte. Das Ganze wirkte so unwahrscheinlich, dass Roy dann glaubte, er hätte die Stiefel bloß irgendwo anders vergessen.«

Harinder zeigte ihr den Ausdruck des Fotos, den Magnestad an Roy geschickt hatte. Ein grauhaariger Mann in Wanderkleidung, der mit einer Thermoskanne in der Hand auf einem Baumstumpf saß. Er hatte die Hose in die hohen Stiefel gestopft, die die Aufmerksamkeit des Betrachters auf sich zogen. Ein Paar grüne Gummistiefel von Viking.

»Diese hier ähneln den Stiefeln, die in den Gartenabfällen von Morten Strømnes gefunden wurden. Magnestad hat übrigens bestätigt, dass seine Größe 42 hatten«, sagte Harinder. »Sie verschwanden aus seinem Hotelzimmer, drei Tage bevor Stig Waaler ermordet wurde. Du hast an jenem Morgen die Zimmer sauber gemacht. Du hast die Gummistiefel genommen, weil du schon geplant hattest, Stig Waaler umzubringen, und weil du wusstest, dass du eine Spur hinterlassen musstest. Und du hast dafür gesorgt, dass die Polizei dadurch in die Richtung gelockt wurde, die du im Sinn hattest.«

Helene sagte nichts. Ihr Blick schwankte zwischen dem Blatt Papier und Harinder. Ein Zeichen dafür, dass sie intensiv nachdachte.

»Lasse und Morten haben einen Beweis fingiert, der dabei geholfen hat, dich dranzukriegen. Und du hast es ihnen mit gleicher Münze heimgezahlt«, fügte Harinder hinzu. »Das war vielleicht nicht die Gerechtigkeit, die du dir gewünscht hast, aber es war die Art von Gerechtigkeit, die sich in Reichweite befand. Stig hat dich als Kind misshandelt und hat dich außerdem all die Jahre im Gefängnis verrotten lassen, ohne zu erzählen, was er wusste. Er musste sterben. Morten hingegen durfte weiterleben, weil du Angst hattest, dass die Wahrheit über den Doppelmord mit ihm sterben würde, und das Lasse noch lebte, wusstest du ja nicht. Irre ich mich?«

Er wartete auf eine Reaktion. Verleugnung. Wut. Beschuldigungen. Er wusste, dass sie ein aufbrausendes Temperament haben konnte. Davon hatte auch Stig Waaler ein Lied singen können.

Stattdessen seufzte sie. Lächelte ihn gutmütig an und berührte seinen Arm.

»Ach, Harinder, du bist ganz der Alte«, sagte sie. »Du bist immer noch der Junge auf dem Schulhof, der eingreifen muss. Du wirst immer das tun, was du für richtig hältst, was auch immer andere dazu sagen. Aber diesen Kampf kannst du nicht gewinnen. Denn egal, was du tust, es endet in Ungerechtigkeit. Du musst jetzt selbst entscheiden, mit welcher Art davon du weiterleben kannst.«

Harinder sah sie fragend an. »Was meinst du damit?«

»Falls du recht hast – und das ist jetzt kein Geständnis –, werde ich verhaftet und komme wegen des Mords an Stig ins Gefängnis. Und nachdem ich dort bereits lange für etwas saß, das ich nicht getan habe, habe ich eine weitere lange Gefängnisstrafe vor mir. Gleichzeitig kommt Morten frei. Nicht nur für den Mord an Stig, sondern auch für den an meiner Mutter und Jonas. Wie du selbst gesagt hast, ist unklar, ob die Anklage hält, was sie verspricht. So funktioniert nun mal leider das Gesetz. Das Gesetz ist nicht gerecht. Also, was ist für dich am wichtigsten, Harinder? Dass das Gesetz so angewandt wird, dass der Mann mit allem davonkommt oder dass er zumindest *eine* Strafe erhält?«

Harinder gab es nicht zu, aber das Dilemma war ihm bewusst. Er hatte sich nur so sehr mit der Frage beschäftigt, ob er recht hatte oder nicht, dass er die Konsequenzen nicht bis zum Ende durchdacht hatte.

»Und was ist mit dir?«, fragte er. »Kannst du mit dem leben, was du getan hast?«

»Manchmal ist es schwieriger, damit zu leben, nichts zu tun«, sagte Helene. »Jetzt kann Morten im Gefängnis verrotten und seine Unschuld so laut beteuern, wie er will. Und dann wird er ja sehen, wie sehr ihm das hilft. Ich bin nicht fertig mit ihm. Noch nicht. Ich kenne Leute, die dafür sorgen können, dass sich sein Aufenthalt im Gefängnis so unangenehm wie möglich gestaltet. Das ist der Vorteil, wenn man selbst drin gewesen ist. Man knüpft Kontakte.«

»So gesehen ist Stig vielleicht besser davongekommen?«

Sie grinste. »Vielleicht. Also, was jetzt, Harinder? Morten ist auch dafür verantwortlich, dass deine Tochter verletzt wurde. Hattest du etwa vor, ihm das durchgehen zu lassen?«

Harinder konnte ihr keine Antwort geben. Er bereute, dass er das Ganze überhaupt angesprochen hatte. Dass er es nie schaffte, die Dinge auf sich beruhen zu lassen.

»Weißt du was?«, sagte er, ehe er aufbrach. »Bei einer Sache irrst du dich. Du bist *doch* eine echte Davidsen. Ich dachte immer, Georg sei wirklich rücksichtslos, aber du überragst ihn um Längen. Du bist durch und durch die Tochter deines Vaters.«

Helene begleitete ihn nicht zur Tür, doch er konnte spüren, wie sie ihn durch das Fenster beobachtete, als er den Hügel hinunterfuhr. Die Bäume an der Strecke warfen immer längere Schatten, je mehr der Anblick des weißen Hauses im Rückspiegel verschwand.

DANKSAGUNG

Ein großes Dankeschön für den fachlichen Input geht an meine Unit-Kollegen Ragnar Edgren Pettersen und Asbjørn Reglund Thorsen, an meinen guten Freund Trygve Kalland sowie an den Bezirksrichter und Autor Espen Skjerven.

Herzlichen Dank auch an meine Lektorin Benedicte Treider, an Nora Campbell und den Rest der Bande bei Aschehoug. Des Weiteren an Erlend Askhov, der die Cover meiner Bücher entworfen hat, und an Ivar Nergaard, der die Texte denjenigen zugänglich gemacht hat, die sie gern hören möchten.

Jess Ryder
Die Villa
Thriller
Aus dem Englischen von Matthias Frings
439 Seiten. Klappenbroschur
ISBN 978-3-7466-4134-8
Auch als E-Book lieferbar

Ein Wochenende mit Freundinnen wird zum Wochenende mit Feindinnen

Vor drei Jahren starb die zukünftige Braut Aoife bei ihrem eigenen Junggesellinnenabschied. Nun kehren ihre Freundinnen in die Villa zurück, in der sich das Grauen damals abgespielt hat. Sie sehnen sich nach einem Abschluss. Doch kaum haben sie die Villa betreten, brechen alte Wunden auf, und die Spannungen nehmen zu. Jede erinnert sich an eine andere Version der Ereignisse jener Nacht. Was verheimlichen sie sich gegenseitig? Und wie weit werden sie gehen, um ihre Geheimnisse zu wahren?

Ein packender Thriller unter der flirrenden Sonne Spaniens von Bestsellerautorin Jess Ryder

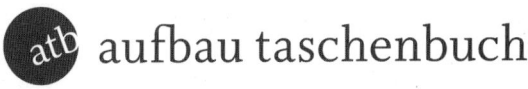

aufbau taschenbuch

Trude Teige
Der Junge, der Rache schwor
Ein Norwegen-Krimi
Aus dem Norwegischen von Gabriele Haefs und
Andreas Brunstermann
345 Seiten. Klappenbroschur
ISBN 978-3-7466-4229-1
Auch als E-Book lieferbar

Ein altes Unrecht, eine verletzte Seele – und furchtbare Rache

Als ein älteres Ehepaar ermordet auf seinem Hof aufgefunden wird, ist die Journalistin Kajsa Coren sofort vor Ort. Die beiden Toten wohnten nicht weit von ihrem eigenem Haus entfernt. Treibt ein Killer in der Nachbarschaft sein Unwesen? Eigentlich recherchiert Kajsa gerade zu Missbrauchsfällen in Kinderheimen. Hängen die Verbrechen zusammen? Während sie die Puzzleteile ineinanderfügt, kommt Kajsa dem Täter gefährlich nahe.

Der erste Band der norwegischen Bestseller-Reihe!

Regelmäßige Informationen erhalten Sie über unseren Newsletter.
Jetzt anmelden unter: www.aufbau-verlage.de/newsletter

aufbau taschenbuch